एक अधूरा उपन्यास

एक अधूरा उपन्यास

आमेली नोतों

फ्रेंच से हिन्दी में अनुवाद
संजय कुमार

राजपाल

"The Work is published with the support of the Publication Assistance Programmes of the Institut Français"

₹ 495

ISBN : 9789389373264

प्रथम हिन्दी संस्करण : 2020

EK ADHURA UPANYAS (Novel) by Amelie Nothomb

(Hindi edition of *Hygiene and the Assassin*)

मुद्रक : जी.एच. प्रिन्ट्स प्रा.लि., नयी दिल्ली

राजपाल एण्ड सन्ज़

1590, मदरसा रोड, कश्मीरी गेट, दिल्ली-110006

फोन : 011-23869812, 23865483, 23867791

e-mail : sales@rajpalpublishing.com

www.rajpalpublishing.com

www.facebook.com/rajpalandsons

जब यह बुरी खबर लोगों तक पहुँची कि एक बहुत बड़े लेखक प्रेतेक्सता ताश दो महीने के भीतर स्वर्ग सिधारने वाले हैं तो दुनिया भर के पत्रकार इस 83 वर्षीय व्यक्ति से भेंटवार्ता की माँग करने लगे। निश्चित रूप से बुज़ुर्ग ने अच्छा-खासा नाम कमाया था। जब *नानकीय बाज़ारू खबर* और *बांग्लादेश ऑब्ज़र्वर* (यहाँ नामों का अनुवाद किया जा रहा है) जैसे जाने-माने दैनिकों के प्रतिनिधियों को फ्रेंच भाषी उपन्यासकार के बिस्तर की ओर दौड़ते देखा गया तो आश्चर्य का कोई ठिकाना नहीं रहा। इस तरह से मरने से दो महीने पहले ताश साहब को अपनी प्रसिद्धि का जायज़ा लेने का अवसर मिला।

आए हुए प्रस्तावों में से आनन-फानन में चुनाव करने के लिए उनका सचिव जुट गया। उसने विदेशी भाषाओं के सारे अखबारों को एक सिरे से ख़ारिज कर दिया क्योंकि मरणासन्न लेखक फ्रेंच को छोड़कर कोई और भाषा नहीं बोलते थे और उन्हें किसी दुभाषिये पर भरोसा नहीं था। सचिव ने काले-भूरे पत्रकारों को चलता किया, क्योंकि ढलती उम्र के साथ लेखक ने ऐसी नस्लवादी मान्यताएँ विकसित कर ली थीं जो उनके गम्भीर विचारों से मेल नहीं खाती थीं। ताश विशेषज्ञों को शर्मिंदगी हो रही थी और उन्हें लगता था कि यह एक सठियाए हुए व्यक्ति का व्यवहार है जो लोगों को क्षुब्ध करना चाहता है। टेलीविज़न चैनलों, महिला केन्द्रित पत्रिकाओं, अत्यधिक राजनीतिक समझे जाने वाले अख़बारों के अनुरोध को भी सचिव ने स्वीकार नहीं किया। विशेषकर चिकित्सा-सम्बन्धी शोध-पत्रिकाओं के अनुरोध को भी अस्वीकार किया गया जो यह जानना चाहती थीं कि इतने असाधारण किस्म का कैंसर भला इस महान व्यक्ति को कैसे हो गया।

जब ताश साहब को पता चला कि उन्हें एल्तसेनवाइवरप्लात्स जैसी भयंकर बीमारी हो गयी है तो वे फूले नहीं समाए। आम लोगों में यह बीमारी 'उपास्थि के कैंसर' के नाम से प्रचलित थी, जिसका पता उन्नीसवीं सदी में एल्तसेनवाइवरप्लात्स नामक एक वैज्ञानिक ने लगाया था। दक्षिण अमेरिका में स्थित फ्रेंच गुयाना की राजधानी केयेन में इसे दर्जन-भर उन कैदियों में पाया गया था जो यौन हिंसा के

पश्चात् कत्ल के इल्ज़ाम में बंदी थे। उसके बाद फिर कभी यह रोग देखा-सुना नहीं गया था। इस बीमारी के लक्षण खुद में जानकर ताश साहब को लगा जैसे उन्हें अनपेक्षित रूप से अभिजात वर्ग की सदस्यता प्राप्त हो गयी है। वे हद से ज़्यादा मोटे थे और उनके चेहरे पर बाल का नामोनिशान नहीं था। उनकी आवाज़ को छोड़ दें तो वे बिलकुल हिजड़ा दीखते थे। उन्हें डर था कि कहीं वे किसी हृदय-नाड़ी से सम्बन्धित वाहियात रोग से न मर जाएँ। अपना समाधि-लेख लिखते समय वे त्यूतन जाति के चिकित्सक के उस उदात्त नाम का ज़िक्र करना नहीं भूले जिसकी कृपा से उनकी मृत्यु खूबसूरत ढंग से होने जा रही थी।

सच पूछिये तो दिन-रात कुर्सी तोड़ने वाले इस चर्बीदार जीव का 83 वर्ष तक ज़िंदा बच जाना आधुनिक चिकित्सा जगत के लिए समझ से बाहर की बात थी। इस आदमी के शरीर में इतनी चर्बी थी कि उसने खुद स्वीकार किया था कि कुछ वर्षों से उसमें चलने-फिरने की क्षमता नहीं रह गयी थी। आहार-विशेषज्ञ के सुझावों को तेल लेने भेजकर वे ठूँस-ठूँस कर खाते थे। इसके अतिरिक्त, वे हर रोज़ बीस हवाना सिगार फूँकते थे। पर वे पीते बहुत हिसाब से थे और एक अरसे से ब्रह्मचर्य का पालन कर रहे थे। चर्बी से खचाखच भरे उनके दिल का समुचित तरीके से काम करने के पीछे कोई और कारण चिकित्सकों को नज़र नहीं आता था। उनकी लम्बी आयु उतनी ही रहस्यमय लगती थी जितनी उस आयु को खत्म करने वाली इस बीमारी की जड़।

दुनिया में कोई भी अख़बार ऐसा नहीं था जो इस आसन्न मृत्यु के प्रचार से विचलित नहीं हुआ था। पाठकों के पत्र में इस आत्मालोचना की अनुगूँज भरपूर सुनायी दे रही थी। कुछ गिने-चुने पत्रकारों ने आधुनिक सूचना-प्रणाली के नियमों के अधीन होकर वही किया जिसकी आशा थी।

जीवनी-लेखक गिद्ध की तरह नज़र टिकाए बैठे थे। प्रकाशक अपनी पलटन को अस्त्र-शस्त्रों से लैस कर रहे थे। वहीं कुछ बुद्धिजीवी ऐसे भी थे जो सोच रहे थे कि इस ज़बरदस्त उपलब्धि को अनावश्यक महत्त्व तो नहीं दिया जा रहा, क्या प्रेतेक्सता ताश ने साहित्य में सचमुच कोई नयी ज़मीन जोड़ी है? कहीं वे कुछ गुमनाम लेखकों के चतुर वारिस मात्र तो नहीं हैं? और अपने कथन की पुष्टि के लिए ये बुद्धिजीवी कुछ ऐसे अज्ञात लेखकों के नाम गिनाते थे जिन्हें उन्होंने स्वयं कभी नहीं पढ़ा और बिना पढ़े भी खूब विस्तारपूर्वक चर्चा करते थे।

इन सारे कारकों के मिलने से इस आसन्न मृत्यु का असाधारण प्रभाव हुआ। इसमें संदेह नहीं कि यह आसन्न मृत्यु लोगों का ध्यान खींचने में सफल रही।

बाईस उपन्यास लिख चुकने वाले यह लेखक एक साधारण-सी इमारत के भूतल पर रहते थे। उन्हें ऐसे निवास की आवश्यकता थी जहाँ हर चीज़ एक ही तल पर हो क्योंकि एक जगह से दूसरी जगह जाने के लिए वे पहियेदार कुर्सी का इस्तेमाल करते थे। वे अकेले रहते थे और कोई पालतू जानवर भी नहीं था। उन्हें नहलाने के लिए हर रोज़ लगभग शाम के पाँच बजे एक बड़ी जीवट वाली नर्स आती थी। उन्हें बर्दाश्त नहीं था कि उनके लिए कोई और खरीदारी करे। वे राशन-पानी खरीदने के लिए मुहल्ले की किराने की दुकान पर खुद ही जाते थे। उनका सचिव एर्नेस्त ग्राव्हलैं चार मंज़िल ऊपर ही रहता था पर जितना संभव हो, उनसे कन्नी काटता था। सचिव उन्हें नियमित रूप से फ़ोन करता था और ताश बिना चूके अपनी बातचीत की शुरुआत यही कहकर करते थे, ''माफ़ करना एर्नेस्त, अभी मेरी साँसें चल रही हैं।''

फिर भी, ग्राव्हलैं चुने हुए पत्रकारों से यही कहता कि बुजुर्ग दिल के बहुत अच्छे हैं। वे अपनी आमदनी का आधा हिस्सा हर साल एक धर्मार्थ संगठन को नहीं देते क्या? उनकी यह गुप्त दानशीलता उनके उपन्यासों के कुछ पात्रों में परिलक्षित नहीं होती क्या? बेशक, उनके आतंक का साया हम सब पर रहता है और मुझ पर तो सबसे पहले पर मैं यह मानता हूँ कि इस लड़ाके व्यवहार के मुखौटे के पीछे प्यार-भरी नोक-झोंक है। अपनी फूल जैसी नर्म संवेदना को छिपाने के लिए उन्हें शांत और क्रूर होकर मोटूमल की भूमिका करना अच्छा लगता है। ऐसी बातों से पत्रकारों की चिंता कम नहीं हुई क्योंकि वे वैसे भी अपने भय को बनाये रखना चाहते थे ताकि उन पर युद्ध संवाददाता जैसा हाव-भाव रहे और दूसरे पत्रकार उनसे ईर्ष्या करें।

आसन्न मृत्यु की खबर 10 जनवरी को आयी। पहला पत्रकार 14 तारीख को लेखक से मिल पाया। उसने फ़्लैट में सीधा प्रवेश किया। वहाँ इतना अँधेरा था कि बैठक के बीचोबीच पहियेदार कुर्सी पर बैठी उस मोटी आकृति को ठीक-ठीक देखने में अच्छा-खासा समय लग गया। अस्सी की दहलीज़ पार किये उस वृद्ध की भावशून्य आवाज़ मानो किसी कब्र से आ रही थी—नमस्कार। बस इतना भर कहना पत्रकार को सहज स्थिति में लाने के लिए काफ़ी नहीं था, बल्कि बेचारे की बेचैनी और भी बढ़ गयी।

– आपसे मिलकर बहुत खुशी हुई, ताश साहब। यह मेरे लिए बड़ी प्रतिष्ठा की बात है।

बुज़ुर्ग की आवाज़ कैद करने के लिए टेप रिकॉर्डर चलाया गया था पर वे चुप थे।

– माफ़ कीजियेगा, ताश साहब, क्या मैं थोड़ी रोशनी कर सकता हूँ? मुझे आपका चेहरा साफ़-साफ़ नहीं दीख रहा।

– अभी सुबह के दस बजे हैं, जनाब और इस वक्त मैं रोशनी नहीं करता। वैसे भी, थोड़ी देर में आपकी आँखें अँधेरे में देखने की अभ्यस्त हो जाएँगी और आप मुझे ठीक से देखने लगेंगे। इस सुकून का लुत्फ़ उठाइये और मेरी आवाज़ से संतोष कीजिये जो मेरे व्यक्तित्व का सबसे खूबसूरत पहलू है।

– सचमुच, आपकी आवाज़ बहुत खूबसूरत है।

– जी।

अवांछनीय अतिथि को यह मौन असहज लगा और उसने अपनी नोटबुक में दर्ज किया, 'ताश साहब की चुप्पी कड़वाहट भरी है। जहाँ तक संभव हो, इससे बचा जाय।'

– ताश साहब, चिकित्सकों की हिदायत के बावजूद जिस पक्के इरादे से आपने अस्पताल जाने से इनकार किया है, उसका पूरी दुनिया ने लोहा माना है। तो, सबसे पहले यह सवाल पूछना ज़रूरी है कि आप कैसा महसूस कर रहे हैं?

– वैसा ही महसूस कर रहा हूँ जैसा पिछले बीस सालों से महसूस करता आया हूँ।

– मतलब?

– बहुत कम महसूस कर रहा हूँ।

– क्या?

– कम।

– अच्छा, मैं समझ गया।

– आपकी दाद देनी होगी।

बीमार व्यक्ति के कठोरतापूर्ण उदासीन स्वर में कोई व्यंग्योक्ति का भाव नहीं था। बातचीत जारी रखने के लिए, पत्रकार एक नकली हँसी हँसा।

– ताश साहब, मैं आप जैसे व्यक्ति से घुमा-फिराकर सवाल नहीं पूछूँगा, जैसा कि हमारे व्यवसाय में होता है। अत:, मेरा सवाल है कि मृत्यु से पहले

एक महान लेखक के मन में क्या ख़याल आते हैं और कैसी मनःस्थिति होती है।

मौन। उच्छ्वास।

– मुझे नहीं मालूम, जनाब।

– आपको नहीं मालूम?

– यदि मुझे मालूम होता कि मैं किस चीज़ के बारे में सोच रहा हूँ तो मुझे लगता है कि मैं लेखक नहीं बन पाता।

– कहीं आप यह तो नहीं कहना चाहते कि आप लिखते इसलिए हैं कि जान सकें कि किसके बारे में सोच रहे हैं?

– हो सकता है। अब मुझे ठीक-ठीक ध्यान नहीं, मैंने एक अरसे से कुछ नहीं लिखा है।

– क्या बात कर रहे हैं? आपके अंतिम उपन्यास को प्रकाशित हुए अभी दो साल भी नहीं हुए हैं...

– दराज़ खाली की जा रही है, जनाब। मेरी मेज़ की दराज़ें इस कदर भरी पड़ी हैं कि मेरी मृत्यु के बाद दस सालों तक मेरा एक उपन्यास सालाना प्रकाशित किया जा सकता है।

– गज़ब! आपने लिखना कब छोड़ा?

– उनसठ साल की उम्र में।

– तो, पिछले चौबीस सालों में छपे आपके सारे उपन्यास आपकी मेज़ की दराज़ों से निकले हैं।

– आप अच्छा हिसाब लगा लेते हैं।

– आपने किस उम्र में लिखना शुरू किया था?

– कहना मुश्किल है। मैंने कई बार शुरू किया और कई बार रुका भी। पहली बार, छह साल की उम्र में मैं कुछ दुःखान्त नाटक लिख रहा था।

– छह साल की उम्र में दुःखान्त नाटक?

– जी हाँ, पद्य में। बेकार। सात साल की उम्र में मैंने लिखना छोड़ दिया। नौ साल की उम्र में फिर से वही लत, कुछ विरह गीत लिखे, फिर से पद्य में। मैं गद्य को तुच्छ समझता था।

– आश्चर्य है, हमारे युग के एक बहुत बड़े गद्य रचनाकार के मुँह से ऐसा सुनना।

– ग्यारह साल की उम्र में एक बार फिर ठहराव आया और अठारह साल की उम्र तक मैंने एक भी पंक्ति नहीं लिखी।

पत्रकार ने अपनी नोटबुक में दर्ज किया, ''ताश साहब अपनी तारीफ़ सुनकर अकड़ नहीं दिखाते।''

– और अठारह साल की उम्र में?

– मैंने फिर शुरुआत की। पहले तो मैं थोड़ा-थोड़ा लिखता था, फिर ज़्यादा से ज़्यादा लिखने लगा। तेईस साल की उम्र में मैंने सामान्य गति प्राप्त कर ली और अगले छत्तीस सालों तक यही गति कायम रखी।

– 'सामान्य गति' से आपका क्या तात्पर्य है?

– मैंने लिखने के सिवा कुछ किया ही नहीं। मैं लगातार लिखता था; खाने, सिगार पीने और सोने के अतिरिक्त मेरे पास कोई काम नहीं था।

– आप कभी बाहर नहीं निकलते थे?

– जब मजबूरी हो, तभी निकलता था।

– देखा जाए तो, आज तक किसी ने नहीं जाना कि आपने युद्ध के दौरान क्या किया।

– मैंने भी नहीं जाना।

– मैं आपकी बात पर कैसे विश्वास कर लूँ?

– यही सच है। 23 साल की उम्र से लेकर 59 साल की उम्र तक मेरे दिन एक ही तरह से गुज़रते थे।

इन 36 वर्षों की लंबी और समरूप अवधि की याद आती है, जो काल-क्रम से लगभग रहित है। मैं लिखने के लिए जगता था और जब मैं लिख चुका होता था तो सो जाता था।

– पर दूसरे लोगों की तरह आप पर भी युद्ध का प्रभाव पड़ा होगा। तो, आप राशन-पानी का इंतज़ाम कैसे करते थे?

पत्रकार को पता था कि उसने मोटूमल की ज़िन्दगी के अहम पहलू को छुआ है।

– हाँ, मुझे याद है, उन दिनों खाने-पीने में बहुत मुश्किल होती थी।

– मैं कह रहा था न?

– मुझे कुछ ख़ास तकलीफ़ नहीं हुई। उन दिनों मैं खाता सुअर की तरह था। अच्छे-बुरे की पहचान अभी बनी नहीं थी। फिर, मेरे पास सिगार का बेहिसाब भंडार था।

– आप अच्छे खान-पान के शौकीन कब से हो गए?

– जब मैंने लिखना छोड़ दिया। पहले इसके लिए मेरे पास समय कहाँ होता था!

– और आपने लिखना क्यों छोड़ दिया?

– जब मैं 59 साल का हुआ तो मुझे महसूस हुआ कि अंत आ गया है।

– किसके बारे में ऐसा महसूस हुआ?

– नहीं मालूम। ऐसे हुआ जैसे मासिक धर्म बंद हो जाता है। मैंने एक उपन्यास अधूरा छोड़ दिया। यह अच्छी बात है। एक सफल कार्य-काल में एक उपन्यास अधूरा भी होना चाहिए ताकि आपका काम प्रामाणिक लगे। वरना लोग आपको सड़कछाप लेखक समझ बैठते हैं।

– इस तरह से 36 वर्ष आपने बिना रुके लिखते हुए गुज़ार दिये और फिर अचानक एक दिन रुक गये?

– हाँ।

– बाद के इन 24 वर्षों में फिर आपने क्या किया?

– मैंने आपको बताया ना कि मैं खाने-पीने का शौकीन हो गया था।

– आपका सारा समय इसी में जाता था?

– बल्कि यों कहिये कि मेरी सारी शक्ति इसी में जाती थी।

– और इसके अलावा?

– देखिये, ऐसे काम में वक्त लगता है। इसके अलावा मैं शायद ही कुछ करता था। मैंने चिरप्रतिष्ठित रचनाओं को फिर से पढ़ा। अरे हाँ, मैं बताना भूल गया कि मैंने टेलीविज़न खरीदा।

– अच्छा, क्या आपको टेलीविज़न देखना पसंद है?

– विज्ञापन, मुझे केवल विज्ञापन पसंद हैं, बेहद पसंद हैं।

– और कुछ भी नहीं?

– नहीं, विज्ञापन के अलावा मैं टेलीविज़न पर कुछ और देखना पसंद नहीं करता।

– गज़ब! इस तरह से आपने 24 वर्ष खाकर और टेलीविज़न देखकर गुज़ार दिये?

– नहीं, मैं सोया और सिगार भी पिया। और थोड़ा-बहुत पढ़ा।

– फिर भी आपके बारे में कुछ-न-कुछ सुनने को मिलता रहा।

– यह सब मेरे सचिव का किया-धरा है, इस एर्नेस्त ग्राव्हलैं के बच्चे का। उसी के ज़िम्मे है मेरी मेज़ की दराज़ों को खाली करना, मेरे प्रकाशक से मिलना, मेरे इर्द-गिर्द किंवदंती गढ़ना और विशेषकर चिकित्सकों के सिद्धान्तों को अंजाम देना, इस आशा में कि मैं खाने-पीने में संयम बरतूँगा।

– पर आप उसकी आशा पर पानी फेर देते हैं।

– सौभाग्यवश। मेरे खान-पान पर रोक लगाना उसकी बेवकूफ़ी है। वैसे भी, मेरे कैंसर की उत्पत्ति में खान-पान का कोई योगदान नहीं है।

– फिर, कैंसर के पीछे क्या वजह है?

– यह एक रहस्य है, पर, खान-पान से इसका कोई लेना-देना नहीं है। एल्तसेनवाइवरप्लात्स (मोटूमल चटखारे ले-लेकर इस नाम का उच्चारण कर रहे थे), के अनुसार, इसके पीछे आनुवांशिक गड़बड़ी होनी चाहिए, जो जन्म से पहले तय हो जाती है। इसलिए, मैं अगर खाने में परहेज़ नहीं रखता तो इसमें मेरी गलती नहीं है।

– तो, जन्म से ही आप पर अभिशाप था?

– हाँ, जनाब। किसी दुखान्त नाटक के असली नायक की तरह। अब आए कोई मुझसे मनुष्य की स्वतंत्रता की बात करने तो मैं पूछूँगा कि स्वतंत्रता किस चिड़िया का नाम है।

– फिर भी, आपको तिरासी वर्ष की मोहलत मिली।

– मोहलत मिली, सही फ़रमाया आपने।

– आप इस बात से इनकार तो नहीं करेंगे कि इन तिरासी वर्षों में आप स्वतंत्र थे? मसलन, आप चाहते तो नहीं लिखते...

– कहीं आप यह तो नहीं कहना चाहते कि मैंने लिखकर गलती कर दी?

– मैंने ऐसा तो नहीं कहा था।

– ओह, अफ़सोस, मुझे तो लगा था कि आपमें कुछ काबिलियत है।

– वैसे, आपने जो कुछ भी लिखा, आपको उसका अफ़सोस तो नहीं है ना?

– अजी, अफ़सोस किस चिड़िया का नाम है? अफ़सोस तो मेरे शब्दकोश में है ही नहीं। आपको टॉफ़ी चाहिए?

– नहीं, शुक्रिया।

उपन्यासकार ने मुँह में टॉफ़ी ठूँसी और चपड़-चपड़ चबाने लगा।

– ताश साहब, आपको मरने से डर लगता है?

– बिलकुल नहीं। मृत्यु कोई बड़ा परिवर्तन नहीं ला सकती। हालाँकि मुझे बीमारी से डर लगता है। मैंने दर्द कम करने के लिए मॉर्फ़िन इकट्ठा कर रखा है और खुद ही सूई लगाता हूँ। इसीलिए मुझे डर नहीं लगता।

– आप मृत्यु के बाद की ज़िन्दगी में विश्वास करते हैं?

– नहीं।

– तो, आप मानते हैं कि मृत्यु एक विध्वंस है?

– जो पहले ही ध्वस्त है, उसे कोई कैसे ध्वस्त कर सकता है?

– क्या धाँसू जवाब है!

– यह जवाब नहीं है।

– मैं समझ रहा हूँ।

– इस बात के लिए आपको दाद देनी होगी।

– दरअसल, मैं कहना चाहता था कि...(पत्रकार सोचने लगा कि अब क्या कहे, उसके पास कुछ कहने के लिए था ही नहीं, वह बहाना कर रहा था कि वह जो कहना चाहता था, उसके लिए वह उपयुक्त शब्द की तलाश कर रहा है)

– एक उपन्यासकार सवाल खड़े करता है, उनका उत्तर नहीं देता।

मौत जैसा सन्नाटा।

– दरअसल, मैं कुछ और कहना चाहता था...

– अच्छा? अफ़सोस। मुझे तो लगा, आपने सही कहा है।

– तो, अब हम आपकी रचनाओं के बारे में बात करें?

– जैसी आपकी इच्छा।

– आप अपनी रचनाओं के बारे में बात करना पसंद नहीं करते, है ना?

– आप तो अंतर्यामी हैं।

– सभी महान लेखकों की तरह आप अपनी रचनाओं के बारे में बात करने में संकोच करते हैं।

– संकोची और मैं? ज़रूर आपको कोई गलतफ़हमी हुई है।

– ऐसा प्रतीत होता है कि अपने को तुच्छ दिखाने में आपको मज़ा आता है। आप इस बात से इनकार क्यों करते हैं कि आप संकोची हैं?

– क्योंकि मैं संकोची नहीं हूँ, जनाब।

– तो आप अपने उपन्यासों के बारे में बात करने से कतराते क्यों हैं?

– क्योंकि उपन्यास के बारे में बात करने का कोई मतलब नहीं है।

– फिर भी एक लेखक के मुँह से अपनी कृति के बारे में सुनना दिलचस्प होता है, यह जानना कि वह कैसे, क्यों और किसके विरुद्ध लिखता है।

– यदि लेखक अपनी रचनाओं के बारे में कुछ दिलचस्प कहने में कामयाब हो जाता है, तो दो ही संभावनाएँ हो सकती हैं—या तो वह अपनी पुस्तक में लिखी गईं बातों को दोहरा रहा होता है, अर्थात् वह एक तोता है। या फिर वह कुछ रोचक बातें बता रहा होता है जिसके बारे में उसने अपनी पुस्तक में नहीं लिखा है, तो उस हालत में उक्त पुस्तक सफल नहीं रही क्योंकि उसे अपने आप में पूर्ण होना चाहिए।

– फिर भी, बहुत से महान लेखक ऐसी गफ़लतों से बचते-बचाते अपनी पुस्तकों के बारे में कुछ कहने में कामयाब हो पाए हैं।

– आप अपनी ही बात को काट रहे हैं। ठीक दो मिनट पहले आप मुझसे कह रहे थे कि सारे महान लेखक अपनी रचनाओं के बारे में बात करने में काफ़ी संकोच करते हैं।

– पर कुछ रहस्यों को छिपाकर एक रचना के बारे में बात की जा सकती है।

– ओहो, तो आपने पहले ऐसा प्रयास किया है?

– नहीं, मैं कोई लेखक नहीं हूँ।

– फिर किस दम पर आप यह बकवास कर रहे हैं?

– आप पहले लेखक नहीं हैं जिसका मैं साक्षात्कार ले रहा हूँ।

– कहीं आप मेरी तुलना उन कलमघिस्सू लेखकों से करने की हिमाकत तो नहीं कर रहे जिनसे आप आम तौर पर सवाल-जवाब करते हैं?

– वे कलमघिस्सू लेखक नहीं हैं!

– अगर वे लोग दिलचस्प और संकोची होते हुए भी अपनी कृति पर भाषणबाज़ी करने में कामयाब हो जाते हैं तो इसमें कोई संदेह नहीं कि वे लोग कलमघिस्सू हैं। भला, एक लेखक संकोची कैसे हो सकता है? पूरी दुनिया में यही एक व्यवसाय है जिसमें सबसे ज़्यादा धृष्टता है। शैली, विचार, कहानी, शोध के ज़रिये लेखक हमेशा अपने बारे में ही कह रहे होते हैं और उसके लिए शब्दों का इस्तेमाल करते हैं। चित्रकार और संगीतज्ञ भी अपने बारे में बात करते हैं पर उनकी भाषा, हमारी भाषा की अपेक्षा अधिक परिष्कृत होती है। नहीं, जनाब, लेखक लोग अश्लील होते हैं। अगर वे लोग अश्लील नहीं होते तो फिर लेखाकार, ट्रेन चालक या टेलीफ़ोन ऑपरेटर होते, वे सम्माननीय होते।

– चलिये, ठीक है। अच्छा, अब मुझे आप यह बताइये कि आप इतने संकोची क्यों हैं?

– यह आप क्या बक रहे हैं?

– मैं ठीक ही कह रहा हूँ। 60 साल पहले आप एक मँजे हुए लेखक हो चुके थे और यह आपका पहला साक्षात्कार है। आप कभी अख़बारों में नहीं लिखते, आप किसी साहित्यिक या गैर-साहित्यिक मंडली में शरीक नहीं होते, सच पूछिये, तो आप अपने फ़्लैट से बाहर केवल खरीदारी करने के लिए निकलते हैं। हमें नहीं मालूम कि कोई आपका दोस्त भी है। अगर इसे संकोच नहीं तो और क्या समझा जाए?

– आपकी आँखें क्या अब अँधेरे में देखने की अभ्यस्त हो चुकी हैं? अब मेरा चेहरा क्या साफ़ दिखाई दे रहा है?

– थोड़ा-थोड़ा दिखाई दे रहा है।

– अच्छी बात है। देखिये, जनाब, मैं अगर रूपवान होता तो यहाँ इस

तरह से अकेला ज़िन्दगी नहीं गुज़ार रहा होता। दरअसल, अगर मैं रूपवान होता तो मैं लेखक कभी नहीं बन पाता। मैं खतरों का खिलाड़ी, गुलामों का व्यापारी, बारमैन होता या शादी के लिए किसी अमीर लड़की को फाँस रहा होता।

– अतः आप अपनी कद-काठी और अपनी जीवन-वृत्ति में सम्बन्ध स्थापित कर रहे हैं?

– यह मेरी जीवन-वृत्ति नहीं है, यह मेरे मत्थे तब चढ़ा जब मुझे अपनी कुरूपता का एहसास हुआ।

– आपको कब ऐसा एहसास हुआ?

– बहुत जल्दी, मैं हमेशा से कुरूप रहा हूँ।

– पर, आप इतने भी कुरूप नहीं हैं।

– वैसे आप मेरा लिहाज़ कर रहे हैं।

– आप मोटे ज़रूर हैं पर कुरूप नहीं।

– कुरूपता में कमी ही क्या है? ठुड्डी पर चर्बी की चार परतें, सूअर जैसी आँखें, शकरकंद जैसी नाक, खोपड़ी पर उतने ही बाल हैं जितने गाल पर, गर्दन पर चर्बी की परतें, लटकते हुए गाल और आपका ख़याल रखते हुए मैं केवल अपने चेहरे की बात कर रहा हूँ।

– क्या आप हमेशा से इतने मोटे रहे हैं?

– 18 साल की उम्र में मेरा यह हाल हो चुका था, आप मुझे मोटूमल कह सकते हैं, मुझे कोई एतराज नहीं होगा।

– हाँ, आप मोटूमल कहे जा सकते हैं पर आप इतने भी डरावने नहीं हैं।

– मैं आपसे सहमत हूँ कि मैं और भी घिनौना हो सकता था, ललमुँहा हो सकता था, मस्सेदार हो सकता था।

– वैसे, आपकी त्वचा तो बहुत सुंदर, गोरी-चिट्टी, साफ़-सुथरी है और ऐसा लगता है कि छूने पर मुलायम होगी।

– एक हिजड़े का रंग-रूप, जनाब। चेहरे पर ऐसी त्वचा का होना बेडौल है, विशेषकर बिना दाढ़ी-मूँछों के फूले हुए गाल पर। वस्तुतः मेरा सिर एक जोड़े नितम्ब की तरह लगता है, चिकना और मुलायम। ऐसे सिर को देखकर उतनी उबकाई नहीं आती जितनी कि हँसी। कभी-कभी लगता है कि उबकाई आती तो

बेहतर होता। यह ज़्यादा उत्तेजक होता।

– मैंने सपने में भी नहीं सोचा था कि आप अपने रंग-रूप की वजह से कष्ट झेल रहे हैं।

– मैं इसकी वजह से कष्ट नहीं झेल रहा। कष्ट तो दूसरे लोगों को होता है जो लोग मुझे देखते हैं। अपने आपको नहीं देखता मैं। मैं अपने आपको कभी भी आईने में नहीं देखता। कष्ट तो मैं तब झेलता जब मैंने कोई और ज़िन्दगी चुनी होती। अभी जैसी मेरी ज़िन्दगी है, मेरा शरीर इसके लिए उपयुक्त है।

– अगर आपकी ज़िन्दगी कुछ दूसरी तरह की होती तो क्या आपको अच्छा लगता?

– मुझे नहीं मालूम। जब मैं सोचता हूँ तो ऐसा लगता है कि कोई भी ज़िन्दगी हो एक ही बात है। एक बात पक्की है कि मुझे कोई पछतावा नहीं है। यदि मैं फिर से 18 साल का हो जाऊँ और मेरा शरीर वैसा ही हो तो मैं ऐसी ही शुरुआत करूँगा, वही दोहराऊँगा जैसा अब तक जिया हूँ, चाहे जितना भी जिया हूँ।

– लिखना, क्या जीना नहीं होता?

– मैं इस प्रश्न का उत्तर देने के काबिल नहीं हूँ। मैंने कोई और जीवन नहीं जिया।

– आपके 22 उपन्यास प्रकाशित हो चुके हैं और जैसा कि आप मुझसे कह रहे हैं, अभी और भी उपन्यास छपने हैं। आपके विशाल रचना-संसार के इतने सारे पात्रों में से क्या कोई एक ऐसा भी है जिसका व्यक्तित्व विशेषकर आपके जैसा हो?

– कोई भी नहीं।

– सचमुच? मैं आपसे मनवाकर रहूँगा कि आपके पात्रों में से एक ऐसा है जिसमें मुझे आपका अक्स दिखाई देता है।

– ओह।

– हाँ, *सूली पर कैसे चढ़ाएँ कि दर्द न हो* शीर्षक उपन्यास में रहस्यमयी मोम विक्रेता।

– आप उसके बारे में कह रहे हैं? कितनी बेतुकी बात है।

– सुनिये तो सही, मैं ऐसा क्यों कह रहा हूँ। जब भी वह बोलता है तो

आप सूली पर 'चढ़ना' की जगह सूली पर 'गढ़ना' लिखते हैं।

– तो क्या हुआ?

– वह कोई बेवकूफ़ नहीं है। वह जानता है कि सूली पर चढ़ने वाली बात गढ़ी गयी है।

– यह तो पाठक भी जानता है। इससे आप यह अर्थ नहीं निकाल सकते कि मुझमें और उसमें समानता है।

– और सूली पर चढ़ाए गए लोगों के चेहरे को मोम के साँचे में ढालने की जो उसकी धुन है, वह आपकी तरह ही तो है।

– मैंने कभी सूली पर चढ़ाए गए लोगों के चेहरे को मोम के साँचे में नहीं ढाला, यकीन मानिये।

– बेशक, पर आप जो करते हैं, यह उसी का रूपक है।

– बरखुरदार, आपको रूपकों की कितनी जानकारी है?

– परन्तु... उतनी ही जितनी कि सारे लोग जानते हैं।

– शानदार जवाब है। लोगों को रूपकों या मेटाफर (metaphor) के बारे में कोई जानकारी नहीं है। लोग तपाक से इसका इस्तेमाल कर देते हैं, क्योंकि यह सुनने में शानदार लगता है। 'मेटाफर'—अव्वल दर्जे का अनपढ़ व्यक्ति भी यह समझ लेता है कि यह शब्द ग्रीक भाषा से आया है। रूपक एक अत्यंत परिमार्जित शब्द है। शब्दों की नकली व्युत्पत्ति, नकली नहीं तो और क्या कहें? हम जानते हैं कि पूर्वसर्ग (preposition) 'मेटा' (meta) भयंकर रूप से अनेकार्थी है और क्रिया 'फेरो' (phero) इतनी उदासीन है कि वह किसी भी शब्द के पीछे हो लेती है। कोई ईमानदार व्यक्ति ही इस निष्कर्ष पर पहुँच सकता है कि 'मेटाफर' का कुछ भी अर्थ निकाला जा सकता है। फिर लोग जिस तरह से इस शब्द का प्रयोग करते हैं, उसे देखें तो हम इसी निष्कर्ष पर पहुँचते हैं।

– आप कहना क्या चाहते हैं?

– बिलकुल वही, जो मैंने कहा है। मैं तो रूपक अलंकार का प्रयोग नहीं कर रहा।

– तो, ये मोम के साँचे फिर क्या हैं?

– जनाब, ये मोम के साँचे, मोम के साँचे ही हैं।

– यह सुनकर मुझे निराशा हुई, ताश साहब। क्योंकि आप रूपक संबंधी सारी व्याख्याओं को ख़ारिज कर दें तो आपकी रचनाओं में बस नीरसता रह जाती है।

– नीरसता भी कई प्रकार की होती है—एक नीरसता ऐसी होती है जो स्वस्थ एवं नवजीवनदायिनी होती है, जो ऐसा भय पैदा करती है जिसमें स्वास्थ्य-लाभ, विरेचन, पौरुषता जैसे गुण होते हैं और जो आनंददायक होती है, जैसे अच्छी तरह से उल्टी हो जाने के बाद होता है। और फिर, एक दूसरी तरह की नीरसता होती है, इस खूबसूरत उबकाई से आहत देवदूत सम्बन्धी नीरसता जिसे प्रभावकारी होने के लिए एक जलरोधक पोशाक की ज़रूरत होती है। गोताखोरी की इस पोशाक को रूपक अलंकार कहते हैं, जिसका इस्तेमाल करके रूपकवादी चिंतामुक्त होकर चिल्लाते हैं, "मैं ताश के एक सिरे से दूसरे सिरे तक बेदाग निकल गया।"

– पर, आप भी रूपक अलंकार का प्रयोग कर रहे हैं।

– निश्चित रूप से। जैसे लोहा ही लोहे को काटता है, मैं रूपक से रूपक को काटने की कोशिश कर रहा हूँ। अगर मैं मसीहा का वेश धारण करना चाहता, अगर मुझे जमावड़ा लगाना होता तो मैं चिल्लाता, "भक्तों, आओ मिलकर मुक्ति के लिए आराधना करें, रूपक को रूपक से सुसज्जित करें, रूपक को रूपक से जोड़ें, उन्हें अच्छी तरह से फेंटकर ऐसा सूफ़्ले तैयार करें जो खूब फूले, खूब फले, इतना फूले कि अपनी चरम सीमा पर पहुँच जाए और अंत में एक विस्फोट हो, भक्तों, सब गिरकर बिखर जाए और मेहमानों की आशा पर पानी फिर जाए। कितना मज़ा आएगा!"

– एक लेखक का रूपकों से नफ़रत करना उतना ही असंगत है जितना एक बैंककर्मी का रुपये-पैसे से।

– मुझे पूरा विश्वास है कि बड़े बैंकर रुपये-पैसे से नफ़रत करते होंगे। इसमें कुछ भी असंगत नहीं है, बल्कि यह स्वाभाविक है।

– और शब्द, शब्द तो आपको प्यारे होंगे?

– अरे, शब्द तो मुझे बेहद प्यारे लगते हैं, पर इससे कुछ निष्कर्ष नहीं निकाल सकते। शब्द तो ज़ायके का आधार हैं, शब्द से खिलवाड़ नहीं किया जा सकता।

– तो, रूपक अलंकार और पाक कला में समानता है—और पाक कला

में आपकी रुचि है।

– नहीं जनाब, रूपक अलंकार पाक कला की तरह नहीं है, पाक कला की तरह है वाक्य-विन्यास। रूपक का प्रयोग एक तरह की आत्म-छलना है। टमाटर में दाँत गड़ाकर दावा करना कि इसमें शहद का स्वाद है, शहद खाना और दावा करना कि इस शहद में अदरक का स्वाद है, फिर, अदरक चबाना और दावा करना कि इस अदरक में चिरायता का स्वाद है, इसके बाद...

– ठीक है, मैं समझ गया, आगे बोलने की ज़रूरत नहीं है।

– नहीं, आपने नहीं समझा। आपको यह समझाने के लिए कि रूपक क्या चीज़ है, इस छोटे-से खेल को घंटों तक खेलना होगा क्योंकि रूपकवादी तो कभी बाज़ नहीं आते। वे तो तब तक जारी रहते हैं जब तक कि कोई पुण्यात्मा आकर उनका थोबड़ा न बिगाड़ दे।

– तो, मेरा ख़याल है, वह पुण्यात्मा आप हैं।

– नहीं, मैं हमेशा से थोड़ा सौम्य और भद्र रहा हूँ।

– भद्र, और आप?

– भयंकर। अपने जैसा भद्र व्यक्ति मैंने कहीं नहीं देखा। यह भद्रता भयंकर है क्योंकि मैं भद्र इसलिए ही नहीं हूँ कि मुझमें भद्रता है बल्कि इसलिए हूँ कि मैं सुस्त हूँ और विशेषकर झुँझलाहट से बचना चाहता हूँ। गुस्सा मेरी नाक पर रहता है और मैं बहुत मुश्किल से गुस्से पर काबू कर पाता हूँ। इसलिए मैं गुस्से से वैसे ही बचना चाहता हूँ जैसे प्लेग से।

– क्या आप भद्रता को तुच्छ समझते हैं?

– मैं जो कुछ कह रहा हूँ, वह आपके पल्ले बिलकुल नहीं पड़ रहा है। मैं वैसी शराफ़त की सराहना करता हूँ जिसके मूल में शराफ़त या प्रेम हो पर आप बहुत से ऐसे लोगों को नहीं जानते जो शराफ़त से पेश आते हैं। अधिकतर मामले में जब लोग शराफ़त दिखाते हैं तो इसके पीछे कारण होता है कि वे नहीं चाहते कि उनकी शांति में कोई बाधा डाले।

– चलिये मानता हूँ, फिर भी यह बात मुझे समझ में नहीं आयी कि मोम का विक्रेता सूली पर चढ़ाए हुए लोगों को साँचे में क्यों ढालता है।

– क्यों न करे? अपना-अपना व्यवसाय है। जैसे कि आप पत्रकार हैं। मैंने आपसे पूछा क्या कि आप पत्रकार क्यों हैं?

– आप मुझसे पूछ सकते हैं। मैं पत्रकार इसलिए हूँ क्योंकि पत्रकारिता की ज़रूरत है, क्योंकि लोग मेरे आलेख में रुचि रखते हैं, मेरे आलेखों को खरीदते हैं क्योंकि मैं सूचना प्रसारित कर सकता हूँ।

– मैं आपकी जगह होता तो इस बात को इतना बढ़ा-चढ़ाकर पेश नहीं करता।

– ताश साहब, आखिर एक अच्छी ज़िन्दगी गुज़ारनी होती है।

– आप ऐसा मानते हैं?

– आप भी तो वही कर रहे हैं, है ना?

– यह तो समय ही बताएगा।

– देखा जाए तो, वह मोम-विक्रेता यही तो कर रहा है।

– यह मोम-विक्रेता आपके लिए मायने रखता है। उसे सूली पर चढ़ाए हुए लोगों को मोम के साँचे में ढालने की क्या ज़रूरत है? इसके कारण आपके द्वारा गिनाए गए कारणों के विपरीत हैं—क्योंकि बाज़ार में इसकी माँग नहीं है, क्योंकि लोगों को इसमें रुचि नहीं है, क्योंकि लोग इन्हें खरीदना नहीं चाहते, क्योंकि इनका लक्ष्य कोई सूचना-प्रसारण करना नहीं है।

– यह तो अनर्गल प्रलाप है, क्यों?

– अगर आप मेरी राय लें, तो यह उतना असंगत नहीं है जितना आपके द्वारा गिनाए हुए कारण। पर, क्या आप मेरी राय लेना चाहेंगे?

– बिलकुल, मैं तो पत्रकार हूँ।

– सही फ़रमाया।

– पत्रकारों के प्रति इतना आक्रामक रुख क्यों?

– पत्रकारों के प्रति नहीं है, आपके प्रति।

– भला मैंने आपका क्या बिगाड़ा है?

– यह तो हद हो गई, आप एक के बाद एक मेरी बेइज़्ज़ती किये जा रहे हैं, मुझे रूपकवादी समझ रहे हैं, मेरी रचना को नीरस समझ रहे हैं, यह कह रहे हैं कि मैं 'उतना' कुरूप नहीं हूँ, मोम-विक्रेता के पीछे हाथ धोकर पड़े हैं और सबसे बुरी बात कि मुझे समझने का दावा कर रहे हैं।

– लेकिन, मैं बोलता तो आखिर क्या बोलता।

– यह आपका व्यवसाय है, मेरा नहीं। अगर कोई आपके जैसा बेवक़ूफ़ है तो उसे प्रेतेक्सता ताश को परेशान करने के लिए नहीं आना चाहिए।

– पर, मैं आपकी इजाज़त से यहाँ आया हूँ।

– बिलकुल नहीं। यह बेवक़ूफ़ ग्राव्हलैं है, जिसे आदमी की पहचान नहीं है।

– शुरुआत में तो आप कह रहे थे कि वह बढ़िया आदमी है।

– इसका मतलब यह नहीं है कि वह गधा नहीं है।

– चलिये, ताश साहब, आप इतने भी बुरे नहीं हैं जितना आप दीखते हैं।

– गँवार इंसान, यहाँ से फ़ौरन निकल जाइये।

– पर...अभी तो साक्षात्कार ढंग से शुरू भी नहीं हुआ था।

– बदतमीज़ कहीं के, यह साक्षात्कार बहुत देर तक चल गया। दफ़ा हो जाइये। और अपने पत्रकार बंधुओं को बताइये कि वह प्रेतेक्सता ताश की इज़्ज़त करना सीखें।

पत्रकार दुम दबाकर वहाँ से भाग निकला।

~

सड़क के दूसरी तरफ़ एक कैफ़े में उसके सहकर्मी कुछ पी रहे थे। उन्हें यह उम्मीद नहीं थी कि यह पत्रकार इतनी जल्दी बाहर निकल आएगा। उन्होंने इस पत्रकार को इशारे से बुलाया। नसीब का मारा, थका-माँदा, वह उनके बीच आकर धम्म से बैठ गया। उसने एक ट्रिपल पोर्तो फ्लिप के लिए आवाज़ दी और अपनी रामकहानी सुनाने के लिए हिम्मत जुटाई। डर के कारण उसके शरीर से भयंकर बदबू आ रही थी, वैसी ही जैसी *बाइबल* की कहानी में विशाल मछली के पेट से निकलने के बाद जोनास के शरीर से आयी थी। उससे बात कर रहे लोग असहज महसूस कर रहे थे। क्या उसे इस बासी गन्ध का एहसास था? उसने खुद ही जोनास का नाम लिया—

– व्हेल मछली का पेट। कसम से, क्या नहीं था वहाँ? अँधेरा, बदसूरती, डर, बंद कमरे की घुटन।

– और दुर्गंध?

एक पत्रकार बंधु बीच में ही बोल पड़ा।

– बस इसी चीज़ की कमी रह गई थी। पर, उसके बारे में मैं क्या बताऊँ? दरअसल वह आदमी नहीं, एक आँत है। जिगर की तरह चिकना, तोंद निकली हुई, प्लीहा (spleen) की तरह दगाबाज़, पित्ताशय (Gall bladder) की तरह कड़वा! उसकी नज़र ही ऐसी थी मानो वह मुझे हजम कर जाएगा, ज़बरदस्त उपापचय क्रिया (metabolism) के दौरान वह पाचक रस में मेरा विलय कर देगा!

– ऐसा नहीं हो सकता, तुम बढ़ा-चढ़ाकर कह रहे हो।

– इसके ठीक विपरीत यह बताने के लिए मेरे पास उतनी तीखी अभिव्यक्ति नहीं होगी। अंत में तुम्हें उसका गुस्सा देखना चाहिए था। मैंने इतना भयानक गुस्सा कभी नहीं देखा था। आकस्मिक, पर पूरी तरह से नियंत्रित। उस बड़े जखीरे के शरीर पर, यदि मैंने लालिमा देखी होती, छाले देखे होते, साँस की तकलीफ़ देखी होती और घिनौने रूप से पसीने से लथपथ देखा होता, तो मुझे आश्चर्य नहीं होता। पर ऐसा कुछ भी नहीं था, बल्कि उसके व्यवहार में जितनी रूखाई थी, उसका गुस्सा भी उतना ही भेदने वाला था। उसने कितनी कड़ी आवाज़ में मुझे बाहर निकल जाने के लिए कहा! मेरा अनुमान है कि चीन के सम्राट जब किसी के सर को कलम करने का हुक्म देते होंगे, तो इसी आवाज़ में बोलते होंगे।

– कुछ भी कह लो, उसने तुम्हें नायक बनने का अवसर दिया।

– तुम लोगों को ऐसा लगता है? मेरी स्थिति आज तक इतनी दयनीय कभी नहीं हुई। उसने पोर्तो फ्लिप वाइन को गले में उतारा और फूट-फूटकर रोने लगा।

– भई, यह कोई पहली बार ऐसा नहीं हुआ कि किसी पत्रकार को मूर्ख करार दिया गया हो।

– मैं इससे भी बुरी तरह से बाहर निकाला गया हूँ, पर जिस लहज़े में वह बोल रहा था—उसका चिकना, घृणा से भरपूर चेहरा बहुत असरदार था!

– हम रिकॉर्डिंग सुनें?

सभी भक्ति-भाव से चुप बैठे थे, टेप रिकॉर्डर सच्चाई उगल रहा था, पर पूरी तरह से नहीं, क्योंकि वहाँ लटकता हुआ चेहरा, अँधेरा, भावहीन मोटे-मोटे हाथ, एक सामान्य गतिहीनता—ये सारे घटक, जिनकी वजह से उस बेचारे व्यक्ति की ऐसी हालत हो गई थी, वहाँ मौजूद नहीं थे। जब सहकर्मियों ने पूरी रिकॉर्डिंग सुन ली तो मनुष्य रूपी कुत्ते की तरह वे लोग उपन्यासकार को सही बताने के लिए टूट पड़े। उपन्यासकार की तारीफ़ की गई, थोड़ी-बहुत टीका-टिप्पणी हुई और पीड़ित व्यक्ति को उपदेश दिये गये—

– देख भई, तुम्हीं ने कहा था कि 'आ बैल मुझे मार'। तुम्हें स्कूल की पाठ्य-पुस्तक के स्तर पर जाकर उनसे साहित्य पर चर्चा करने की क्या ज़रूरत थी? ऐसी प्रतिक्रिया तो स्वाभाविक ही थी।

– उनके उपन्यास के पात्र में तुम उनकी छवि क्यों देखना चाहते थे? यह तो कोई भी राह चलता हुआ आदमी कर सकता है।

– ये जीवनी सम्बन्धी प्रश्न, आजकल ऐसे प्रश्नों में कोई रुचि नहीं लेता। तुमने मार्सेल प्रूस्त का निबंध-संग्रह *संत बव्ह के विरुद्ध* नहीं पढ़ा क्या?

– उनसे जाकर यह कहना कि तुम्हें लेखकों से साक्षात्कार करने की आदत है, एक बड़ी भूल थी।

– उनसे यह कहना कि वे उतने कुरूप नहीं हैं, उनके साथ बदसलूकी थी! अरे यार, थोड़ी-बहुत तहज़ीब तो रखनी होती है!

– और, जहाँ तक रूपक अलंकार का सवाल है, उसने तुम्हारी अच्छी धुनाई की। मैं तुम्हें चोट नहीं पहुँचाना चाहता, पर ईमानदारी से कहूँ, तो तुम इसी के पात्र हो।

– तो ताश जैसे अपूर्व बुद्धि के व्यक्ति के साथ असंगत के ऊपर चर्चा कहाँ की बुद्धिमत्ता है?

– वैसे, तुम्हारे इस असफल साक्षात्कार से एक बात तो निकलकर आती है कि यह व्यक्ति अद्‌भुत है! उसमें बुद्धिमत्ता कूट-कूटकर भरी है।

– कैसा वाक्-चातुर्य है!

– वह देखने में भले ही विराट हो पर बातें सूक्ष्म करता है!

– वह कितनी बारीकी से शैतानी करता है!

– तो, तुम लोग कम-से-कम यह तो मानते हो कि वह शैतान है? वह बदनसीब चिल्लाया, जैसे किसी डूबते को तिनके का सहारा मिल गया हो।

– मुझसे पूछो तो वह उतना शैतान भी नहीं है।

– मुझे लगा कि वह तुमसे शालीनता से पेश आया।

– और वह विनोदी स्वभाव का भी है। जब तुमने उससे यह कहा कि तुम उसकी बात समझ रहे हो, तो माफ़ करना, तुम बिलकुल अनाड़ीपन दिखा रहे थे, अगर उसने तुम्हें चुनकर गाली दी होती तो इसमें उसकी कोई गलती नहीं होती।

– उसने हास्य के दायरे में रहकर जवाब दिया, लक्षणा और व्यंजना का भी प्रयोग किया जो तुम्हारी समझ से बाहर की बात थी।

– बंदर के गले में मोतियों की माला, जिसे लैटिन में कहते हैं margaritas ante porcos.

सीधा-सीधा प्रहार किया गया था। बलि के बकरे ने फिर से ट्रिपल पोर्तो फ्लिप के लिए बेयरे को आवाज़ दी।

~

जहाँ तक प्रेतेक्सता ताश का सवाल है, वह कोको और कोन्याक से बने पेय पदार्थ अलेक्जेंडर पसंद करते थे। वे शायद ही कभी पीते थे पर जब कभी भी उन्हें थोड़ी-बहुत तलब होती तो अलेक्जेंडर ही पीते थे। वे खुद कॉकटेल तैयार करना पसंद करते थे, क्योंकि उन्हें भरोसा नहीं था कि कोई और उचित अनुपात में मिश्रण करेगा। मोटूमल अपनी ही ईजाद की हुई एक कहावत को डंके की चोट पर दोहराने के आदी थे—किसी आदमी की नीयत का पता उसके अलेक्जेंडर के अनुपात से लगता है। यदि इस सूक्ति को खुद ताश पर लागू किया जाये तो इस नतीजे पर पहुँचा जा सकता है कि वे नेकनीयती के जीते-जागते उदाहरण थे। कच्चे अंडे की जर्दी या मावा खाने की प्रतियोगिता के विजेता के होश उड़ाने के लिए ताश के अलेक्जेंडर का एक घूँट भी काफ़ी था। उपन्यासकार प्याला भर-भरकर पीते थे, पर रोग-व्याधि का कोई संकेत न था। ग्राव्हलैं उन्हें देख-देखकर अचंभित होता तो वे कहते, "मैं अलेक्जेंडर का मिथ्रीडाटिस हूँ, जैसे राजा मिथ्रीडाटिस पर ज़हर का असर नहीं होता था, वैसे ही मुझ पर भी ज़हर का असर नहीं होता।"

– पर, क्या फिर भी हम उसे अलेक्जेंडर बोलेंगे? एरनेस्त ने पूछा था।

– आम लोगों की पहुँच अलेक्जेंडर के तुच्छ घोल तक ही है, वे अलेक्जेंडर का सार कभी नहीं समझ पाएँगे।

भला ऐसे भव्य निर्णय के बाद कहने के लिए बचता ही क्या है?

~

ताश साहब, सबसे पहले तो कल जो हुआ, उसके लिए मैं सारी पत्रकार बिरादरी की तरफ़ से आपसे क्षमाप्रार्थी हूँ।

– आखिर कल हुआ क्या था?

– अजी, वह पत्रकार, जिसने आपको परेशान करके हम पत्रकारों की तौहीन की है।

– हाँ, हाँ, मुझे ध्यान आया। बहुत शरीफ़ लड़का था। फिर कब उससे मुलाकात होगी?

– कभी नहीं, निश्‍चिंत रहिए। शायद आपको जानकर खुशी होगी कि आज उसने बिस्तर पकड़ लिया है।

– बेचारा! क्या हुआ उसे?

– बहुत ज़्यादा पोर्तो फ्लिप चढ़ा ली थी।

– मुझे पहले ही पता है कि पोर्तो फ्लिप एक घटिया वाइन है। यदि मुझे पता होता कि उसे भी स्फूर्तिदायक पेय पदार्थों का शौक है, तो मैंने उसके लिए अलेक्जेंडर का एक अच्छा पेग तैयार किया होता। उपापचय (metabolism) के लिए इससे बेहतर कोई चीज़ नहीं। बरखुरदार, आप अलेक्जेंडर का एक पेग लेना चाहेंगे?

– नहीं, मैं काम के वक्त नहीं लेता, शुक्रिया।

इस इनकार से लेखक के चेहरे पर जो ज़बरदस्त संदेह का भाव उभरा, उसे पत्रकार ने नहीं देखा।

– ताश साहब, हमारे कल वाले सहकर्मी के प्रति वैर भाव नहीं रखना चाहिए। यह मानने में कोई बुराई नहीं है कि आप जैसे लोगों से भेंटवार्ता करने की काबिलियत कुछ विरले पत्रकारों में ही है...

– बस इसी चीज़ की कमी रह गयी थी। अच्छे लोगों को मुझसे मुलाकात करने की विद्या सिखाना। और इस शिक्षण को नाम दिया जाएगा—'अपूर्व बुद्धि के लोगों से पेश आने की कला!' क्या बकवास है!

– आप नहीं मानते? मैं समझता हूँ कि मेरे सहकर्मी के प्रति आपके मन में कोई मैल नहीं है। इस उदारता के लिए आपका शुक्रगुज़ार हूँ।

– आप अपने सहकर्मी के बारे में मुझसे बात करने आए हैं या मेरे बारे में?

– निश्चित रूप से, आपके बारे में, यह तो एक भूमिका मात्र थी।

– आप भी हद करते हैं। अरे भाई, आपकी बात से मेरा मन इस कदर ऊब गया कि मुझे अलेक्जेंडर के एक पेग की ज़रूरत है। अब थोड़ी देर झेलिये—यह आपकी गलती है, आखिर आपको मुझसे अलेक्जेंडर का ज़िक्र करने की क्या ज़रूरत थी? आपकी बातों को सुनकर मुझे अलेक्जेंडर की तलब हो गयी।

– पर अलेक्जेंडर की बात मैंने नहीं छेड़ी थी!

– बरखुरदार, क्यों अपने आपको धोखा दे रहे हैं! मुझे आत्म-छलना पसंद नहीं। आप सचमुच यह कॉकटेल नहीं पीना चाहते?

उसे एहसास नहीं था कि ताश ने उसे स्वयं को बचाने का आखिरी मौका दिया था जिसे उसने गँवा दिया। अपने मोटे कंधे को झटकते हुए, उपन्यासकार ने अपनी पहियेदार कुर्सी एक ताबूत जैसे दिखने वाले बक्से की ओर बढ़ायी। उसका ढक्कन उठाने पर कुछ बोतलें, टिन के बंद डब्बे और जाम दिखने लगे।

– इस मदिरा संग्रह में मैंने मेरोव्हैनजियन बीयर रखी है, जिसे उच्च तापमान पर खमीर उठाकर तैयार किया जाता है।

उन्होंने धातु से बना एक बड़ा कप उठाया, उसमें कोको की मलाई की अच्छी-खासी मात्रा डाली, फिर कोन्याक डाली। फिर उन्होंने पत्रकार पर एक फुर्तीली नज़र फेंकी।

– अब आपको इस प्रधान रसोइये का एक रहस्य पता चलेगा। आम तौर पर लोग इस कप का अंतिम एक हिस्सा ताज़ा मलाई से भर देते हैं। मुझे यह थोड़ा-बहुत गरिष्ठ लगता है, सो, मैं इस मलाई की जगह पर उतनी ही मात्रा में... (उन्होंने टिन का एक डब्बा उठाया) मावा डालता हूँ (उन्होंने बोलते हुए इशारा भी किया)।

– पर यह बेहद घिनौना होता होगा। ज़ोरदार आवाज़ में ऐसा कहकर पत्रकार ने अपने ही पैर पर कुल्हाड़ी मार ली थी।

– इस साल, ठंड उतनी नहीं है। जब कड़ाके की सर्दी पड़ती है तो मैं अपने अलेक्जेंडर को मक्खन के एक बड़े टुकड़े से सजाता हूँ।

– क्या, क्या?

– हाँ। मलाई में मावा की अपेक्षा कम वसा होती है, इसलिए उसकी भरपाई करनी होती है। दरअसल आज 15 जनवरी है, तो वैसे भी सैद्धान्तिक रूप

से मुझे मक्खन खाने का अधिकार है, किन्तु इसके लिए ज़रूरी है कि मैं यहाँ आपको अकेला छोड़कर रसोईघर में जाऊँ। ऐसा करना ठीक नहीं होगा। इसलिए मुझे बिना मक्खन के काम चलाना होगा।

– आपसे विनती है कि आप मेरी चिंता न करें।

– नहीं, जाने दीजिये।

– मुझे आज शाम तक मक्खन नहीं खाने को कहा गया था। इस हिदायत का पालन करते हुए मैं मक्खन नहीं खाऊँगा।

– क्या आप खाड़ी संकट को लेकर चिंतित हैं?

– चिंता इतनी है कि मैं बिना मक्खन के अलेक्जेंडर पी रहा हूँ।

– आप टेलीविज़न पर खबरें देखते हैं क्या?

– दो विज्ञापनों के क्रम के बीच कुछ खबरें देखनी पड़ जाती हैं।

– खाड़ी संकट के बारे में आपका क्या ख़याल है?

– कुछ भी नहीं।

– फिर भी, कुछ-न-कुछ तो होगा। आपको इससे कोई सरोकार नहीं हैं?

– बिलकुल नहीं। वैसे भी, मैं इसके बारे में क्या सोचता हूँ, यह मायने नहीं रखता। मेरे जैसे मोटूमल से इस संकट पर विचार पूछना बेकार है। मैं न तो सेनापति हूँ, न शांतिवादी, न पेट्रोल पम्प पर काम करने वाला कर्मचारी, न ही इराकी। इसके बजाय अगर आप मुझसे अलेक्जेंडर के बारे में पूछें तो मैं खुशी-खुशी बताऊँगा।

बातचीत की इस उड़ान को अंजाम देने के लिए उपन्यासकार ने जाम को अपने होंठों से लगाया और दनादन कुछ घूँट पिये।

– आप धातु के प्याले में क्यों पीते हैं?

– मुझे पारदर्शिता पसंद नहीं है। मेरे इतने मोटे होने के पीछे यह भी एक कारण है। लोग मेरे आर-पार मुझे देखें, यह मुझे पसंद नहीं है।

– इस सम्बन्ध में, ताश साहब, मैं आपसे वह प्रश्न पूछना चाहता हूँ जो हर पत्रकार आपसे पूछना चाहता है, पर किसी की हिम्मत नहीं होती।

– मेरा वज़न कितना है?

– नहीं, आप किस चक्की का आटा खाते हैं? हम जानते हैं कि आपकी

ज़िन्दगी में खान-पान की अहम भूमिका है। *बदहज़मी का समर्थन* जैसे हाल के कुछ उपन्यासों में पाक कला और उसके स्वाभाविक परिणाम, पाचन-क्रिया आदि विषय केन्द्र में हैं। *बदहज़मी का समर्थन* एक ऐसी रचना है जिसमें आपके आध्यात्मिक सरोकारों का सार विद्यमान है।

- आपने सही फ़रमाया। मैं मानता हूँ कि अध्यात्म उपापचय (metabolism) की अभिव्यक्ति की विशेषाधिकृत शैली है। जैसा कि उपापचय क्रिया दो भागों में विभाजित है—उपचय और अपचय, मैंने तत्त्वमीमांसा को भी दो भागों में विभाजित किया है—उपमीमांसा और अपमीमांसा। इस विभाजन को एक द्वैतवादी तनाव के रूप में न देखकर दो अपरिहार्य चरण के रूप में देखा जाना चाहिए। पर अधिक असुविधाजनक यह है कि दोनों चिंतन-प्रक्रिया के समकालीन चरण हैं जिनकी परिणति तुच्छता में होती है।

- कहीं आप आलफ्रेद जारी की रचना और कल्पनामीमांसा की तरफ़ तो इशारा नहीं कर रहे?

- नहीं, जनाब। मैं तो एक गंभीर लेखक हूँ। बुज़ुर्ग ने अलेक्जेंडर से अपना गला फिर तर करने के पहले रूखे स्वर में जवाब दिया।

- ताश साहब, यदि आपको बुरा न लगे, तो क्या आप अपने एक सामान्य दिन के पाचन चरणों का खाका प्रस्तुत कर सकते हैं?

एक गंभीर चुप्पी छा गयी। लगता था कि उपन्यासकार चिंतन कर रहे हैं। उन्होंने गंभीर स्वर में बोलना शुरू किया, मानो वह किसी मताग्रह का भेद खोल रहे हों—

- सुबह, मैं आठ बजे के आस-पास जगता हूँ। सबसे पहले मैं शौचालय जाकर अपना मूत्राशय और अपनी अँतड़ियाँ खाली करता हूँ। आपको विस्तृत सूचना चाहिए?

- नहीं, मुझे लगता है कि इतना काफ़ी होगा।

- अच्छी बात है। क्योंकि पाचन प्रक्रिया में निश्चित रूप से यह एक अत्यावश्यक चरण है। परन्तु यह है बेहद घिनौना, यकीन मानिये।

- ऊधो ने कही, माधो ने मानी।

- जो बिना देखे मान लें, वे ज़्यादा फ़ायदे में रहते हैं। पाउडर-शाउडर लगाने के बाद मैं कपड़े पहनने जाता हूँ।

– क्या आप हमेशा यह नहाने का चोगा पहने रहते हैं?

– हाँ, सिवाय खरीदारी करने के लिए बाहर निकलते समय।

– क्या, ऐसे कामों में आपकी विकलांगता आड़े नहीं आती?

– मुझे धीरे-धीरे आदत हो गयी। फिर मैं रसोईघर में जाकर नाश्ता तैयार करता हूँ। पहले, जब मेरा पूरा दिन लिखने में बीतता था, तब मैं खाना नहीं बनाता था। मैं कुछ भी कच्चा-पक्का खा लेता था, जैसे ठंडा बट...

– सुबह-सुबह ठंडी अँतड़ी?

– आपका अचम्भित होना स्वाभाविक है। क्या बताऊँ आपको, उन दिनों लेखनी में ही मेरी जान बसती थी। पर, आज की तारीख में सुबह-सुबह उठकर बिना गर्म किये हुए ट्राइप खाना मुझे घिनौना लगेगा। अब मैं उसे हंस की चर्बी में आधे घंटे तक भून-भूनकर लाल करता हूँ। पिछले बीस साल से ऐसा चल रहा है।

– नाश्ते में हंस की चर्बी में पकी हुई अँतड़ियाँ?

– ज़बरदस्त होता है।

– फिर उसके साथ अलेक्जेंडर का एक पेग?

– नहीं, खाते समय कभी नहीं। उन दिनों जब मैं लिखता था, तो मैं कड़क कॉफ़ी पीता था। आजकल, मैं एगनॉग पीना अपेक्षाकृत अधिक पसंद करता हूँ। फिर, मैं खरीदारी के लिए निकलता हूँ। सुबह का समय भोजन के लिए किसी परिष्कृत व्यंजन को हल्की आँच पर पकाते हुए बीतता है—मगज का डोनट, हल्की आँच पर पका हुआ गुर्दा...

– खाने के अंत में क्लिष्ट तरीके से तैयार किया गया कुछ मीठा?

– शायद ही। मैं सब कुछ मीठा-मीठा ही पीता हूँ, सो खाने के अंत में कुछ मीठा खाने की इच्छा नहीं होती। फिर, दो भोजन के बीच में कभी-कभी कैरामेल की टॉफ़ी खा लेता हूँ। अपनी जवानी के दिनों में मुझे बेहद कड़ी स्काटिश कैरामेल टॉफ़ी पसंद थी। अफ़सोस कि उम्र के साथ मुझे मुलायम कैरामेल से काम चलाना पड़ा, हालाँकि टॉफ़ी अच्छी होती है। मैं दावा करता हूँ कि अंग्रेज़ी टॉफ़ी चबाने से जबड़ों में जो स्थिरता आती है, उससे जुड़ी जो गतिहीनता की अनुभूति होती है, उसका कोई जवाब नहीं है...जो मैं कह रहा था, उसे नोट कीजिये। मुझे लगता है, यह सुनने में अच्छा लग रहा था।

– ज़रूरत नहीं है, सब रिकॉर्ड हो चुका है।

– क्या? यह तो बेईमानी है! तो, मैं कोई बकवास भी नहीं कर सकता क्या?

– आप कभी बकवास नहीं करते, ताश साहब।

– आप एक चापलूस की तरह झूठी तारीफ़ कर रहे हैं, जनाब।

– आप नाहक शर्मिंदा कर रहे हैं, आप पाचन-सम्बन्धी अपनी तीर्थयात्रा जारी रखिये।

– क्या कहा? पाचन-सम्बन्धी तीर्थयात्रा? कहीं आपने यह विचार मेरे ही किसी उपन्यास से तो नहीं उठाया है?

– नहीं, बिलकुल मौलिक विचार है।

– विश्वास नहीं होता। लोग प्रेतेक्सता ताश का हवाला देते हैं। एक ज़माना था जब मुझे अपनी सारी रचनाएँ ज़ुबानी याद थीं...अफ़सोस, याद्दाश्त की भी एक उम्र होती है, है ना? धमनियों की उम्र नहीं होती, जैसा कि मूर्ख लोग कहते हैं। चलिये, फिर मैंने कहाँ लिखी है 'पाचन-सम्बन्धी तीर्थयात्रा'?

– ताश साहब, हो सकता है आपने भी कहीं इस अभिव्यक्ति का प्रयोग किया होगा, पर इसका प्रयोग करने का मुझे भी कम श्रेय नहीं जाता, क्योंकि...

पत्रकार अपने होंठ काटते हुए रुक गया।

– ...क्योंकि आपने मेरी कोई किताब नहीं पढ़ी है, है ना? शुक्रिया बरखुरदार, बस मैं यही सुनना चाहता था। आँख मूँदकर, आप इतनी बड़ी बकवास कैसे कर सकते हैं? 'पाचन-सम्बन्धी तीर्थयात्रा' जैसी चलताऊ और सतही अभिव्यक्ति का मैं ईजाद करूँगा? यह अभिव्यक्ति आप जैसे दो कौड़ी के धर्मशास्त्रियों के स्तर की है। मैं एक सतिया गए व्यक्ति की तरह आश्वस्त होकर कहता हूँ कि साहित्य जगत ज्यों का त्यों है, पहले की तरह आज भी लोग फलाँ-फलाँ लेखक को पढ़ने का ढोंग रचते हैं। बस अंतर यह है कि आपके ज़माने में प्रतिभा नदारद है। आजकल ऐसी पुस्तिकाएँ उपलब्ध हैं जिन्हें पढ़कर अनपढ़-गँवार भी सामान्य सुसंस्कृत व्यक्तियों की तरह बड़े-बड़े लेखकों पर चर्चा कर सकते हैं। आपसे यहीं पर चूक हो जाती है। यदि किसी ने मेरी रचनाओं को नहीं पढ़ा है, तो मैं उसकी बहादुरी मानूँगा। मैं उस पत्रकार की तहेदिल से सराहना करूँगा जो बिना अपनी अज्ञानता छिपाए मेरे पास आए, जिसे पता भी न हो कि मैं कौन हूँ और

मुझसे प्रश्नोत्तर करे। पर बिना पानी के मिल्क शेक—'पानी डालिये और आपका मिल्क शेक पीने लायक हो जाएगा'—के बारे में जानकारी हो और मेरे बारे में कुछ पता न हो, इससे भी अधिक औसत दर्जे की बात कोई हो सकती है क्या?

– समझने की कोशिश कीजिये। आज 15 तारीख है और आपके कैंसर की खबर 10 तारीख को आई। आपके 22 मोटे-मोटे उपन्यास अब तक प्रकाशित हो चुके हैं। इतने कम समय में उन्हें पढ़ना असंभव होगा, वह भी इस संकट की घड़ी में जब हम मध्य-पूर्व से आने वाली छोटी-से-छोटी सूचना की ताक में रहते हैं।

– मैं आपसे सहमत हूँ कि खाड़ी-संकट मेरी लाश से ज़्यादा रोचक है। पर, जो समय आपने मेरी रचनाओं का सार प्रस्तुत करने वाली पुस्तिकाओं को रटने में लगाए, वही समय अगर आपने मेरी 22 किताबों में से किसी एक के महज़ 10 पृष्ठ पढ़ने में लगाए होते तो आपके भेजे में कुछ घुसता।

– मैं आपको सब सच-सच बताने जा रहा हूँ।

– कोई फ़ायदा नहीं, मैं समझ गया कि आपने कोशिश की थी और दसवें पृष्ठ तक पहुँचने से पहले ही आपने घुटने टेक दिये। मैं आपको देखते ही ताड़ गया था। जिन्होंने मेरी किताबें पढ़ी हैं, उन्हें मैं चुटकियों में पहचान लेता हूँ। उनके चेहरे पर लिखा होता है। आप न तो परेशान लग रहे थे, न ही खुश, न ही मोटे-ताज़े, न ही दुबले-पतले और न ही भाव-विभोर—आप बस स्वस्थ लग रहे थे। तो, अपने कल वाले सहकर्मी से ज़्यादा आपने मेरी रचनाएँ नहीं पढ़ी हैं। बस यही कारण है कि सब कुछ के बावजूद, मुझे आपके प्रति कुछ सहानुभूति है, बल्कि कुछ अधिक ही सहानुभूति है, क्योंकि आपने दस पृष्ठ से पहले ही दम तोड़ दिया। यह आपके चरित्र की शक्ति को दर्शाता है जो मुझ जैसे आदमी में कतई नहीं हो सकती। हालाँकि ज़रूरत न होने के बावजूद भी, आपने सब कुछ सच-सच बताने की कोशिश की, यह आपका बड़प्पन है। दरअसल, मुझे बुरा तो तब लगता, जब आप मेरी रचनाओं को ठीक से पढ़ने के बाद भी ऐसे बने रहते, जैसे अभी हैं। पर, ख़याली पुलाव पकाना हास्यास्पद है। यदि मुझे ठीक-ठीक याद है, तो हम पाचन क्रिया की बात कर रहे थे।

– सही है। अजी, यों कहिये कि हम कैरामेल की बात कर रहे थे।

– तो, भोजन कर लेने के बाद मैं धूम्रपान कक्ष की ओर जाता हूँ। यह दिन में एक चरम बिन्दु होता है। मैं आपकी भेंटवार्ताओं को केवल सुबह में सहन कर सकता हूँ, क्योंकि दोपहर में जो सिगार पीना शुरू करता हूँ, तो शाम

के पाँच बजे तक पीता रहता हूँ।

– शाम के पाँच बजे तक क्यों?

– पाँच बजे यह मूर्ख नर्स आ जाती ही, जिसे लगता है कि मुझे आपादमस्तक नहलाना फ़ायदेमंद है—यह भी ग्राव्हलैं की योजना है। ज़रा सोचिये, रोज़-रोज़ नहाना कहाँ की बुद्धिमानी है? जैसा कि *बाइबिल* में कहा गया है—Vanity, All is vanity. व्यर्थ ही व्यर्थ, सब कुछ व्यर्थ है। तो, मैं अपने तरीके से प्रतिशोध लेता हूँ। मैं कोशिश करता हूँ कि अधिक-से-अधिक पसीना आए, ताकि उस फूलकुमारी की नाक में दम हो जाए। मैं अपने दोपहर के भोजन में लहसुन की पूरी-पूरी फाँकें डाल देता हूँ और झूठ-मूठ यह बताता हूँ कि मुझे रक्त-प्रवाह की समस्या है। फिर, तुर्की लोगों की तरह एक के बाद एक सिगार इस कदर पीता हूँ कि धोबिन भी मेरी शिकायत करती है।

वे वीभत्स तरीके से हँसे।

– कहीं आप उस बेचारी का दम घोंटने की मंशा से ही तो इतना धूम्रपान नहीं करते?

– अगर यह कारण होता तो अच्छा था। पर, सच्चाई यह है कि मुझे सिगार पीना अच्छा लगता है। अगर सिगार पीने के लिए मैं यह समय नहीं चुनता तो यह कार्यकलाप बिलकुल हानिकारक नहीं होता—मैं 'कार्यकलाप' शब्द का प्रयोग कर रहा हूँ क्योंकि सिगार पीना मेरे लिए एक तरह का कारोबार है, जिसके दौरान मैं अपने घर में किसी के आने-जाने को बिलकुल बर्दाश्त नहीं करता और न ही ध्यान बँटाना।

– यह बिलकुल रोचक बात है, ताश साहब। पर विषयांतर न किया जाए। आपके सिगार का आपकी पाचन क्रिया से कोई सम्बन्ध नहीं है।

– सचमुच? मैं इसके बारे में कुछ पक्के तौर पर नहीं कह सकता। चूँकि, आपको इसमें कोई रुचि नहीं है...और मेरे स्नान में आपको रुचि है क्या?

– नहीं। अगर आप साबुन खाते हों और खँगाले हुए पानी को पीते हों, तो बात और है।

– ज़रा सोचिये, यह छिनाल मुझे नंगा करती है, मेरी त्वचा की परतों को रगड़ती है, मेरा पिछवाड़ा धोती है! मुझे पूरा विश्वास है कि एक चिकने, नंगे मोटूमल को हल्की-हल्की आँच पर उत्तेजित करने में उसे मज़ा आता होगा। ये

सभी नर्सें खब्ती होती हैं। इसी वजह से ये घटिया पेशा अपनाती हैं।

– ताश साहब, मुझे लगता है कि हम फिर रास्ते से भटक रहे हैं...

– मैं नहीं मानता। यह रोज़मर्रे का प्रकरण इतना भ्रष्ट है कि इससे मेरी पाचन क्रिया गड़बड़ हो जाती है। आप समझ रहे हैं? मैं अकेला नंग-धड़ंग, जैसे बारिश के पानी में कोई कीड़ा, अपमानित, भीमकाय, एक ऐसे प्राणी के सामने जिसने पूरे कपड़े पहने हुए हैं। वह मुझे निर्वस्त्र करती है और ऊपर से ऐसा दिखाती है मानो उसे बस काम से मतलब है, ताकि पता न चले कि नीचे से उसकी चड्डी गीली हो रही है। पता नहीं, वह चड्डी पहनती भी है कि नहीं। मुझे पूरा विश्वास है कि अस्पताल लौटकर वह अपनी सहेलियों को, जो उसकी तरह ही छिनाल होंगी, पूरा ब्यौरा देती होगी और क्या पता वे भी...

– ताश साहब, बस रहने भी दीजिये।

– भाई साहब, अब आपको पता चलेगा कि मेरी आवाज़ रिकॉर्ड करने का क्या हर्जाना होता है। अगर आप किसी ईमानदार पत्रकार की तरह मेरी बातों को नोट कर रहे होते, तो बुढ़ापे की सनक में जो कुछ मैंने आपसे कहा, उसे अलग छाँट सकते थे। पर, आपकी मशीन में कोई ऐसी सुविधा नहीं है कि गुड़ एक तरफ़ हो जाए और गोबर दूसरी तरफ़।

– और नर्स के जाने के बाद?

– उसके बाद? तो फिर से आ गए आप अपनी पटरी पर। आपके काम की रफ़्तार बहुत तेज़ है। फिर, शाम के छह बज गये। छिनाल ने मुझे कोई ढीला-ढाला आरामदायक कपड़ा पहना दिया है, जैसे किसी बच्चे को नहला-धुलाकर रौंपर पहनाया जाता है और फिर एक दूध की शीशी पकड़ाकर सुला दिया जाता है। उस क्षण मेरा बचपन आ जाता है और मैं खेलता हूँ।

– तो आप खेलते भी हैं? कौन-सा खेल?

– कुछ भी। मैं पहियेदार कुर्सी से चक्कर लगाता हूँ, आड़े-तिरछे घूमता हूँ, डॉट से निशाने लगाता हूँ—आप अपने पीछे की दीवार देखिये, तोड़-फोड़ दिखेगी—या फिर सबसे मज़ेदार खेल होता है चिरप्रतिष्ठित रचनाओं के पन्ने फाड़ना।

– क्या, मैं समझा नहीं?

– ठीक कह रहा हूँ, मैं उनका परिशोधन करता हूँ। मसलन, मादाम द ला

फायेत के ऐतिहासिक उपन्यास *क्लैव्ह की राजकुमारी* को ही लीजिये—उपन्यास उत्कृष्ट है, पर बहुत लम्बा है। मुझे लगता है, आपने इसे पढ़ा नहीं होगा, इसलिए मैं आपको सलाह देता हूँ कि मेरे द्वारा बनाए गए संक्षिप्त संस्करण को पढ़िये—एक श्रेष्ठ कृति है, सार-संक्षेप।

– ताश साहब, यदि आज से तीन शताब्दियों के बाद आपके उपन्यासों से कुछ पन्नों को फ़ालतू समझकर फाड़ा जाए, तो आपको कैसा लगेगा?

– मैं आपको चुनौती देता हूँ कि आप मेरी पुस्तकों में से कोई एक पन्ना भी फ़ालतू दिखा दीजिये।

– मादाम द ला फायेत ने भी आपसे यही कहा होता।

– आप मेरी तुलना उस खोखली फ़ैशनपरस्त औरत से करेंगे?

– पर, ताश साहब...

– आप मेरे गोपनीय सपने के बारे में जानना चाहेंगे? पुस्तक-दहन। मेरी सारी पुस्तकों का दहन! आपको झटका लगा, क्या?

– ठीक है। और ऐसे मनोरंजन के बाद?

– अरे बाप रे, आप पर तो खान-पान का भूत सवार है! जैसे ही, मैं किसी और चीज़ के बारे में बात करता हूँ, आप मुझे खाने पर वापस ले आते हैं।

– मुझ पर इसका भूत सवार नहीं है। पर, हमने इस विषय पर बातचीत शुरू की थी, इसलिए इसको अंजाम देना चाहिए।

– तो, आप पर इसका भूत सवार नहीं है? आप मेरी उम्मीदों पर खरे नहीं उतर रहे, बरखुरदार! चलिये, फिर खाने पर ही बात करते हैं क्योंकि आप पर इसका भूत सवार नहीं है। जब मैं अच्छी तरह परिशोधन कर चुका होता हूँ, डार्ट फेंक चुका होता हूँ, आड़े-तिरछे घूम चुका होता हूँ, खेल चुका होता हूँ, इन शिक्षाप्रद गतिविधियों में स्नान का डर भुला चुका होता हूँ, फिर, टेलीविज़न चलाता हूँ, जैसे छोटे बच्चे सूप पीने या नीरस वर्णमाला पढ़ने के पहले कोई बकवास कार्यक्रम देखते हैं। उस वक्त बहुत मज़ा आता है। विज्ञापन का अंतहीन सिलसिला होता है, विशेषकर भोजन-सम्बन्धी विज्ञापन। मैं इस तरह से चैनल बदलता रहता हूँ कि दुनिया का सबसे लम्बा भोजन सम्बन्धी विज्ञापन बना लेता हूँ। सत्रह यूरोपीय चैनलों के होते हुए, बुद्धिमानी से यदि एक के बाद एक चैनल बदलते जाएँ तो आधे घंटे का लगातार इश्तहार देखना पूरी तरह से संभव है। यह

एक अनोखा बहुभाषी संगीत नाटक है—डच शैंपू, इतालवी बिस्कुट, जर्मन बायो वॉशिंग पाउडर, फ्रेंच मक्खन, इत्यादि। बहुत मज़ा आता है। जब बेहूदा कार्यक्रम आने लगते हैं, तो टी.वी. बंद कर देता हूँ। सैकड़ों विज्ञापन देखकर जब मेरी भूख बढ़ जाती है तो मैं खाने बैठता हूँ। अब आपको तसल्ली हो गयी, क्यों! जब मैं फिर से विषयांतर करने का नाटक कर रहा था, तो आपका चेहरा देखने लायक था। अब आप चैन की वंशी बजाइये, आपको धमाकेदार खबर मिल गयी। पर शाम को मैं कुछ हल्का-फुल्का खाता हूँ। मैं ठंडी चीज़ों से काम चलाता हूँ, जैसे रियेत, जमी हुई वसा, कच्चा बेकन, सार्डिन मछली का डिब्बा—मुझे सार्डिन कुछ खास पसंद नहीं है, पर इससे तेल की खुशबू बढ़ जाती है। मैं सार्डिन मछली फेंक देता हूँ, शोरबा रख लेता हूँ, फिर उसे सादा पीता हूँ। हे भगवान, आपको क्या हुआ?

– कुछ नहीं। आपसे अनुरोध है कि आप जारी रहें।

– मैं गलत नहीं कह रहा, आपका चेहरा उतरा हुआ है। उसके साथ मैं अधिक वसा वाला शोरबा पीता हूँ जिसे मैंने पहले से तैयार किया होता है। मैं सूअर के माँस की ऊपरी कड़ी परत, पैर, मुर्गे के पुट्ठे, अस्थि-मज्जा के साथ गाजर डालकर घंटों उबालता हूँ। उसमें मैं एक करछी सूअर की चर्बी डालता हूँ, गाजर निकाल देता हूँ और 24 घंटे तक ठंडा होने के लिए छोड़ देता हूँ। दरअसल, मैं इस शोरबे को ठंडा पीना पसंद करता हूँ, जब वसा जमकर एक सतह बना देती है, जिसके लगते ही होंठ पर चमक आ जाती है। पर फ़िक्र मत कीजिये, मैं कुछ भी बर्बाद नहीं करता। यह मत सोचिये कि मैं मुलायम माँस को फेंक देता हूँ। इतनी देर तक उबालने की वजह से उसमें चिकनाई आ जाती है, चूँकि बाकी हिस्से का शोरबा बन जाता है। मुर्गे के पुट्ठे में पीली वसा जब स्पंज जैसा गाढ़ापन अख्तियार कर लेती है, तो मत पूछिए क्या आलम छाता है...अरे, आपको क्या हुआ?

– म...म...मुझे नहीं मालूम। शायद कमरा बंद होने की वजह से घुटन महसूस कर रहा हूँ। क्या हम कोई खिड़की नहीं खोल सकते?

– 15 जनवरी की ठंड में क्या खिड़की खोलना ठीक रहेगा? आपको नहीं मालूम, यह ऑक्सीजन आपकी जान ले लेगा। नहीं, मुझे मालूम है कि आपकी स्थिति में क्या करना चाहिए।

– मैं थोड़ी देर के लिए बाहर निकल जाऊँ?

– सवाल ही नहीं होता, ठंड से बचिये। मैं अपने तरीके से आपके लिए अलेक्जेंडर में पिघला हुआ मक्खन डाल के एक पेग तैयार करता हूँ।

इन शब्दों के साथ ही पत्रकार का मुरझाया हुआ चेहरा पीला पड़ने लगा। वह सिर झुकाए, मुँह पर हाथ रखे, सरपट वहाँ से भाग निकला।

ताश पूरी गति से पहियेदार कुर्सी को चलाकर उस खिड़की की ओर गए जहाँ से सड़क की तरफ़ देखा जा सकता था। उन्हें यह देखकर प्रबल संतोष हुआ कि उस बदकिस्मत व्यक्ति ने घुटने के बल उल्टी की और वहीं सड़क पर लुढ़क गया। मोटूमल फूले नहीं समा रहे थे। चरबी की चार परतों वाली अपनी ठुड्डी हिलाते हुए वह बड़बड़ा रहे थे—

– एक लीवर का आदमी चला था प्रेतेक्स्ता ताश से मुकाबला करने।

पर्दे के पीछे छुपकर, वे दूसरे को देखने का लुत्फ़ उठा सकते थे, जबकि दूसरा उन्हें नहीं देख सकता था। उन्होंने सामने वाले कैफ़े से निकलते हुए दो आदमियों को देखा, जो अपने सहकर्मी की ओर तेज़ी से बढ़े। उसकी आँतें खाली हो गयी थीं और वह अपने टेपरिकॉर्डर के बगल में फुटपाथ पर निढाल पड़ा हुआ था। टेप रिकॉर्डर चालू था, इसलिए उसमें उबकाई की आवाज़ भी रिकॉर्ड हो गयी।

≈

कैफ़े की एक बैंच पर लेटा-लेटा पत्रकार जैसे-तैसे अपने होश में आ रहा था। बीच-बीच में वह आँखें तरेर-तरेर कर कहता—

– अब नहीं खा सकता...फिर कभी नहीं खाऊँगा...

जब उसे थोड़ा गुनगुना पानी पीने को दिया गया, तो वह संदेह की नज़रों से इसे देख रहा था। पत्रकार बंधु टेप सुनना चाहते थे। उसने लोगों को रोका—

– मेरे सामने नहीं, मैं विनती करता हूँ।

पीड़ित व्यक्ति की पत्नी को फ़ोन किया गया जो उसे गाड़ी से लेने आई। उस पत्रकार के जाने के बाद टेप रिकॉर्डर को, आखिरकार, चालू किया जा सका। लेखक के वक्तव्य को सुनकर कुछ लोग उकता रहे थे, कुछ हँस रहे थे तो कुछ लोग जोश में आ रहे थे—

– यह शख्स तो सोने की खान है। इंसान हो तो ऐसा हो।

– यह आदमी आश्चर्यजनक रूप से कुत्सित है।

– आखिर कोई तो है जो नवउदारवाद के चंगुल से बचा हुआ है और व्यावहारिकता के मध्यम मार्ग से भी।

– अपने विरोधियों को चारों खाने चित्त करने का गुर इस व्यक्ति को पता है।

– उनमें काफ़ी दम है। अपने मित्र के लिए मैं यह नहीं कह सकता। लेखक ने जितने भी फंदे बनाए, उसमें हमारा मित्र फँसता चला गया।

– मैं पीठ पीछे उसकी शिकायत नहीं करना चाहता, पर क्या ज़रूरत थी उसे खान-पान पर पूछताछ करने की! मैं समझता हूँ कि मोटू यों ही हार मानने वाला नहीं है। जब ऐसी अपूर्व बुद्धि वाले व्यक्ति से सवाल-जवाब करने का मौका मिला है, तो खाने-पीने के बारे में बात नहीं करनी चाहिए।

मन-ही-मन पत्रकार लोग इस बात से खुश हो रहे थे कि उन्हें पहले या दूसरे स्थान पर नहीं जाना पड़ा। अपनी अंतरात्मा की आवाज़ सुनें तो वे स्वीकार करते थे कि अगर वे भी उन दो बदनसीब पत्रकारों की जगह होते तो उन्होंने भी वही फ़ालतू सवाल किये होते। और चारा भी क्या था? वे इस बात से खुश थे कि उन्हें इस गंदे काम में हाथ नहीं डालना पड़ा। उन्हें अच्छा किरदार मिला था जो उनके हित में था। इस तरह से, वे शिकार पर हँस रहे थे।

तो जब आसन्न युद्ध के विचार से पूरा विश्व थर्रा रहा था, उस दिन एक निहत्था, अपाहिज और चर्बीदार बुड्ढा संचार माध्यम के कुछ मुट्ठी भर पुरोहितों का ध्यान खाड़ी से हटाने में सफल हो गया था। उन पत्रकारों में से एक ऐसा था जो उस रात, जब सभी बिस्तर पर करवटें बदल रहे थे, खाली पेट गंभीर निद्रा में सो गया। लड़ाई में मरने जा रहे लोगों को भुला कर वह ऐसा सोया जैसे कोई जिगर की बीमारी से ग्रस्त व्यक्ति सोता है।

ताश लोगों को उकताने के लिए दिल खोलकर ऐसे हथकंडे अपनाते थे जिसके बारे में बहुत कम लोगों को पता था। वह वसा का इस्तेमाल पेट्रोल बम की तरह करते थे और अलेक्जेंडर का रसायनिक हथियार की तरह। उस शाम, अपनी रणनीति से गद्‌गद होकर उन्होंने अपनी पीठ थपथपाई।

~

– तो युद्ध छिड़ गया?

– अभी नहीं, ताश साहब।

– पर आज नहीं, तो कल छिड़ने वाला है, क्यों?

– आपको सुनकर ऐसा लगता है कि आप आस लगाए बैठे हैं।

– मुझे वादाखिलाफ़ी कतई पसंद नहीं। मसखरों की एक टोली ने हमसे वादा किया था कि आधी रात में 15 तारीख को लड़ाई छिड़ेगी। आज 16 तारीख हो गई और लड़ाई का कुछ अता-पता ही नहीं है। किसे चूतिया बना रहे हैं? टेलीविज़न के करोड़ों दर्शक नज़र टिकाए बैठे हैं।

– ताश साहब, आप यह लड़ाई चाहते हैं?

– लड़ाई चाहना! क्रूरता की भी हद होती है। कोई लड़ाई भला पसंद कैसे कर सकता है? कैसा बेहूदा और वाहियात सवाल है! जंग की चाहत रखने वाले आप जैसे लोग जानते भी हैं कि लड़ाई क्या चीज़ है? अब आपने लड़ाई की बात छेड़ ही दी है, तो आप मुझसे यह क्यों नहीं पूछते कि मैं नाश्ते में पेट्रोलियम जेली खाता हूँ कि नहीं?

– आपके खान-पान वाले अध्याय पर हम पहले ही ध्यान केन्द्रित कर चुके हैं।

– अच्छा? तो, आप अपने पत्रकार बंधुओं की जासूसी भी करते हैं? आप गंदे काम बदनसीबों पर छोड़ देते हैं और फिर मज़े लूटते हैं, है ना? बहुत खूब। और आप अपने को अधिक बुद्धिमान समझते हैं, क्योंकि आप मुझसे कैसे धाँसू सवाल पूछ रहे हैं, "क्या आप लड़ाई चाहते हैं?" मेरे जैसा प्रतिभाशाली लेखक जिसका पूरी दुनिया लोहा मानती है, जिसे साहित्य का नोबेल पुरस्कार प्राप्त है, यहाँ इसलिए बैठा है कि एक नौसिखिया मुझे तंग करने के लिए पुनरावृत्ति वाले ऐसे सवाल पूछे जिसका जवाब कोई उल्लू का पट्ठा भी वही देगा जो मैं दे रहा हूँ!

– ठीक है। तो आप युद्ध पसंद नहीं करते, पर चाहते हैं कि युद्ध हो?

– अभी जैसे हालात हैं, यह ज़रूरी है। इन सारे कमअक्ल फ़ौजियों का लिंग खड़ा हो रहा है। उन्हें वीर्यपात करने का मौका दिया जाना चाहिए, वरना उनके चेहरे पर मुँहासे निकल आएँगे और वे टसुएँ बहाते अपनी माँ के पल्लू में लौट जाएँगे। युवावर्ग को मायूस करना अच्छा नहीं होता।

– आप युवावर्ग को पसंद करते हैं, ताश साहब?

– भई, आपमें तो धाँसू और मौलिक प्रश्न करने की प्रतिभा है। हाँ, मैं आपको बता दूँ कि मैं युवावर्ग को पसंद करता हूँ।

– आपसे ऐसी अपेक्षा नहीं थी। जहाँ तक मैं आपको जानता हूँ, मुझे लगता था कि युवा पीढ़ी आपको फूटी आँखों नहीं सुहाती होगी।

– 'जहाँ तक मैं आपको जानता हूँ!' कहाँ तक आप मुझे जानते हैं?

– दरअसल, जैसा मैंने आपके बारे में सुना है...

– मेरे बारे में कैसा सुना है?

– हे भगवान...यह बताना मुश्किल है।

– ठीक है, आप पर रहम करके मैंने आपको छोड़ दिया।

– तो, आप युवा वर्ग को पसंद करते हैं? कोई वजह?

– मैं युवक-युवतियों को इसलिए पसंद करता हूँ क्योंकि वे मेरे विलोम हैं। इस कारण से, उनसे नरमी से पेश आना और उनकी प्रशंसा करना उचित होगा।

– आपसे यह सुनकर मैं भाव विह्वल हो गया, ताश साहब।

– अब आपको रूमाल चाहिए?

– आप अपनी हार्दिक सद्भावना का क्यों मज़ाक बनाने पर तुले हुए हैं?

– मेरी हार्दिक सद्भावना! कहाँ-कहाँ से आप ऐसी गदहपचीसी सीखकर आते हैं?

– माफ़ कीजिये, सर, आपने बात ही कुछ ऐसी कर दी। आपने युवा पीढ़ी के लिए जो कहा, वह सचमुच मर्मस्पर्शी था।

– इस कथन की गहराई में उतरिये और फिर देखिये, यह मर्मस्पर्शी है कि नहीं।

– चलिये, उतरते हैं।

– मैं कह रहा था कि मैं युवावर्ग को इसलिए पसंद करता हूँ, क्योंकि वह मेरा विलोम है। वस्तुतः युवक-युवतियाँ सुंदर, फुर्तीले, मूर्ख और दुष्ट होते हैं।

– ...?

– है ना? भाव विह्वल कर देने वाली बात, आपके शब्दों में।

– कहीं आप मज़ाक तो नहीं कर रहे?

– मेरा थोबड़ा देखकर क्या आपको ऐसा लगता है? और इसमें मज़ाक की कौन-सी ऐसी बात है? क्या आप इन विशेषणों में किसी एक का भी खंडन कर सकते हैं?

– माना कि ये विशेषण तर्कसंगत हैं, पर आप अपने आपको क्या बिलकुल उनके विपरीत पाते हैं?

– क्या? आप मुझे सुंदर, फुर्तीला, मूर्ख और दुष्ट समझते हैं?

– न सुंदर, न फुर्तीला, न मूर्ख...

– मुझे ऐतराज नहीं।

– पर दुष्ट तो आप हैं!

– मैं और दुष्ट!

– बिलकुल।

– दुष्ट? आप सिरफिरे हैं।

– तिरासी वर्ष की ज़िन्दगी में मैंने आज तक कोई ऐसा व्यक्ति नहीं देखा जो मेरी तरह बेहद अच्छा हो। मैं निहायत शरीफ़ आदमी हूँ, इतना शरीफ़ कि अगर मेरा खुद से सामना हो जाए, तो मुझे उबकाई आ जाए।

– आप मज़ाक कर रहे हैं।

– हद हो गयी। मुझसे बेहतर तो भूल ही जाइये, आप मुझे किसी एक शख्स का नाम बताइये, जो मेरे जितना शरीफ़ हो।

– अच्छा...किसी भी आदमी को ले लीजिए।

– कोई भी आदमी? कहीं आप अपनी बात तो नहीं कर रहे? मसखरे कहीं के?

– मैं क्या कोई भी शरीफ़ हो सकता है।

– उसकी बात छोड़िये जिसे आप नहीं जानते। आप अपनी बात कीजिये। आपकी हिम्मत कैसे हुई, अपने को मेरे जितना शरीफ़ बताने की?

– ठोस तथ्यों के आधार पर।

– हाँ। मुझे पता था कि आप यही कहेंगे, आपके पास कोई और तर्क तो है नहीं।

– अच्छा, ताश साहब, आपसे विनती है कि बड़बड़ाना छोड़िये। पहले दो पत्रकारों के साक्षात्कार मैंने सुने हैं। चूँकि मेरे पास आपको जानने के लिए यही मिसाल थी, मुझे पता है कि आपके बारे में क्या राय बनानी चाहिए। क्या आप इनकार करेंगे कि इन दो अभागों को आपके कोपभाजन का शिकार बनना पड़ा?

– यह सरासर बेईमानी है! उल्टा उन्होंने मुझे अपने कोपभाजन का शिकार बनाया।

– आपकी जानकारी के लिए बता दूँ कि जब से उनका आपसे पाला पड़ा है, उनकी हालत कुत्ते जैसी हो गयी है।

– जैसे कि लैटिन में कहा जाता है—Post hoc, ergo propter hoc (चूँकि इसके बाद हुआ, तो इसके कारण हुआ), है ना? आप अजीबोगरीब तरीके से कारण-कार्य सिद्धांत स्थापित कर रहे हैं, बरखुरदार। पहला बीमार इसलिए पड़ा क्योंकि उसने अत्यधिक मात्रा में पोर्तो फ्लिप चढ़ा ली थी। मेरा ख़याल है कि आप ऐसा नहीं कहेंगे कि मैंने ही उसे इतना अधिक पीने के लिए मजबूर किया था? मेरी इच्छा नहीं होते हुए भी, दूसरे ने ज़िद करके मुझे बाध्य कर दिया कि मैं उसे अपने खान-पान के बारे में बताऊँ। अगर उसमें झेलने की ताकत नहीं थी तो इसमें मेरी गलती नहीं, है ना? मैं यह भी कहना चाहूँगा कि ये दोनों शख्स मुझसे हेकड़ी दिखा रहे थे। मैंने इन्हें इतनी विनम्रता से झेला, जितना कोई मेमना बलि वेदी पर होता है। जैसी करनी, वैसी भरनी। देखिये, हमें मार्गदर्शन के लिए धर्मशिक्षा की ओर लौटना होता है—ईसा मसीह ने क्या खूब कहा था कि दुष्ट और घृणा फैलाने वाले लोग, सबसे पहले अपना गड्ढा खुद खोदते हैं। आपके सहकर्मियों को यातना मिलने के पीछे उनकी अपनी करनी है।

– ताश साहब, क्या मैं आपसे इस प्रश्न का उत्तर ईमानदारी से देने की विनती कर सकता हूँ—

क्या आप मुझे उल्लू का पट्ठा समझते हैं?

– यह भी कोई पूछने की बात है?

– आपकी स्पष्टवादिता के लिए धन्यवाद।

– धन्यवाद ज्ञापन की आवश्यकता नहीं है, मेरे मुँह से झूठ निकल ही नहीं सकता। पर, मुझे समझ में नहीं आता कि वैसा सवाल आप मुझसे क्यों पूछते हैं जिसका जवाब आपको मालूम है—आप जवान हैं और मैंने आपसे छुपाया नहीं कि मैं जवान लोगों के बारे में क्या सोचता हूँ।

– इस सम्बन्ध में क्या आपको नहीं लगता कि आपने बारीकी से विचार नहीं किया? हम सारे युवक-युवतियों को एक ही खाने में नहीं रख सकते।

– आपकी बात मानता हूँ। कुछ जवान लोग न ही सुंदर हैं और न ही फुर्तीले। अपना ही उदाहरण लीजिये, मुझे नहीं मालूम कि आप फुर्तीले हैं कि नहीं, पर आप सुंदर नहीं हैं।

– मैं आपका शुक्रिया अदा करता हूँ। और क्या दुष्टता और मूर्खता से कोई भी जवान व्यक्ति नहीं बच सकता?

– मैंने एक ही अपवाद देखा है—मैं।

– आप बीस साल की उम्र में कैसे थे?

– जैसा अभी हूँ। उन दिनों मैं चल-फिर सकता था। इस बात को छोड़ दें तो कुछ भी नहीं बदला। मेरी दाढ़ी-मूँछें तब भी नहीं थीं। मोटा, सूफियाना, लाजवाब, बेहद शरीफ़, बदसूरत, अत्यधिक बुद्धिमान, अकेला था। मुझे खाना और सिगार पीना पसंद था।

– संक्षेप में कहें तो आप कभी जवान हुए ही नहीं?

– आपकी बातें सुनकर बहुत मज़ा आ रहा है। कसम से, सामान्योक्ति की एक सूची तैयार हो जाएगी। मैं यह कहने को तैयार हूँ, "हाँ, मैं कभी जवान हुआ ही नहीं।" पर, एक ज़रूरी शर्त है—अपने आलेख में साफ़-साफ़ बताइये कि यह अभिव्यक्ति आपकी है। ऐसा नहीं करेंगे तो लोग समझेंगे कि प्रेतेक्सता ताश फुटपाथिया उपन्यासों की शब्दावली का प्रयोग करते हैं।

– मैं इसका ध्यान रखूँगा। फ़िलहाल, यदि आपको कोई असुविधा न हो, तो आप बताईये कैसे स्वयं को अच्छा समझते हैं। यदि संभव हो तो सोदाहरण बताएँ।

– क्या बात कही है, 'यदि संभव हो, तो?' मेरी अच्छाई में आप विश्वास नहीं करते?

– 'विश्वास करना' क्रिया का प्रयोग यहाँ उपयुक्त नहीं है। आपको कहना चाहिए 'अनुमान लगाना'।

– ठीक है। तो, बरखुरदार, मेरी ज़िन्दगी के बारे में अनुमान लगाइये—तिरासी वर्ष का त्याग। इस तुलना में ईसा मसीह का त्याग क्या था? मैंने 50 साल से अधिक कष्ट सहा है। बहुत जल्दी ही मैं उल्लेखनीय चरमोत्कर्ष पर

पहुँचने वाला हूँ जिसकी अवधि अधिक लम्बी होगी, जो अत्यधिक उत्कृष्ट होगा और कष्ट भी शायद अधिक होगा। इस वेदना की यशस्वी छाप मेरी त्वचा पर एल्तसेनवाइवरप्लात्स के संलक्षण (syndrome) के रूप में होगी। अपने प्रभु के प्रति मुझे बहुत श्रद्धा है पर अपने सारे सद्भाव के बावजूद वह उपास्थि के कैंसर से नहीं मर सके।

– तो?

– तो कुछ नहीं हुआ? जैसे उन दिनों लोग बारिश में मर जाते थे, सूली पर निहायत मामूली तरीके से मरना और एक असाधारण संलक्षण से मरना, क्या आपको दोनों में अंतर नहीं लगता?

– मौत आखिर मौत है, जैसे भी हो।

– हे, भगवान! आपको कुछ एहसास भी है कि अभी-अभी आपके टेप रिकॉर्डर में कितनी मूर्खता रिकॉर्ड हुई है? और आपके सहकर्मी सुनकर क्या कहेंगे? दोस्त, आपकी हालत पर तरस आता है। 'मौत, आखिर मौत है, चाहे जैसे भी हो!' मेरी भलमनसाहत मानिये कि मैं आपको इसे मिटाने की आज़ादी देता हूँ।

– इसकी ज़रूरत नहीं, ताश साहब—निस्संदेह यह मेरा विचार है।

– पता है, मुझे आपमें दिलचस्पी हो रही है। आपमें असाधारण रूप से विवेक की कमी है। 'गाड़ी के नीचे आने से कुत्ते की मौत' जैसी छोटी-मोटी खबरें छापने वाले अनुभाग में आपका तबादला कर देना चाहिए, जहाँ आप कुत्ते की भाषा सीखें और मरणासन्न कुत्तों से पूछें कि क्या वे किसी असाधारण रोग से मरना पसंद नहीं करेंगे।

– ताश साहब, क्या कभी ऐसा भी होता है कि आप बिना गाली-गलौज किये दूसरों से बात कर लेते हैं?

– मैं कभी भी गाली नहीं बकता, मैं बीमारी की पहचान करता हूँ। मुझे नहीं लगता कि आपने कभी भी मेरी कोई किताब पढ़ी है, क्यों?

– ऐसा नहीं है।

– फिर कैसा है? ऐसा संभव ही नहीं है। ताश के पाठक जैसा न तो आपका चेहरा-मोहरा है और न ही हाव-भाव। आप झूठ बोल रहे हैं।

– यह सच है और सच के सिवाय कुछ नहीं है। मैंने आपका केवल एक

उपन्यास पढ़ा है, पर बारीकी से पढ़ा है, दुबारा भी पढ़ा और उससे प्रभावित हुए बिना नहीं रह पाया।

– आपने ज़रूर किसी और लेखक का कोई उपन्यास पढ़ा होगा।

– मैं किसी और के उपन्यास को भला आपका कैसे समझ लूँगा और वह भी *दो विश्वयुद्धों के मध्य निराधार बलात्कार* जैसा उपन्यास? यकीन मानिये, इसके पाठ ने मुझे पूरी तरह से झकझोर कर रख दिया।

– झकझोर कर रख दिया? झकझोर दिया! मानो मैं तो लोगों को झकझोरने के लिए ही लिखता हूँ! जनाब, अगर आपने बस इसे सरसरी निगाह से नहीं पढ़ा होता, जैसा कि आपने शायद किया है, अगर आपने थोड़ा-बहुत भी ढंग से, जी-जान लगाकर पढ़ा होता, तो सारा खाया-पीया बाहर आ जाता।

– वस्तुतः आपकी रचनाओं में उबकाई का सौंदर्यशास्त्र है...

– उबकाई का सौंदर्यशास्त्र! आपकी बातों पर रोना आ रहा है!

– दरअसल, अगर हम उस मुद्दे पर लौटें, जिस पर अभी बात हो रही थी, तो मैं दावा करता हूँ कि मैंने इतनी दुष्टतापूर्ण रचना पहले नहीं पढ़ी थी।

– बिलकुल। आपको मेरी भलमनसाहत का सबूत चाहिए था—आपके सामने एक ज्वलंत उदाहरण है। सेलिन ने इसे समझा था। उन्होंने अपनी प्रस्तावनाओं में उल्लेख किया है कि उन्होंने अपनी अधिक-से-अधिक ज़हरीली पुस्तकें बेपरवाह शराफ़त से लिखी है, अपने निंदकों के प्रति असीम करुणा दिखाई है। सच्चा प्रेम भाव यही है।

– कुछ ज़्यादा ही बढ़ा-चढ़ाकर नहीं लिखा गया है?

– सेलिन ने बढ़ा-चढ़ाकर लिखा है? बेहतर होगा कि आप टेपरिकॉर्डर से इस बात को उड़ा दें।

– पर, गूँगी-बहरी औरत के साथ निहायत ही गंदा दृश्य, लगता है, आपने मज़े ले-लेकर लिखा है।

– निश्चित रूप से। आपको पता नहीं, निंदकों के तर्क को पुख्ता बनाने में कितना मज़ा आता है।

– ओह, फिर तो, यह शराफ़त नहीं है, ताश साहब। यह अपने को आहत करने की लालसा और मानसिक उन्माद का अजीबोगरीब घालमेल है।

– चो, चो, चो! वैसे शब्दों का इस्तेमाल मत कीजिये जिनके अर्थ आप

नहीं समझते। नेकी, बरखुरदार! आपके ख़याल में, कौन-सी किताबें केवल नेकी के बल पर लिखी गयी हैं? हैरियट बीचर स्टो का उपन्यास *टॉम काका की कुटिया*? विक्टर ह्यूगो का उपन्यास *ले मिज़ेराब्ल*? बिलकुल नहीं। इन किताबों को संगोष्ठियों में चर्चा के लिए लिखा गया है। नहीं, मेरा विश्वास कीजिये। कुछ गिनी-चुनी किताबें हैं जो नेकी के बल पर लिखी गई हैं। ये कृतियाँ मान-सम्मान को ताश पर रखकर एकांत में लिखी जाती हैं, यह अच्छी तरह से जानते हुए कि इन कृतियों को दुनिया के मुँह पर मारने के बाद लेखक और भी अकेला और छोटा हो जाता है। ऐसा होना लाज़िमी है, बेपरवाह शराफ़त की मुख्य विशिष्टता है—अपनी पहचान मिटा देना, अज्ञेय हो जाना, अदृश्य हो जाना, संदेह के घेरे से बाहर निकल जाना—क्योंकि नेकी कर दरिया में डाल। आप देख सकते हैं कि मुझमें कितनी अच्छाई है।

- आपकी कथनी और करनी में ज़मीन-आसमान का अंतर है। आप मुझे समझा रहे हैं कि अच्छाई पर्दे के पीछे रहकर की जाती है और आप डंका पीट रहे हैं कि आप अच्छे हैं।

- अजी, मैं जितनी मर्ज़ी हो, ऐसा जोखिम उठा सकता हूँ, क्योंकि लोग मुझ पर विश्वास नहीं करेंगे।

पत्रकार ठठाकर हँसा—

- आपके पास दिलचस्प तर्क हैं, ताश साहब। इस तरह से आप दावा कर रहे हैं कि अपनी ज़िन्दगी को लेखनी के प्रति समर्पित करने के पीछे आपकी नेकी है?

- मैंने कुछ और भी काम किये हैं, जिसके पीछे मेरी नेकी है।

- जैसे?

- लम्बी फ़ेहरिस्त है—ब्रह्मचर्य, सूअर की तरह भकोसना इत्यादि।

- ज़रा समझाइये मुझे।

- ज़रूर, केवल अच्छाई करने की मंशा मेरी प्रेरणा नहीं थी। ब्रह्मचर्य को ही लीजिये—यह मानी हुई बात है कि मुझे सहवास में कोई रुचि नहीं है। फिर भी मैंने शादी कर ली होती, अपनी पत्नी का जीना हराम करके मज़े लेता। लेकिन नहीं, यहाँ मेरी अच्छाई दिखती है—किसी बदनसीब औरत की ज़िन्दगी तबाह न हो जाय, इसलिए मैं शादी नहीं करूँगा।

– ठीक है। और सूअरपन?

– हाथ कंगन को आरसी क्या—मैं मोटापे का मसीहा हूँ। जब मैं मरूँगा, तो इतने किलो की मानवता (शरीर का भार) साथ लेता जाऊँगा।

– आप कहना चाहते हैं कि सांकेतिक रूप से...

– खबरदार, जो मेरे सामने 'संकेत' शब्द जुबान पर लाया, हाँ रसायन शास्त्र की चर्चा हो तो और बात है। इसी में आपकी भलाई है।

– अपनी मूर्खता पर मुझे खेद है, मेरी मोटी बुद्धि में कुछ भी नहीं घुस रहा।

– आपको शर्मिंदा होने की ज़रूरत नहीं है, इस नाव में और भी लोग सवार हैं।

– क्या आप मुझे समझाने का कष्ट करेंगे?

– मुझे समय बर्बाद करना पसंद नहीं है।

– ताश साहब, मान लिया कि मैं बेवकूफ़ हूँ और मेरी बुद्धि मोटी है। आप समझ सकते हैं कि मेरे बाद इस आलेख का एक भावी पाठक है, खुले दिमाग का एक बुद्धिमान पाठक, जो समझना चाहता है। आपके पिछले उत्तर से क्या उसे निराशा नहीं होगी?

– अगर आपकी बात मान लें कि ऐसे पाठक का अस्तित्व है और अगर वह वाकई बुद्धिमान और खुले दिमाग का है, तो उसे समझाने की आवश्यकता नहीं होगी।

– मैं नहीं मानता। एक बुद्धिमान व्यक्ति के सामने भी कोई नई और अज्ञात सोच आए, तो उसे व्याख्या की ज़रूरत होती है।

– आप क्या जानें इसके बारे में? आप तो कभी बुद्धिमान रहे नहीं।

– निश्चित रूप से, पर, मैं एक सीमा के भीतर कल्पना करने की कोशिश कर रहा हूँ।

– बेचारा।

– चलिये, अपनी जिस अच्छाई का आप डंका पीटते हैं, उसका सबूत दीजिये और मुझे स्पष्ट कीजिये।

– आप चाहते हैं कि मैं आपको बताऊँ? जो वाकई बुद्धिमान और खुले

दिमाग के हैं, वे मुझसे स्पष्टीकरण की माँग नहीं करेंगे। हर चीज़ को स्पष्ट किया जाय, उसे भी जिसे स्पष्ट नहीं किया जा सकता, यह ओछे लोगों की पहचान है। मैं ऐसी व्याख्या क्यों दूँ, जिसे मूर्ख समझ नहीं सकते और समझदार को तो इशारा काफ़ी होता है?

– बदसूरत, बेवकूफ़ और मोटी बुद्धि का तो मैं पहले से ही था। अब मैं क्या उसमें ओछा भी जोड़ दूँ, अगर मैं आपकी बात समझ रहा हूँ तो?

– आप तो अंतर्यामी हैं।

– अगर मैं जुर्रत करूँ, तो ताश साहब, ऐसे व्यवहार से कभी आप प्रिय नहीं बन सकते।

– प्रिय और मैं? बस इसी बात की कमी रह गयी थी। मेरी गौरवपूर्ण मृत्यु के दो महीने पहले, मुझे नसीहत देने वाले आप कौन होते हैं? आप स्वयं को समझते क्या हैं? आपने अपना वाक्य इस तरह से शुरू किया था, 'अगर मैं जुर्रत करूँ?' मगर आप जुर्रत नहीं कर सकते! चलिये, आप यहाँ से दफ़ा हो जाइये, नाक में दम कर रखा है।

– ...

– आप बहरे हैं क्या?

पत्रकार हाथ मलते हुए सामने के कैफ़े में अपने सहकर्मियों के पास चला गया। उसे पता नहीं था कि वह फ़ायदे में रहा या नुकसान में।

~

रिकॉर्डिंग सुनकर पत्रकार बंधुओं ने कुछ नहीं कहा, पर उनकी मुस्कुराहट में खुद को अधिक होशियार समझने का जो भाव था, वह निश्चित रूप से ताश के प्रति नहीं था।

– यह आदमी मेंटल है, ताज़ा शिकार हुआ व्यक्ति कह रहा था। उसे भगवान ही समझ सकता है! कुछ पता नहीं होता कि उसकी क्या प्रतिक्रिया होगी। कभी-कभी लगता है कि वह सब कुछ सुनने के लिए तैयार है, किसी बात का बुरा नहीं मानता, यहाँ तक कि कुछ प्रश्नों की बेकार की छोटी-मोटी बारीकियों का भी लुत्फ़ उठाता है। और फिर अचानक से किसी बेहद मामूली बात पर हत्थे

से उखड़ जाता है या कभी बदकिस्मती से छोटी-मोटी उचित टिप्पणी करने पर हमें घर से बाहर निकाल देता है।

- एक प्रतिभा का धनी व्यक्ति टीका-टिप्पणी से आहत नहीं होता, हेकड़ी दिखाते हुए एक सहकर्मी ने आपत्ति की, मानो वह खुद ताश हो।

- तो मैं क्या करता? चुपचाप गालियाँ सुनता रहता?

- सबसे अच्छा होता कि उसे गाली-गलौज के लिए उकसाते ही नहीं।

- बहुत बड़े ज्ञानी हो ना! दुनिया के पास उन्हें गाली-गलौज के लिए उकसाने के सिवाय और कोई काम नहीं है।

- बेचारा ताश! एक निर्वासित दिग्गज लेखक!

- बेचारा ताश? हद हो गयी। बेचारे तो हम हैं, हाँ!

- तुम समझते क्यों नहीं कि हम उन्हें परेशान कर रहे हैं?

- ठीक है, मुझे इसका एहसास है। पर करें तो क्या करें? इस व्यवसाय को तो निभाना होगा।

- क्यों? अपने को आत्मज्ञानी समझने वाले बिगड़ैल नवाब ने कहा।

- तो, अक्ल के दुश्मन, तुमने पत्रकार का पेशा क्यों अपनाया?

- क्योंकि मैं प्रेतेक्सता ताश नहीं बन सकता था।

- एक मोटा लिक्खाड़ हिजड़ा बनना तुम्हें अच्छा लगता?

हाँ, उसे ऐसा होना अच्छा लगता और वह अकेला ऐसा नहीं था जिसकी ऐसी सोच थी। मनुष्य जाति ऐसी है कि दुरुस्त दिमाग वाले लोग भी अमरत्व नामक भ्रम की बलिवेदी पर अपनी जवानी, अपना शरीर, अपने दोस्त, अपनी खुशी और बहुत कुछ न्योछावर करने के लिए तैयार हो जाएँगे।

- तो जंग छिड़ गयी?

- अ...अ, हाँ, छिड़ गयी, पहले प्रक्षेपास्त्र चलाए...

- अच्छी बात है।

- सचमुच?

- युवाओं को बेरोज़गार देखकर अच्छा नहीं लगता। इस तरह से, आज 17 जनवरी को अंततः लौंडों की मौज-मस्ती शुरू हो गयी।

– एक तरह से, देखा जाए तो।

– क्या आपको मज़ा नहीं आता?

– ईमानदारी से, नहीं।

– एक टेपरिकॉर्डर लेकर चर्बीदार बुड्ढों का पीछा करने में शायद आपको अधिक मज़ा आता है, है ना?

– पीछा करना? हम आपका पीछा नहीं कर रहे, आपने ही हम सबको आने की अनुमति दी है।

– कभी नहीं। यह फिर से ग्राव्हलैं की एक चाल है, कुत्ता कहीं का!

– देखिये, ताश साहब, आप अपने सचिव को न कहने के लिए पूरी तरह से स्वतंत्र हैं। वह एक वफ़ादार आदमी है जो आपकी इच्छा-अनिच्छा का ख़याल रखता है।

– क्या बकवास कर रहे हैं? उसने मेरा जीना हराम कर रखा है और वह कोई भी काम मुझसे पूछकर नहीं करता। मसलन नर्स को बुलाना उसी की कारस्तानी है।

– चलिये, ताश साहब, गुस्सा थूकिये। हम अपनी भेंटवार्ता शुरू करें। इस असाधारण सफलता का राज़ क्या है...

– अलेक्जेंडर का एक पेग दूँ?

– नहीं, शुक्रिया। हाँ, तो बात हो रही थी कि इस असाधारण सफलता का राज़...

– रुकिये, मुझे एक पेग की ज़रूरत है।

विषयांतर मंत्र।

– इस युद्ध का समाचार सुनकर मुझे अलेक्जेंडर की ज़बरदस्त तलब हो रही है। यह एक पवित्र पेय पदार्थ है।

– ठीक है। ताश साहब, पूरी दुनिया में आपकी रचनाओं की सफलता का क्या राज़ है?

– मैं नहीं बता सकता।

– आपने इसके बारे में ज़रूर सोचा होगा और जवाब भी खोजा होगा।

– नहीं।

– नहीं? आपकी रचनाओं की लाखों प्रतियाँ यहाँ से लेकर चीन तक बिकी हैं और इस बारे में आपने सोचा नहीं?

– अस्त्र-शस्त्र के कारखाने पूरी दुनिया में हर दिन लाखों प्रक्षेपास्त्र बेचते हैं और वे भी इसके बारे में नहीं सोचते।

– दोनों में कोई सम्बन्ध नहीं है।

– सचमुच? दोनों में अद्‌भुत समानता है। मसलन, यह अम्बार—हम 'हथियारों की होड़' की बात करते हैं, हमें 'साहित्यों की होड़' की भी बात करनी चाहिए। दूसरे की तरह यह भी एक मज़बूत तर्क है। हर जाति अपने लेखक या लेखकों को तोप की तरह प्रदर्शित करती है। आज नहीं तो कल मेरा भी प्रदर्शन किया जाएगा और मेरे नोबेल पुरस्कार का डंका पीटा जाएगा।

– अगर आपका यह आशय है, तो मैं सहमत हूँ। पर, भगवान का लाख-लाख शुक्र है कि साहित्य उतना अहित नहीं करता।

– मेरी रचनाओं पर यह लागू नहीं होता। मेरी रचनाएँ युद्ध से ज़्यादा अहितकारी हैं।

– कहीं आप अपने मुँह मियाँ मिट्ठू तो नहीं बन रहे?

– ऐसा किये बिना कोई चारा नहीं है, क्योंकि मैं ही अकेला पाठक हूँ जो अपनी रचनाओं को समझता हूँ। मेरी पुस्तकें युद्ध से अधिक अहितकारी हैं, क्योंकि मेरी पुस्तकों को पढ़कर दुनिया को छोड़ने की इच्छा होती है, जबकि युद्ध देखकर जिजीविषा बढ़ती है। मेरी रचनाओं को पढ़कर लोगों को आत्महत्या करनी चाहिए।

– पर वे ऐसा नहीं करते, इसके पीछे क्या कारण हो सकता है?

– हाँ, इसे तो मैं आसानी से समझा सकता हूँ—ऐसा इसलिए है क्योंकि मुझे कोई नहीं पढ़ता। गौर से देखा जाए तो, मेरी असाधारण सफलता का यही कारण है—मेरे इतना प्रसिद्ध होने के पीछे, जनाब, कारण यह है कि कोई मेरी रचनाएँ नहीं पढ़ता।

– विरोधाभास है!

– जी नहीं, अगर इन बेचारों ने मुझे पढ़ने की कोशिश की होती तो वे बुरी तरह मुझसे नाराज़ हो जाते और जो ऊर्जा उन्होंने मुझे समझने में लगायी होती, उसके प्रतिशोध में उन्होंने मेरी रचनाओं को ठंडे बस्ते में डालकर भुला

दिया होता। चूँकि वे मेरी रचनाओं को पढ़ते नहीं हैं, इसलिए वे उन्हें सुखद और प्रिय समझते हैं तथा सफलता के योग्य पाते हैं।

– गज़ब का तर्क है!

– पर, है अकाट्य। अब होमर का ही उदाहरण लीजिये। ऐसा लेखक जो कभी प्रसिद्ध नहीं हुआ। आप कितने असली पाठकों को जानते हैं जिन्होंने असली इलियड या असली ओडीसी पढ़ा है? कुछ मुट्ठी-भर टकले भाषाशास्त्री, बस और क्या? क्योंकि बैंच पर ऊँघते हुए होमर का रट्टा मारने वाले उच्च विद्यालय के विरले विद्यार्थियों की तो आप पाठकों में गिनती नहीं कर सकते क्योंकि वे पढ़ते समय *देपेश मोद* जैसी फ़ैशन पत्रिका और एड्स के बारे में सोच रहे होते हैं। और यही ज़बरदस्त कारण है कि होमर का संदर्भ दिया जाता है।

– अगर मान लिया जाए कि यह सच है, तो क्या आप इसे बढ़िया कारण समझते हैं? बल्कि, यह दुःखद नहीं है क्या?

– बढ़िया है, मैं मानता हूँ। क्या मेरे जैसे असली, शुद्ध, महान, अद्‌भुत लेखक को यह जानकर सांत्वना नहीं मिलती कि मुझे कोई नहीं पढ़ता? कि अत्यंत निजी क्षणों में, एकांत में रचे गए सौंदर्य को कोई भी अपनी तुच्छ नज़रों से कलुषित नहीं करता?

– तुच्छ नज़रों से बचने के लिए क्या यह अधिक आसान नहीं होता कि आप कुछ प्रकाशित ही नहीं करते?

– यह तो मेरे बायें हाथ का खेल होता। नहीं, असली मज़ा तो तब है, जब लाखों की संख्या में प्रतियाँ बिकें और कोई पढ़े नहीं।

– यदि हम इस तथ्य को दरकिनार कर दें कि आपको आर्थिक लाभ हुआ है।

– अवश्य। मुझे रुपया पसंद है।

– आप जैसे व्यक्ति को रुपया पसंद है?

– हाँ, रुपये की एक चमक होती है। मैंने कभी इसका उपयोग नहीं समझा पर मुझे रुपया देखने में बहुत अच्छा लगता है। 5 फ्रैंक का एक सिक्का गुलबहार के फूल-सा सुंदर लगता है।

– ऐसी उपमा मेरे मस्तिष्क में कभी नहीं आती।

– यही तो अंतर है, आपको साहित्य में नोबेल पुरस्कार नहीं प्राप्त हुआ ना?

– गौर से सोचें तो नोबेल पुरस्कार आपके मत का प्रतिवाद नहीं है, क्या? कम-से-कम इतना तो स्वीकार करना होगा कि निर्णायक मंडल के सदस्यों ने आपको पढ़ा होगा, क्यों?

– अत्यंत संदेहास्पद है। जहाँ तक निर्णायक मंडल के सदस्यों के द्वारा मेरी रचनाओं के पढ़े जाने की बात है, मेरा सिद्धान्त ज्यों का त्यों खड़ा है। बहुत से ऐसे लोग हैं जो पढ़कर भी न पढ़ने की कला में माहिर हैं। गोताखोरों की तरह ये किताबों से होकर निकल जाते हैं और पानी की एक बूँद भी उन्हें छू नहीं पाती।

– हाँ, आपने एक पिछली भेंटवार्ता में इसके बारे में बताया था।

– ये गोताखोर पाठक होते हैं। ऐसे पाठकों की एक बहुत बड़ी तादाद है और फिर भी उनके अस्तित्व की जानकारी मुझे बहुत बाद में मिली। मैं इतना भोला हूँ कि मैं सोचता था कि हर कोई मेरी तरह पढ़ता है। जैसे मैं खाता हूँ, वैसे ही पढ़ता हूँ। इसका मतलब केवल यह नहीं है कि मुझे इसकी ज़रूरत है, बल्कि विशेषकर इसका मतलब है कि पाठ को मैं आत्मसात् कर लूँ और मेरे शरीर पर इसका असर हो। सुअर का माँस खाना या मछली के अंडे का व्यंजन बनाकर खाना एक ही बात नहीं है। उसी तरह से यदि हम इमानुएल कांट को पढ़ें (भगवान बचाए) या रेमों कनो के तो हम पर अलग-अलग तरह के प्रभाव होंगे। दरअसल, जब मैं 'हम' का प्रयोग करता हूँ तो इसका अर्थ है 'मैं और कुछ लोग' क्योंकि अधिकतर लोग प्रूस्त को पढ़ें या सिमनौं को, एक ही बात है। वे न ही छटाँक भर कुछ खोते हैं और न ही छटाँक भर कुछ हासिल करते हैं। उन्होंने पढ़ लिया है, बस! बहुत हुआ तो उन्हें मालूम हो जाता है कि यह किताब 'किस विषय पर है।' यह मत समझियेगा कि मैं अहंकार दिखा रहा हूँ। न जाने कितनी बार मैंने बुद्धिमान लोगों से प्रश्न किया है, "इस किताब को पढ़कर क्या आपमें कोई बदलाव आया है?" और लोगों ने मुझे आँखें फाड़कर देखा है, मानो कह रहे हों, "पढ़ने के बाद हममें भला बदलाव क्यों आएगा?"

– ताज्जुब होता है, ताश साहब। आप शिक्षाप्रद पुस्तकों की तरफ़दारी कर रहे हैं, पर आपकी किताबें तो अलग किस्म की होती हैं।

– आप होशियार नहीं हैं। आपको लगता है कि 'शिक्षाप्रद' पुस्तकें पाठकों में बदलाव लाती हैं? दरअसल, ऐसी पुस्तकों का शायद ही कोई असर होता

है। हम पर छाप छोड़नेवाली और हमारी कायापलट करने वाली पुस्तकें अलग किस्म की होती हैं। ये पुस्तकें लालसा, आनंद, बुद्धि और विशेषकर सौंदर्य से ओत-प्रोत होती हैं। उदाहरण के तौर पर एक सौंदर्य भरी पुस्तक लीजिये—*जर्नी टु द एंड ऑफ़ नाइट*। ऐसा हो ही नहीं सकता कि इसे पढ़ने के बाद हम स्व से इतर न हो जाएँ। तो, अधिकतर पाठक बिना किसी प्रयास के शानदार करतब को अंजाम देते हैं। वे पढ़ने के बाद कहते हैं, "अरे भई, सेलीन का तो कोई जवाब नहीं है," और फिर वही ढाक के तीन पात। ज़ाहिर है कि लुई फेर्दिनां सेलीन का उदाहरण साधारण नहीं है, पर मैं दूसरे लेखकों के बारे में भी बात कर सकता हूँ। एक किताब पढ़ने के बाद कुछ-न-कुछ असर ज़रूर होगा, फिर वे लेओ माले के जासूसी उपन्यास ही क्यों न हों, उनका भी असर होता है। बरसाती ओढ़े छोटी लड़कियों को हम उसी नज़र से नहीं देखते, जैसे पहले देखते थे, लेओ माले को पढ़ने से पहले। हाँ, पर यह बहुत महत्त्वपूर्ण है। दृष्टिकोण में परिवर्तन—यही है हमारी महान रचना का काम।

– क्या आपको नहीं लगता कि किसी किताब को पढ़ने के बाद जाने-अनजाने हर व्यक्ति में बदलाव होता है?

– नहीं, नहीं। केवल सर्वोत्तम श्रेणी के पाठक इसमें सक्षम हैं। दूसरे पाठक चीज़ों को घिसे-पिटे मामूली नज़रिये से देखना नहीं छोड़ते। वैसे भी यहाँ पाठकों की बात हो रही है, जिनकी प्रजाति लुप्त हो रही है। अधिकतर लोग पढ़ते ही नहीं हैं। एक बुद्धिजीवी है, जिसका नाम मैं भूल रहा हूँ। उसका एक उद्धरण है, "दरअसल, लोग पढ़ते नहीं हैं, अगर पढ़ते हैं तो समझते नहीं हैं, अगर समझते हैं तो भूल जाते हैं।" क्या आपको नहीं लगता कि यह उद्धरण संक्षेप में प्रशंसनीय तरीके से वस्तुस्थिति को रखता है?

– इस तरह से तो लेखक होना दुःखद नहीं है क्या?

– यदि यह दुःखद है, तो इसका कारण कुछ और है। न पढ़े जाने के फ़ायदे हैं। आप कुछ भी लिखकर बच सकते हैं।

– पर, दरअसल, शुरुआत में यह ज़रूरी है कि लोग आपको पढ़ें, नहीं तो आपको ख्याति कैसे मिलेगी?

– शुरुआत में, शायद, थोड़ा-बहुत।

– तो, मैं अपने शुरुआती सवाल पर लौटता हूँ—इतनी असाधारण सफलता कैसे? शुरुआती दौर में, पाठकों की कौन-सी उम्मीद पर आप खरे उतरे हैं?

– नहीं मालूम। 30 के दशक की बात है। टेलीविज़न नहीं हुआ करता था, लोगों को व्यस्त रहने के लिए कुछ चाहिए था।

– हाँ, पर आप ही क्यों, कोई और लेखक क्यों नहीं?

– दरअसल, मेरी बड़ी सफलता की शुरुआत युद्ध के बाद हुई थी। वैसे यह अजीब बात है, युद्ध के इस तमाशे में मेरी कोई भागीदारी ही नहीं थी। मैं लगभग अपाहिज हो चुका था—और फिर, दस साल पहले मुझे मोटापे के कारण सैन्य सेवा से बाहर कर दिया गया था। सन् 1945 में महाप्रायश्चित का दौर शुरू हुआ। स्पष्ट या अस्पष्ट रूप से लोगों ने महसूस किया कि उन्हें एक-दूसरे पर दोषारोपण करना है। ऐसे समय में, लोगों की नज़र मेरे उपन्यासों पर पड़ी जो चीख-चीखकर धिक्कार रहे थे, जो कूड़े-कचड़े से लबालब भरे थे। और लोगों ने निश्चय किया कि उनकी घोर नीचता की यही सज़ा है।

– ऐसा था क्या?

– ऐसा हो सकता था। कुछ और भी हो सकता था। पर, जनता जनार्दन होती है। फिर, जल्दी ही जनता ने मेरी रचनाएँ पढ़नी छोड़ दीं, जैसा कि सेलीन के साथ पहले हुआ था। वैसे, मैं बता दूँ कि सेलीन एक ऐसे लेखक हैं, जिन्हें सबसे कम पढ़ा गया। अंतर यह है कि मेरी रचनाओं को नहीं पढ़े जाने का कारण उचित था और उनकी रचनाओं को नहीं पढ़े जाने का कारण अनुचित था।

– आप सेलीन के बारे में बहुत बातें करते हैं।

– मुझे साहित्य पसंद है, जनाब। आपको यह जानकर आश्चर्य हुआ?

– मेरे ख़याल से आप उनकी रचनाओं की काट-छाँट नहीं करते होंगे?

– नहीं। वे मेरी रचनाओं का परिशोधन करते नहीं थकते।

– उनसे आपकी मुलाकात हुई है?

– नहीं, उससे कहीं बेहतर हुआ है—मैंने उनकी रचनाएँ पढ़ी हैं।

– और उन्होंने आपकी रचनाएँ पढ़ी हैं?

– निश्चित रूप से। उनकी रचनाएँ पढ़ते हुए मुझे ऐसा एहसास हुआ।

– आपने सेलीन को प्रभावित किया होगा?

– किया तो है। पर, उतना नहीं, जितना उन्होंने मुझे प्रभावित किया है।

– तो, किसी और को भी आपने प्रभावित किया है?

– किसी को भी नहीं, अरे भई, किसी और ने मुझे पढ़ा ही कहाँ है? दरअसल, सेलीन का शुक्रिया अदा करना होगा कि मुझे आखिरकार पढ़ा गया है—सचमुच पढ़ा गया है—बस एक बार।

– यह तो आपको मानना ही पड़ेगा कि आपकी इच्छा थी कि लोग आपको पढ़ें।

– सेलीन पढ़ें, केवल वही पढ़ें। मैं दूसरे लोगों की परवाह नहीं करता था।

– आप किसी और लेखक से मिले हैं?

– नहीं, मैं किसी से नहीं मिला और कोई भी मुझसे मिलने नहीं आया। मैं बहुत कम लोगों को जानता हूँ—ग्राव्हलैं, बेशक, इसके अतिरिक्त कसाई, दूधवाला, किराने वाला और सिगरेट-विक्रेता। जहाँ तक मुझे ख़याल आता है, बस इतना ही। अरे हाँ, ये साली नर्स भी है, और फिर ये पत्रकार। मुझे लोगों से मिलना-जुलना पसंद नहीं है। यदि मैं अकेला रहता हूँ तो इसके पीछे यह कारण बड़ा नहीं है कि मुझे अकेलापन पसंद है, बल्कि यह कि मनुष्य जाति से घृणा करता हूँ। आप अपने दोटकिये अखबार में लिख सकते हैं कि मैं एक पतित, मानवद्वेषी हूँ।

– आपके मानवद्वेषी होने का क्या कारण है?

– मुझे लगता है कि आपने *गंदे लोग* नहीं पढ़ा है?

– नहीं।

– ज़ाहिर है। यदि आपने पढ़ा होता तो आपको कारण पता होता। हज़ारों कारण हैं, लोगों से घृणा करने के। सबसे बड़ा कारण मेरे लिए है उनकी आत्म-छलना जो उनमें कूट-कूटकर भरी है। हालाँकि, यह आत्म-छलना कभी भी इस कदर मुख्यधारा में शामिल नहीं रही, जितनी कि अब। मैंने कई दौर देखे हैं, ज़रा सोचिये, पर मैं यह दावा कर सकता हूँ कि मैंने किसी और दौर को इतना नापसंद नहीं किया, जितना कि वर्तमान दौर को। पूरी तरह से आत्म-छलना का दौर है। बेवफ़ाई, दोहरापन, भितरघात से कहीं ज़्यादा बुरी होती है, आत्म-छलना। आत्म-छलना का मतलब है, सबसे पहले अपने आपसे झूठ बोलना, इसलिए नहीं कि आपका ज़मीर आपको कचोटता है, पर, आत्मतुष्टि के लिए 'सुशीलता' या 'मर्यादा' के नाम पर। इसके बाद, दूसरे से झूठ बोलना, खुलेआम निर्लज्ज होकर नहीं, बवाल मचाने के लिए नहीं—पाखंड भरे झूठ, जैसे मीठी छुरी चलाना और लोग बकबक करते हुए मुस्कुराते हैं, मानो इसमें आपको आनंद आ रहा हो।

– उदाहरण?

– नारी की वर्तमान स्थिति को ही लीजिये।

– क्या बात कर रहे हैं? आप नारीवादी हैं?

– नारीवादी और मैं? मैं मर्दों से जितनी नफ़रत करता हूँ, उससे भी ज़्यादा औरतों से नफ़रत करता हूँ।

– किस कारण से?

– हज़ारों कारणों से। सबसे पहले तो इसलिए क्योंकि वे बदसूरत हैं—क्या आपने औरतों से ज़्यादा बदसूरत कुछ दुनिया में देखा है? वक्षस्थल, नितंब को ही लीजिये और इससे आगे मैं नहीं कहूँगा। मैं औरतों से वैसे ही घृणा करता हूँ, जैसे किसी भी सताये हुए व्यक्ति से। दबे-कुचले लोगों की प्रजाति बहुत गंदी होती है! अगर हम ऐसे लोगों को जड़ से मिटा दें तो शायद हमें सुकून मिल जाये और लगे हाथों इन दबे-कुचले लोगों की मनोकामना भी पूर्ण हो जाये। आखिर वे शहीद ही तो होना चाहते हैं। औरतें खास तौर से भितरघात का शिकार होती हैं क्योंकि सबसे पहले उनका शिकार औरतें ही करती हैं। यदि आपको मानवीय संवेदना की तलछट को जानना है, तो औरतें दूसरी औरतों के प्रति क्या भावना रखती हैं, उसकी पड़ताल कीजिये। इतना पाखंड, इतनी ईर्ष्या, दुष्टता, नीचता है कि अत्यंत भय से कँपकँपा उठेंगे। आप कभी भी औरतों को न तो सही तरीके से घूँसों से मार-पीट करते हुए देखेंगे, न ही जमकर गालियों की बौछार करते हुए देखेंगे। औरतें छल-कपट से जीत हासिल करती हैं। छोटे-मोटे अश्लील वाक्य जितना आहत करते हैं, उतना जबड़े में सीधे-सीधे मारा हुआ घूँसा नहीं। आप मुझसे पूछेंगे कि इसमें नई बात क्या है? यह तो आदम और हौआ के ज़माने से चला आ रहा है। मैं कहूँगा कि औरतों की स्थिति कभी इतनी खराब नहीं हुई और इसमें औरतों का ही दोष है। इस बात पर हम सहमत हैं, पर इससे क्या होता है? आत्मा-छलना का सबसे कुत्सित रूप नारी की स्थिति में दीखता है।

– अभी तक आपने अपनी बात स्पष्ट नहीं की।

– जैसी स्थिति पहले थी, वहाँ से बात शुरू करते हैं। सीधी-सी बात है कि नारी का स्थान पुरुष से नीचे है—नारी की कुरूपता को देखें तो यह स्पष्ट हो जाता है। पुराने ज़माने में आत्म-छलना नहीं थी—औरतों से हम उनकी हीनता नहीं छिपाते थे और उनके साथ वैसा ही व्यवहार करते थे। आज सब गड़बड़ हो गया है। नारी अभी भी पुरुष से हीन है, उतनी ही कुरूप है, पर हम उसे

कहते हैं कि वह हमारे बराबर है। चूँकि औरत का दिमाग घुटने में होता है, वह सब कुछ स्वीकार कर लेती है। वैसे, हम आज भी उसे हीन समझते हैं, वेतन का कम होना एक मामूली संकेत है। दूसरे संकेत और भी गंभीर हैं। औरतें हर क्षेत्र में मर्दों से पिछड़ रही हैं। सबसे पहले आकर्षण की क्षमता को ही लीजिये। उनकी बदसूरती को देखें, उनमें अक्ल की कमी को देखें और बात-बात में उनके लड़ाकूपन को देखें, तो इसमें कोई आश्चर्य की बात नहीं है। पूरी व्यवस्था में निहित आत्म-छलना का क्या कहना! एक बदसूरत, मूर्ख, दुष्ट और बिना हुस्न के जीव को विश्वास दिलाना कि उसकी सफलता के उतने ही अवसर हैं जितना उसके मालिक के, जबकि अपने मालिक की अपेक्षा उसके पास एक चौथाई अवसर भी नहीं हैं। मुझे तो यह घिनौना लगता है। अगर मैं औरत होता तो मेरा कलेजा मुँह को आ जाता।

– आपको इस बात का एहसास है कि कोई आपसे असहमत भी हो सकता है?

– 'एहसास' शब्द यहाँ उपयुक्त नहीं है। मुझे इसका एहसास नहीं है, मुझे यह सब देखकर बुरा लगता है। आप किस आत्म-छलना के बल पर मेरी बात का खंडन करेंगे?

– सबसे पहले अपनी पसंद-नापसंद के बल पर। मुझे नहीं लगता कि औरतें कुरूप होती हैं।

– मुझे आप पर तरस आता है, आपकी पसंद बेहद घटिया है।

– स्तन सुंदर होता है।

– आपको एहसास नहीं कि आप क्या कह रहे हैं। पत्रिकाओं के चमकते हुए पन्नों पर औरतों का शारीरिक उभार मुश्किल से ही स्वीकार्य है। जीती-जागती औरतें, जिन्हें दिखाने की हममें हिम्मत नहीं है और जो स्तनधारी प्राणियों में भारी संख्या में उपस्थित है, के बारे में क्या कहा जाए? छि।

– यह आपका ज़ौक़ है। आप इसे दूसरों पर नहीं लाद सकते।

– हाँ, हाँ, क्यों नहीं। कसाई के द्वारा बेचे जाने वाले सॉसेज़ को भी आप सुंदर कह सकते हैं, कोई मनाही नहीं है।

– दोनों में कोई सम्बन्ध नहीं है।

– औरतें गंदे माँस की तरह हैं। कोई औरत सुंदर नहीं होती, तो हम कहते हैं

कि वह माँस का लोथड़ा है, सॉसेज़ है। सच तो यह है कि सारी औरतें सॉसेज़ हैं।

– बुरा न मानें, तो एक सवाल पूछूँ—आप क्या हैं?

– सूअर की चर्बी का ढेर। यह भी कोई पूछने की बात है?

– दूसरी तरफ़, आपको लगता है कि पुरुष रूपवान होते हैं?

– मैंने ऐसा नहीं कहा। पुरुषों का शरीर औरतों की अपेक्षा कम डरावना होता है, फिर भी, वे सुंदर नहीं होते।

– यों कहिये कि कोई भी सुंदर नहीं है, है ना?

– ऐसा नहीं है। कुछ बच्चे बहुत सुंदर होते हैं, पर अफ़सोस, यह सुंदरता ज़्यादा दिन नहीं टिकती।

– तो आपकी नज़र में बाल्यावस्था एक वरदान है?

– आपने सुना कि आपने अभी क्या कहा? 'बाल्यावस्था एक वरदान है।'

– यह एक सामान्योक्ति है, पर है सच, क्यों?

– गोबरगणेश, बेशक, आपने सच कहा है। पर ऐसा कहने का क्या फ़ायदा? यह तो सभी जानते हैं।

– दरअसल, ताश साहब, आप लोगों को निरुत्साहित करते हैं।

– अब जाकर आपको मालूम हुआ? ठंड रखिये, बरखुरदार, इतनी प्रतिभा सेहत के लिए हानिकारक है।

– आपके निराशाजनक विचारों का क्या आधार है?

– सब कुछ। दुनिया उतनी बुरी नहीं, जितनी ज़िन्दगी। आजकल आत्म-छलना के शिकार लोग यह घोषणा कर रहे हैं कि ऐसा नहीं है। देखिये, लोग कैसे मिमियाते हुए एक स्वर में कह रहे हैं, "ज़िन्दगी एक मी..ई..ई..ई..ठा एहसास है। ज़िन्दगी प्यार का गीत है!" ऐसी बेवकूफ़ी भरी बातें सुनकर अपने बाल नोचने का मन करता है।

– ये बेवकूफ़ी भरी बातें सच्चे मन से कही गई हैं।

– मैं भी ऐसा मानता हूँ, इसलिए यह और भी चिन्ता का विषय है। इससे साबित होता है कि आत्म-छलना कारगर है और लोग आँख मूँदकर ये बकवास मान लेते हैं। देखा जाय तो उनकी ज़िन्दगी नर्क है, उनकी बेकार की नौकरी है, वे भयानक जगहों में भयंकर लोगों के साथ रहते हैं और वे अपनी दुर्दशा को

सुख का नाम देते हैं।

- अगर इसी में उनकी खुशी है, तो कोई बुराई नहीं है, जैसा आप कह रहे हैं।

- और, ताश साहब, आपके लिए सुख क्या होता है?

- अनस्तित्व, न होना। मुझे शांति मिल गयी है, चलिये, कुछ तो प्राप्त हुआ, बल्कि मुझे शांति मिल गयी थी।

- आप कभी सुखी नहीं रहे हैं?

मौन।

- क्या मैं मान लूँ कि आप सुखी रहे हैं?...क्या मैं मान लूँ कि आप कभी सुखी नहीं रहे हैं?

- आप चुप रहिये, मैं सोच रहा हूँ। नहीं, मैं कभी सुखी नहीं रहा।

- दुःख की बात है।

- आपको रूमाल दूँ?

- अपने बचपन में भी नहीं?

- मैं कभी बच्चा नहीं रहा।

- आप कहना क्या चाहते हैं?

- वही, जो कहा है?

- आप कभी छोटे तो थे!

- छोटा रहा हूँ, ज़रूर, पर बच्चा नहीं। मैं शुरू से ही प्रेतेक्सता ताश रहा हूँ।

- वाकई आपके बचपन के बारे में हम कुछ नहीं जानते। आपके जीवन-चरित की शुरुआत हमेशा तब से होती है, जब आप वयस्क हो चुके थे।

- स्वाभाविक है, क्योंकि मेरा कोई बचपना रहा नहीं।

- फिर भी, आपके माता-पिता तो थे।

- आपका अंतर्ज्ञान ज़बरदस्त है, बरखुरदार।

- आपके माता-पिता क्या करते थे?

- कुछ नहीं।

– ऐसा कैसे हो सकता है?

– पैतृक सम्पत्ति थी। पुराने ज़माने से चली आ रही थी।

– आपके अलावा और भी वारिस हैं, क्या?

– आपको आयकर विभाग ने भेजा है, क्या?

– नहीं, मैं बस जानना चाहता था कि...

– अपने काम से काम रखिये।

– पत्रकार होने का मतलब है, ताश साहब, दूसरों के काम से प्रयोजन रखना।

– पेशा बदल लीजिये।

– सवाल ही नहीं उठता। मुझे अपना पेशा पसंद है।

– आप पर तरस आता है, बरखुरदार।

– मैं अपना प्रश्न किसी और तरीके से पूछता हूँ, अपने जीवन के उस दौर के बारे में बताइये जब आप सबसे ज़्यादा खुश थे।

मौन।

– मैं अक्ल से पैदल लगता हूँ, क्या? आप कौन-सा खेल खेल रहे हैं? जैसा मौलियेर के नाटक द *बुर्जुआ जेंटलमैन* में दर्शनशास्त्र का शिक्षक जुरदैं के साथ खेलता है। एक ही बात को अलग-अलग तरीके से कहना, "हसीं मार्कीज़ मैं आपकी झील-सी आँखों में डूब जाना चाहता हूँ," है, ना?

– ठंड रखिये, मैं अपने पेशे का बस निर्वाह कर रहा हूँ।

– और मैं अपने पेशे का।

– तो, आपके हिसाब से, एक लेखक के पेशे की सार्थकता इसी बात में निहित है कि वह प्रश्नों का उत्तर न दे।

– आपने मेरे मुँह की बात छीन ली।

– और सार्त्र?

– क्या सार्त्र?

– एक ऐसा लेखक जो प्रश्नों का उत्तर देता था, है ना?

– तो?

– इससे आपकी परिभाषा खंडित होती है।

– रत्ती भर भी नहीं। इसके विपरीत, इससे पुष्टि होती है।

– आप यह कहना चाहते हैं कि सार्थ्र लेखक नहीं थे?

– आप नहीं जानते थे क्या?

– पर, देखा जाए तो, वह आश्चर्यजनक रूप से अच्छा लिखते थे।

– कुछ पत्रकार भी आश्चर्यजनक रूप से अच्छा लिख लेते हैं। पर लेखक होने के लिए केवल अच्छा लिखना काफ़ी नहीं होता।

– अच्छा? तो और क्या चाहिए?

– बहुत-सी चीज़ें। सबसे पहले तो अंडकोष होना चाहिए। मैं जिस अंडकोष की बात कर रहा हूँ, वह लिंग से परे है। इसका सबूत यह है कि कुछ औरतों में भी यह है। कुछ ही औरतों में है, पर ऐसी औरतें हैं। मैं पट्रिशिया हाइस्मीथ के बारे में सोच रहा हूँ।

– आश्चर्य है कि आप जैसा महान लेखक रोमांचकारी उपन्यास की लेखिका को पसंद करता है।

– क्यों नहीं? इसमें आश्चर्य की कोई बात नहीं है। सीधी-सी बात है, एक ऐसी लेखिका जो लोगों से वैसे ही नफ़रत करती है जैसे कि मैं, और औरतों से खासकर। ऐसा महसूस होता है कि वह इसलिए नहीं लिखती कि उसे कुलीनों की साहित्यिक गोष्ठियों में पढ़ा जाय।

– और सार्थ्र, क्या इसलिए लिखते थे कि ऐसी गोष्ठियों में उनकी चर्चा हो?

– और नहीं तो क्या? मैं इन साहब से कभी नहीं मिला, पर उन्हें पढ़कर पता चलता है कि वह किस हद तक ऐसी साहित्य गोष्ठियों को चाहते थे।

– यह बात हजम नहीं हुई, ऐसे लेखक के बारे में जो वामपंथी था।

– तो क्या हुआ? आप मानते हैं कि वामपंथी ऐसी साहित्यिक गोष्ठियाँ पसंद नहीं करते? इसके विपरीत, मैं जानता हूँ कि सबसे अधिक इन्हीं लोगों को ऐसी गोष्ठियों से लगाव होता है। वैसे, यह स्वाभाविक ही है। यदि मैं सारी ज़िन्दगी मज़दूर होता, तो मैं ऐसी गोष्ठियों में शरीक होने के सपने देखता।

– आप वस्तुस्थिति का साधारणीकरण कर रहे हैं। सारे वामपंथी मज़दूर

नहीं होते। कुछ वामपंथी खाते-पीते घरों से भी आते हैं।

– सचमुच? तो, ऐसे लोगों का गोष्ठियों के प्रति आकर्षित होने का कोई कारण नहीं है।

– क्या आप वामपंथ के कट्टर विरोधी हैं, ताश साहब?

– क्या आप शीघ्रपतन के शिकार हैं, पत्रकार साहब? उत्तेजना हुई नहीं कि झड़ गया।

– पर, दोनों में कोई सम्बन्ध नहीं है।

– मैं भी यही मानता हूँ। तो चलिये, हम अंडकोष की ओर लौट आते हैं। यह लेखक का सबसे महत्त्वपूर्ण अंग है। बिना अंडकोष के लेखक अपनी कलम का प्रयोग भ्रांतियाँ फैलाने में करता है। मैं आपको एक उदाहरण देता हूँ। एक ऐसे लेखक को लीजिये जिसकी लेखनी बहुत अच्छी है, उसे लिखने के लिए कोई विषय दीजिये। एक दमदार अंडकोष वाला *डेथ ऑन क्रेडिट* लिखेगा, सेलीन की तरह। बिना अंडकोष के वह *नौझिआ* (मतली) लिखेगा, सार्त्र की तरह।

– आपको नहीं लगता कि आप कुछ साधारणीकरण कर रहे हैं?

– आप पत्रकार होकर ऐसी बात कर रहे हैं? यहाँ मैं बहुत मेहरबानी करके स्वयं को आपके स्तर पर लाने की कोशिश कर रहा हूँ।

– आपसे इतना कुछ नहीं माँगा जा रहा है। मैं बस इतना चाहता हूँ कि आप जिसे 'अंडकोष' कहते हैं, उसकी एक व्यवस्थित सटीक परिभाषा दें।

– किसलिए? अब मुझसे यह मत कहियेगा कि आप मेरे विषय पर जनसाधारण के लिए प्रचलित भाषा में एक विवरण पुस्तिका लिखने की कोशिश कर रहे हैं!

– अजी नहीं! मुझे आपसे थोड़ा-बहुत स्पष्ट संवाद स्थापित करने की इच्छा है।

– ओहो, आखिर वही हुआ जिसका मुझे डर था।

– चलिये, ताश साहब, एक बार मेरा काम कुछ आसान कर दीजिये।

– मैं आपको बता दूँ बरखुरदार कि मुझे साधारणीकरण से सख्त नफ़रत है। इसलिए, ज़ाहिर है कि अगर आप मुझसे अपनी बात को आसान शब्दों में बताने के लिए कहेंगे तो मुझसे नाहक उम्मीद कर रहे हैं कि मैं ऐसे काम में

जोश-खरोश दिखाऊँ।

- पर, देखिये, मैं आपसे यह नहीं कह रहा कि आप अपनी बात को आसान शब्दों में रखिये। मैं तो आपसे बस इतना कह रहा हूँ कि जिसे आप 'अंडकोष' कहते हैं, उसकी एक परिभाषा दीजिये।

- ठीक है, ठीक है, इतने टसुए मत बहाइये। अरे, आप पत्रकार लोगों की क्या समस्या है? आप सभी अतिसंवेदनशील हैं।

- आप जारी रहिये।

- ठीक है, अंडकोष किसी व्यक्ति में प्रचलित भ्रांतियों का प्रतिरोध करने की क्षमता का नाम है। अब तो एक वैज्ञानिक परिभाषा हो गयी ना?

- आगे बताइये।

- मैं आपको बता दूँ कि शायद ही किसी व्यक्ति में यह अंडकोष होता है। यदि हम उन लोगों का अनुपात देखें जिनके पास अच्छी लेखनी है और अंडकोष भी है, तो यह नगण्य है। यही वजह है कि इस पृथ्वी पर इतने कम लेखक हैं। विशेषकर इसलिए भी कि दूसरे गुणों की ज़रूरत है।

- कौन-कौन से?

- एक लिंग चाहिए।

- अंडकोष के बाद लिंग। तर्कसंगत है। लिंग की परिभाषा?

- लिंग सृजन-क्षमता का नाम है। वास्तव में सृजन की क्षमता रखने वाले लोग कम ही हैं। अधिकतर अपने पूर्ववर्ती लेखकों की नकल मारकर खुश हो जाते हैं। किसी में नकल मारने की प्रतिभा ज़्यादा होती है और किसी में कम। पूर्ववर्ती लेखक भी आम तौर पर नकलची ही होते हैं। ऐसा हो सकता है कि एक अच्छी लेखनी में लिंग की कमी हो, पर अंडकोष की नहीं, जैसे विक्तर ह्यूगो।

- और आप?

- मेरा थोबड़ा शायद हिजड़े का है, पर मेरा लिंग बहुत बड़ा है।

- और सेलीन का?

- अरे, सेलीन के पास सब कुछ है—एक प्रतिभाशाली लेखनी, बड़ा अंडकोष, बड़ा लिंग, और बाकी जो चाहिए।

- बाकी? और क्या चाहिए? एक गुदा?

– बिलकुल नहीं! गुदा तो पाठक के पास होना चाहिए ताकि उसकी ली जा सके, लेखक के पास नहीं। नहीं, लेखक को ज़रूरत है, होंठों की।

– मुझमें यह पूछने की हिम्मत नहीं कि आप किन होंठों की बात कर रहे हैं।

– अरे बाप रे, आपकी मानसिकता कितनी कुत्सित है! मैं उन होंठों की बात कर रहा हूँ, जिनका प्रयोग मुँह बंद करने में होता है। कुछ समझ में आया, अश्लील प्राणी!

– ठीक है। होंठों की परिभाषा?

– होंठों की दो भूमिकाएँ हैं। पहली भूमिका है बोली को भावमय बनाना। कभी आपने सोचा है कि होंठों के बिना हमारी बोली कैसी होती? भावशून्य और रूखी, बिना किसी गूढ़ता के, जैसे न्यायालय में नाज़िर के शब्द होते हैं। पर दूसरी भूमिका और भी ज़्यादा महत्त्वपूर्ण होती है। जब कोई न कहनेवाली बात हो तो होंठों के सहारे हम अपनी ज़बान पर लगाम लगाते हैं। हाथ के पास भी होंठ होते हैं जो लेखनी पर तब लगाम लगाते हैं जब कोई बात नहीं लिखी जानी चाहिए। ऐसा करना बेहद ज़रूरी है। कुछ लेखक प्रतिभा के धनी हैं, उनके पास अंडकोष है, लिंग है, फिर भी उन्होंने अपनी कृति का इसलिए कबाड़ा कर दिया कि उन्होंने वह कहा जो उन्हें नहीं कहना चाहिए था।

– आपके मुँह से ऐसी बात सुनकर मुझे ताज्जुब होता है। आपकी शैली में आत्मनियंत्रण नहीं है।

– आत्मनियंत्रण के बारे में कौन बात कर रहा है यहाँ? नहीं कही जानेवाली बातें ज़रूरी नहीं कि गंदी हों, बल्कि स्थिति उल्टी है। हमारे अंदर जो गंदगी है, उसको हमेशा बयान करना चाहिए। यह स्वस्थ होता है, सुखद होता है, स्फूर्तिदायक होता है। नहीं कही जानेवाली बातें किसी और प्रकार की होती हैं और मुझसे यह उम्मीद नहीं रखियेगा कि मैं आपको समझाऊँगा, क्योंकि ये वही बातें हैं जिन्हें नहीं कहा जाना चाहिए।

– सब सिर के ऊपर से निकल गया।

– मैंने अभी-अभी आपको आगाह किया था ना कि प्रश्नों के उत्तर नहीं देना मेरे पेशे में निहित है?

– प्रश्नों के उत्तर नहीं देना होंठों की भूमिका में भी निहित है, क्यों?

– केवल होंठों की भूमिका में नहीं, अंडकोष की भूमिका में भी। कुछ प्रश्नों का उत्तर नहीं देने के लिए अंडकोष की आवश्यकता होती है।

– लेखनी, अंडकोष, लिंग, होंठ, बस?

– नहीं, कान और हाथ भी चाहिए।

– कान सुनने के लिए?

– यह तो ज़ाहिर है। बरखुरदार, आपका कोई जवाब नहीं। दरअसल, कान एक कोष्ठ है, जहाँ होंठों की आवाज़ गूँजती है। यह एक तरह से शरीर के भीतर एक कक्ष है जहाँ शब्द ऊँची आवाज़ में उच्चरित होते हैं। फ्लोबेर अपने लिखे शब्दों के साम्य देखने के लिए उन्हें एक कक्ष में उच्चरित करते थे, पर क्या वे सचमुच मानते थे कि लोग उनकी इस चोंचलेबाज़ी को असली समझेंगे? उन्हें पता था कि शब्दों को ऊँची आवाज़ में ध्वनित करना व्यर्थ है। शब्द खुद-ब-खुद ध्वनित होते हैं। उन्हें बस यों ही सुनना काफ़ी होता है।

– और हाथ?

– हाथ रसास्वादन के लिए होता है। अपना हाथ जगन्नाथ। अगर एक लेखक को लिखने में लुत्फ़ नहीं आता तो उसे उसी क्षण कलम रोक देनी चाहिए। बिना लुत्फ़ उठाये लिखना अनैतिक है। लेखनी में पहले ही अनैतिकता के सारे बीज मौजूद होते हैं। लेखक के लिए एक ही बात क्षम्य है, उसका आनंद। यदि लेखक को लिखने में मज़ा नहीं आता तो यह ऐसी ही घटिया बात है, जैसे कोई हरामज़ादा मज़े के लिए किसी लड़की का बलात्कार नहीं करता, बस बलात्कार करने के लिए बलात्कार करता है, अकारण नुकसान पहुँचाने के लिए।

– ऐसी तुलना जायज़ नहीं है। लेखनी उतनी अनिष्टकारी नहीं है।

– आपको इस बात का इल्म नहीं कि आप क्या कह रहे हैं। ज़ाहिर है, इल्म होगा भी कैसे? आपने मुझे पढ़ा भी तो नहीं है। लेखनी हर स्तर पर झमेला खड़ा नहीं करती है। उन पेड़ों के बारे में सोचिये जो कागज़ के लिए काटे जाते हैं, जगह के बारे में सोचिये जिसकी ज़रूरत किताब रखने के लिए होती है, रोकड़े के बारे में सोचिये जो छपाई पर खर्च किये जाते हैं, जो पाठक खर्चा करता है, बोरियत के बारे में सोचिये जो ये बदकिस्मत पाठक पढ़ते हुए महसूस करते हैं, उस अपराधबोध के बारे में सोचिये जो अभागे लोग किताब खरीदकर पढ़ने की हिम्मत न जुटा पाने पर महसूस करते हैं, सीधे-सादे मूर्ख लोगों की उदासी के बारे में सोचिये जो पढ़ने के बाद नहीं समझ पाते हैं, अंत में उस अहं-भाव के

बारे में सोचिये जिसके साथ लोग पढ़े या बिना पढ़े चर्चा करते हैं। और वगैरह-वगैरह। इसलिए, आप मुझसे यह मत कहिये कि लेखनी नुकसानदेह नहीं है।

– पर, आखिरकार, आप इस संभावना से सौ फ़ीसदी इनकार नहीं कर सकते कि गाहे-बे-गाहे ही सही, संयोग से एक-दो पाठक आपको मिल ही जाएँगे जो सचमुच आपको समझेंगे। कुछ व्यक्तियों में गहरी मौन स्वीकृति और सूझ-बूझ क्या आपके लेखन-कार्य को हितकारी बनाने के लिए काफ़ी नहीं है?

– आप बकवास कर रहे हैं! मुझे नहीं पता कि ऐसे व्यक्ति विद्यमान हैं कहीं, और यदि हैं, तो मेरी लेखनी से सबसे ज़्यादा नुकसान इन्हीं लोगों को होगा। आपको क्या लगता है कि मैं किस विषय पर अपनी किताबों में लिखता हूँ? शायद आपका ख़याल है कि मैं मनुष्य की अच्छाई और जीने के सुख का बयान करता हूँ? मेरी रचनाओं को पढ़कर लोगों को खुशी मिलती है? कहाँ-कहाँ से आप ऐसे विचार ले आते हैं? स्थिति इसके विपरीत है!

– निराशा में भी भागीदारी, क्या प्रिय नहीं है?

– यह जानकर आपको संतोष होता है कि आप भी उतने निराश हैं जितने आपके पड़ोसी? मुझे यह जानकर और भी दु:ख होता है।

– ऐसी बात है, तो लिखा ही क्यों जाय? संवाद स्थापित करने की कोशिश क्यों की जाय?

– खबरदार, घालमेल मत कीजिये। लिखने का मतलब संवाद स्थापित करने की कोशिश नहीं है। आप मुझसे लिखने का कारण पूछते हैं और मैं बिना लाग-लपेट के सीधे-सीधे यह कहता हूँ—मस्ती के लिए। दूसरे शब्दों में, अगर मज़ा नहीं आ रहा तो लाज़िमी है कि कलम रुक जाए। ऐसा है कि मुझे लिखने में मज़ा आता है। दरअसल इतना मज़ा आता है कि मैं बता नहीं सकता। मुझसे इसका कारण मत पूछिये, मुझे कोई अंदाज़ा नहीं है। वैसे जितने सिद्धान्तों ने आनंद की व्याख्या करने की कोशिश की, एक से बढ़कर एक घटिया सिद्ध हुए। एक दिन किसी विचारशील व्यक्ति ने मुझसे कहा कि संभोग करने में हमें आनंद की प्राप्ति इसलिए होती है कि हम जीवन का निर्माण कर रहे होते हैं। अब आप ही बताइये, जीवन जैसे दु:खद और वाहियात चीज़ का निर्माण करने में किसी को आनंद कैसे आ सकता है? तो, हमें यह मानना पड़ेगा कि गर्भ-निरोधक गोलियाँ लेने वाली औरत को आनंद नहीं आता, क्योंकि वह जीवन का निर्माण नहीं कर रही होती। पर उस बंदे को अपने सिद्धान्त पर भरोसा था। संक्षेप में कहूँ तो इस

लेखनी के आनंद की व्याख्या करने के लिए मुझसे मत कहिये। यह एक हकीकत है, बस।

– इन सबके बीच हाथ की क्या भूमिका है?

– लेखनी का आनंद हाथ में निवास करता है। लेखनी का आनंद पेट, जननांग, ललाट और जबड़े में भी बसता है, केवल हाथ में नहीं। पर सबसे विशिष्ट आनंद हाथ में बसता है, क्योंकि वह लिखता है। इसे समझाना टेढ़ी खीर है। जब किसी ज़रूरत से हाथ सृजन करता है तो आनंद से हाथ में सिहरन पैदा होने लगती है, यह एक शानदार अंग बन जाता है। लिखते हुए, न जाने कितनी बार मुझे विचित्र-सी अनुभूति हुई है कि मेरा हाथ ही मुझे आदेश दे रहा है कि वह दिमाग के मशविरे के बगैर खुद-ब-खुद अपनी दिशा तय कर रहा है। अरे, मैं जानता हूँ कि कोई भी शरीर-रचना विज्ञानी यह नहीं मान सकता, फिर भी अक्सर ऐसा महसूस होता है। हाथ में काम-वासना वैसे ही भड़कती है जैसे घोड़ा भड़कता है, जैसे कोई कैदी जेल से फरार होता है। वैसे, एक और तथ्य स्थापित होता है। क्या यह हैरानी की बात नहीं है कि लेखनी और हस्तमैथुन के लिए एक ही साधन का इस्तेमाल होता है—हाथ का।

– बटन टाँकने या नाक खुजलाने के लिए भी हाथ का ही इस्तेमाल होता है।

– आप एक ओछे इन्सान हैं! फिर, इससे सिद्ध ही क्या होता है? आम इस्तेमाल खास इस्तेमाल को खंडित नहीं करते।

– हस्तमैथुन हाथ का खास इस्तेमाल है?

– और नहीं तो क्या? क्या यह अद्‌भुत नहीं है कि एक सहज और मामूली हाथ केवल अपने बल-बूते पर पाप-पुण्य के बोझ से लदी संभोग जैसी एक जटिल, बहुमूल्य और मुश्किल से आयोजित होने वाली चीज़ का पुनर्गठन करता है? क्या यह काबिल-ए-तारीफ़ नहीं है कि जितनी खुशी के लिए हम एक औरत के नखरे और खर्चा-पानी उठाते हैं, उतनी ही खुशी (अगर ज़्यादा नहीं) एक भला हाथ उपलब्ध कराता है, जिसका कोई इतिहास नहीं है।

– ज़ाहिर है, अगर आपके नज़रिये से देखा जाय तो...

– पर हकीकत यही है, बरखुरदार! आप नहीं मानते?

– देखिये, ताश साहब, साक्षात्कार आपका लिया जा रहा है, मेरा नहीं।

– दूसरे शब्दों में, आपने सुंदर किरदार खुद ले लिया है, क्यों?

– आपको खुशी मिलती है तो ठीक है। पर, मेरा किरदार अभी तक इतना सुंदर प्रतीत नहीं हुआ। आपकी वजह से मुझे कई बार चुनौती लेनी पड़ी।

– दरअसल, मुझे इसमें खुशी मिलती है।

– ठीक है। तो हम बात कर रहे थे अंगों की। मैं याद दिलाता हूँ—कलम, अंडकोष, लिंग, होंठ, कान और हाथ। बस?

– इतना आपके लिए काफ़ी नहीं है?

– नहीं मालूम। मैंने कुछ और कल्पना की होती।

– अच्छा? और क्या चाहते हैं आप? एक योनि? एक प्रोस्टेट?

– इस बार, आप ओछी बात कर रहे हैं। नहीं, नहीं। आप निश्चित रूप से मुझे उल्लू बना रहे हैं। पर, मैं सोच रहा था कि एक दिल भी चाहिए।

– एक दिल? हे प्रभु, किसलिए?

– संवेदना के लिए, प्यार के लिए।

– इनका दिल से कोई सम्बन्ध नहीं। ये अंडकोष, लिंग, होंठ और हाथ से जुड़े हैं। ये ही काफ़ी हैं।

– आप बेहद मानवद्वेषी हैं। मैं कभी भी आपसे सहमत नहीं हो सकता।

– और आपके विचार में किसी को रुचि नहीं है, जैसा कि एक मिनट पहले आप स्वयं कह रहे थे। पर मुझे समझ में नहीं आता कि मेरी बातों में मानव-द्वेष कहाँ है। संवेदनाएँ और प्रेम शारीरिक अंगों से उत्पन्न होते हैं, इस पर हम सहमत हैं। हमारी असहमति केवल इस अंग की प्रकृति को लेकर है। आप इसमें हृदय-सम्बन्धी गतिविधि देखते हैं। मैं आपको आड़े हाथों नहीं ले रहा हूँ, आपके मुँह पर विशेषण नहीं मार रहा हूँ। मैं बस इतना सोचता हूँ कि शारीरिक रचना को लेकर आपके सिद्धान्त अजीब हैं और इसी वजह से रोचक हैं।

– ताश साहब, आप नहीं समझने का ढोंग क्यों कर रहे हैं?

– क्या बक रहे हैं, आप? मैं कोई ढोंग नहीं कर रहा, बदतमीज़ कहीं के!

– पर, जब मैं दिल की बात कर रहा था तो आपको अच्छी तरह मालूम था कि मैं एक शारीरिक अंग के तौर पर उसे नहीं ले रहा था!

– अच्छा! फिर, किस अर्थ में आप उसका प्रयोग कर रहे थे?

– आप अच्छी तरह जानते हैं कि मैं उसका प्रयोग अनुभूति, भावुकता, भावना के लिए कर रहा था।

– इतना सब कुछ कोलेस्ट्रोल से भरे फ़ालतू दिल में!

– अरे ताश साहब, आप बेकार हँसाने की कोशिश कर रहे हैं।

– नहीं, वास्तव में, मसखरी तो आप कर रहे हैं। आप ऐसी बातें क्यों कर रहे हैं जिनका हमारे मुद्दे से दूर-दूर तक कोई सम्बन्ध नहीं है।

– आप ऐसा कहने की जुर्रत कैसे कर सकते हैं कि साहित्य का संवेदना से कोई लेना-देना नहीं है?

– देखिये, बरखुरदार, मुझे लगता है कि 'संवेदना' को लेकर हमारी अवधारणा एक नहीं है। मेरे लिए, किसी का थोबड़ा बिगाड़ने की इच्छा एक संवेदना है। आपके लिए, एक महिला-केन्द्रित पत्रिका के सुझाव स्तंभ में आँसू बहाना संवेदना है।

– और आपके लिए यह क्या है?

– मेरे लिए यह एक मन:स्थिति है, अर्थात् आत्म-छलना से भरी हुई एक सुंदर कहानी जिसे हम खुद को सुनाते हैं, ताकि दिखे कि हमने मनुष्य की मर्यादा हासिल कर ली है, ताकि खुद को यकीन दिला सकें कि हम हगते हुए भी अध्यात्म से ओत-प्रोत हैं। विशेषकर औरतें ही मन:स्थिति की ईजाद करती हैं क्योंकि वे जिस तरह का काम करती हैं, उसमें खोपड़ी का इस्तेमाल नहीं होता। हमारी प्रजाति की एक विशेषता यह है कि हमारा दिमाग खाली नहीं बैठ सकता, भले ही वह कोई उपयोगी कार्य न करे। यही असुविधाजनक दु:खद व्यवस्था मनुष्यों की सारी दुर्गति की जड़ है। एक उत्तम निष्क्रियता, एक सुरुचिपूर्ण विश्राम ज़रूरी है, जैसे एक सर्प धूप में सोता है। ऐसा न हो कर एक गृहिणी का दिमाग बेकार और छल-कपट भरे परिदृश्य के रूप में विष छोड़ता है, क्योंकि उसे दिमाग का उपयोग न कर पाने का गुस्सा होता है। उसमें कपट और भी बढ़ जाता है, क्योंकि घर का काम-काज उसे तुच्छ लगता है। यह काम और भी फ़ालतू लगता है, क्योंकि झाड़ू-पोंछा करने या पखाना साफ़ करने से घटिया और कुछ नहीं है। ये काम करना मजबूरी है, यही सच्चाई है। पर औरतों को हमेशा यही लगता है कि उन्हें धरती पर किसी अन्य लक्ष्य की प्राप्ति के लिए भेजा गया है। अधिकतर मर्द भी ऐसा ही सोचते हैं, हालाँकि उनमें इतनी दृढ़ता नहीं होती, क्योंकि उनका दिमाग हिसाब-किताब, तरक्की, दोषारोपण और कर का ब्यौरा देने में लगा होता

है। इसलिए मगज़मारी के लिए अवकाश कम मिलता है।

– मुझे लगता है कि ज़माना आगे निकल गया और आप पीछे रह गए। आजकल, औरतें भी काम करती हैं और उनके सरोकार मर्दों जैसे ही हैं।

– आप कितने भोले हैं! वे ढोंग करती हैं। उनकी मेज़ की दराजों में नाखून पॉलिश और महिला-केन्द्रित पत्रिकाएँ ठूँस-ठूँसकर भरी होती हैं। आज की औरतें पहले की गृहिणियों से भी ज़्यादा गई-गुज़री होती हैं। गृहिणियाँ आखिर कुछ उपयोगी कार्य करती थीं। आज की औरतें प्यार-मोहब्बत और कैलोरी की समस्याओं जैसे ठोस विषयों पर अपने सहकर्मियों से बात करके समय काटती हैं। फिर वही ढाक के तीन पात। जब वे बहुत ज़्यादा बोर हो जाती हैं, तो अपने अधिकारी से ठुकवाती हैं। दूसरों का कबाड़ा करके उन्हें मतवालेपन का आभास होता है। ऐसा करके औरत अपने को सातवें आसमान पर महसूस करती है। जब कोई औरत किसी की ज़िन्दगी का कबाड़ा करती है, तो वह इसे अपने अस्तित्व का सर्वोच्च प्रमाण समझती है। 'मैं दूसरों का कबाड़ा करती हूँ, इससे साबित होता है कि मुझमें एक आत्मा है,' उसकी तर्क-पद्धति ऐसे काम करती है।

– आपको सुनकर कोई भी यही समझेगा कि आप औरतों से कोई पुरानी दुश्मनी निकाल रहे हैं।

– और नहीं तो क्या? ऐसी ही किसी औरत ने मुझे जन्म दिया, जबकि मैंने उससे कुछ नहीं माँगा था।

– आपने अभी ऐसी बात की मानो आप अपनी ज़िन्दगी के अनुपयुक्त दौर से गुज़र रहे हों।

– गलत। मैं ज़िन्दगी के वसायुक्त दौर से गुज़र रहा हूँ।

– अच्छी दिल्लगी कर लेते हैं आप। पर आपके जन्म में एक पुरुष की भी कुछ हिस्सेदारी थी।

– मैं पुरुषों को भी नापसन्द करता हूँ, आपको पता है।

– पर आप औरतों को और भी नापसंद करते हैं।

– उन्हीं सारे कारणों से, जो मैंने आपको गिनाए हैं।

– अच्छा। देखिये, मुझे विश्वास नहीं होता कि आपकी और कोई मंशा नहीं है। आपके स्त्रीद्वेष में बदले की भावना की बू आती है।

– बदला? परन्तु, कैसे? मैं हमेशा से अविवाहित रहा हूँ।

– केवल शादी की बात नहीं है। यही नहीं, आपको खुद भी इस बात का इल्म नहीं कि आपके बदले की भावना की जड़ में क्या है।

– मुझे समझ में आ रहा है कि आप मुझे किस ओर खींच रहे हैं। मुझे अपना मनोविश्लेषण नहीं करवाना।

– उतनी दूर तक जाने की ज़रूरत नहीं, आप थोड़ा ध्यान कर सकते हैं।

– हे प्रभु, ध्यान करें तो आखिर किस चीज़ का?

– औरतों से जो आपके सम्बन्ध रहे हैं।

– कौन-से सम्बन्ध? कौन-सी औरतें?

– यह मत कहियेगा कि... नहीं!

– क्या नहीं?

– आपने कभी...?

– बात पूरी कीजिये।

– ...सम्भोग नहीं किया?

– बिलकुल नहीं।

– ऐसा नहीं हो सकता।

– ऐसा अवश्य हो सकता है।

– न औरत के साथ, न मर्द के साथ?

– मेरे थोबड़े पर लौंडेबाज़ लिखा है क्या?

– बुरा मत मानियेगा, एक से बढ़कर एक समलैंगिक लोग हुए हैं।

– आप हास्यास्पद बात कर रहे हैं। आप ऐसे कह रहे हैं, जैसे आप बता रहे हों कि 'कई भड़वे ईमानदार भी हुए हैं'—मानो 'समलैंगिक' और 'प्रतिभावान' दो परस्पर विरोधी पद हैं। नहीं, मेरे कँवारेपन पर संदेह करने के लिए मैं आपका विरोध करता हूँ।

– आप खुद को मेरी जगह पर रखकर देखिये।

– आपने कैसे सोच लिया कि मेरे जैसा शख्स स्वयं को आपकी जगह पर रखकर देखे?

– यह... यह मानने वाली बात नहीं है। अपने उपन्यासों में आप एक

विशेषज्ञ, एक कीट विज्ञानी की तरह सम्भोग की बात करते हैं!

– मुझे हस्तमैथुन में डॉक्टरेट की उपाधि प्राप्त है।

– क्या हस्तमैथुन के सहारे मानव देह की संपूर्ण जानकारी प्राप्त की जा सकती है?

– आप क्यों ढोंग कर रहे हैं कि आपने मेरी रचनाएँ पढ़ी हैं?

– देखिये, यह जानने के लिए कि आपका नाम सर्वोच्च स्तर पर सबसे सटीक यौन विमर्श से जुड़ा है, मुझे आपकी रचनाएँ पढ़ने की आवश्यकता नहीं है।

– यह अजीब बात है। मुझे पता नहीं था।

– हाल ही में एक शोध-प्रबन्ध भी मेरे हाथ लगा, जिसका शीर्षक इस प्रकार था, 'वाक्य-विन्यास के सहारे ताश की रचनाओं में लिंग की अनवरत दृढ़ता'।

– हास्यास्पद है। शोध-प्रबंध के विषयों पर मुझे हँसी आती है और दया भी। बड़ा प्यारा लगता है। ये विद्यार्थी महान लोगों की नकल करने के चक्कर में अनाप-शनाप लिखते हैं। शीर्षक अति परिष्कृत होते हैं। किन्तु, उनकी अन्तर्वस्तु में आप तुच्छता को प्रत्यक्ष देख सकते हैं, जैसे ये आडम्बरी रेस्तराँ एग मेयोनेज़ को भारी-भरकम नाम से नवाजते हैं।

– सीधी-सी बात है, ताश साहब, कि अगर आप नहीं चाहते तो मैं इसके बारे में बात नहीं करूँगा।

– कारण? क्या यह रोचक नहीं है?

– बल्कि यह कुछ ज़्यादा ही रोचक है। पर मैं ऐसा राज़ खोलना नहीं चाहता।

– यह कोई राज़ नहीं है।

– फिर, आपने कभी भी इसे क्यों नहीं बताया?

– मेरी समझ में नहीं आता कि मैं यह किसे बताता। अब अपने कँवारेपन के बारे में बताने के लिए कसाई के पास तो नहीं जाता ना?

– अच्छी बात है, मगर पत्रिकाओं को भी यह बात नहीं बतानी चाहिए।

– क्यों? कँवारेपन पर कानून ने प्रतिबंध लगा रखा है, क्या?

– देखिये, यह आपकी निजी ज़िन्दगी का, आपकी अंतरंगता का हिस्सा है।

– पाखंडी कहीं के, अभी तक जो कुछ आपने मुझसे पूछा, क्या मेरी निजी ज़िन्दगी का हिस्सा नहीं है? तब तो आप इतनी बड़ी-बड़ी बातें नहीं कर रहे थे। अचानक से सिमटी-सी, शरमाई-सी, कँवारी कली (आपको देखकर तो यही लगता है) का अभिनय करना बेकार है। यह नहीं चलेगा।

– मैं नहीं मानता। किसी की निजी ज़िन्दगी में ताश-झाँक करने की भी कोई सीमा होती है। पत्रकार कुरेद-कुरेदकर पूछता है, यह उसका काम है, पर उसे मालूम होता है कि वह कहाँ तक छूट ले सकता है।

– अभी आप अन्य पुरुष का प्रयोग करके 'अपने' बारे में बात कर रहे हैं, क्यों?

– मैं सारे पत्रकारों के बारे में बात कर रहा हूँ।

– यही है झुंड में रहने वालों की सहजवृत्ति, कायरों की यही पहचान है। मैं जब आपको जवाब देता हूँ, तो केवल अपनी बात करता हूँ, दूसरों का ठेका नहीं लेता। मैं आपको बताए देता हूँ कि मैं खुद को आपकी बतायी हुई कसौटी पर नहीं कसूँगा। यह परिभाषा मैं गढ़ूँगा कि मेरी निजी ज़िन्दगी में क्या राज़ है और क्या नहीं। मैं अपने कँवारेपन की ज़रा-भी परवाह नहीं करता, आप इसका चाहे जो भी मलतब निकालिये।

– ताश साहब, मुझे लगता है कि आपको इस खुलासे से होने वाले खतरे का आभास नहीं है। आप ऐसा महसूस करेंगे कि आपकी इज़्ज़त को सरेआम नीलाम किया जा रहा है, आपको बदनाम किया जा रहा है...

– अच्छा, बरखुरदार, अब मेरी बारी है, आपसे सवाल पूछने की। क्या आप मूर्ख हैं या आप अपनी पीड़ा से आनंद उठाते हैं?

– भला ऐसा सवाल क्यों?

– क्योंकि अगर आप न तो मूर्ख हैं और न ही अपनी पीड़ा से आनंद उठाते हैं, तो आपका बर्ताव मेरी समझ से बाहर है। मैं आपको एक ज़बरदस्त, धमाकेदार खबर दे रहा हूँ, यह सोचकर कि चलो 'नेकी कर दरिया में डाल', और आप एक शातिर शिकारी पक्षी की तरह झपट्टा मारकर मौके का फ़ायदा उठाने के बजाय नैतिकता के पचड़े में पड़ रहे हैं, हज़ार नखरे दिखा रहे हैं। अगर आप जारी रहते हैं, तो आपको मालूम है कि आपको क्या जोखिम उठाना पड़ सकता है? आप इस बात की संभावना बढ़ा रहे हैं कि मैं गुस्से में आकर आपसे यह धमाकेदार खबर छीन लूँ, अपनी निजी ज़िन्दगी की पवित्रता बनाए रखने के

लिए नहीं परन्तु आपकी नाक में दम करने के लिए। यह जान लीजिये कि मेरी उदारता का आवेग कभी भी लम्बे समय तक नहीं टिकता, विशेषकर जब मुझे कोई चिढ़ाता है। इसलिए, जो मैं परोस रहा हूँ, उसे तत्परता से ग्रहण कीजिये, वरना मैं आगे से थाली छीन लूँगा। फिर भी आप मुझे शुक्रिया अदा कर सकते हैं, क्योंकि कभी-कभी ही ऐसा मौका आता है, जब एक नोबेल पुरस्कार विजेता अपना कँवारापन आपको प्रदान करता है, है ना?

– आपका लाख-लाख शुक्र है, ताश साहब।

– ये हुई ना बात! मेरे भाई, आप जैसे लोगों में तलवे चाटने की कला का मैं कायल हूँ।

– पर आपने ही मुझसे कहा था कि...

– तो? आप मेरी हर बात मानने के लिए बाध्य नहीं हैं।

– ठीक है। चलिये, हम उस विषय की ओर लौटें, जिस पर हम अभी बात कर रहे थे। आपके हाल के इस खुलासे के आलोक में, मुझे लगता है कि मैं आपके स्त्री-द्वेष के पीछे के कारण को समझ सकता हूँ।

– अच्छा?

– औरतों के प्रति आपकी बदले की भावना के पीछे कहीं आपके कँवारेपन का तो हाथ नहीं है?

– मुझे इन दोनों में कोई सम्बन्ध नज़र नहीं आता।

– नहीं, यही बात है। आप औरतों से इसलिए घृणा करते हैं, क्योंकि किसी ने भी आपको घास नहीं डाली।

उपन्यासकार ठठाकर हँसे, जिससे उनके कंधे झटके खा रहे थे!

– ज़बरदस्त! आप पूरे कार्टून हैं, भाई साहब।

– तो मैं समझूँ कि आप मेरी व्याख्या का खंडन कर रहे हैं?

– जनाब, मुझे लगता है कि आपकी व्याख्या खुद-ब-खुद खंडित हो रही है। कारण को परिणाम और परिणाम को कारण बताकर अभी-अभी आपने एक नया शिक्षाप्रद उदाहरण पेश किया है। वैसे, इस कवायद में पत्रकारों को महारत हासिल है। पर, आपने तो कारण-कार्य सिद्धान्त को इस कदर उलट-पलट कर रख दिया है कि मेरा सिर चकरा रहा है। तो, आप कह रहे हैं कि मैं औरतों से इसलिए घृणा करता हूँ कि किसी ने मुझे घास नहीं डाली, जबकि सच तो यह है कि मैं किसी को

भाव नहीं देना चाहता था, क्योंकि मैं उनसे घृणा करता था। कारण-कार्य-सम्बन्ध को आपने दो बार पलट दिया। शाबाश, क्या प्रतिभा पाई है आपने!

– आप मुझे विश्वास दिलाना चाहते हैं कि आप उन्हें स्वयंसिद्ध तरीके से नापसंद करते हैं, कोई कारण नहीं है? यह असंभव है।

– कोई ऐसी चीज़ बताइये जिसे आप खाना पसंद नहीं करते।

– रे मछली, मगर...

– बेचारी रे मछली के प्रति यह बदले की भावना क्यों?

– मुझे रे मछली के प्रति कोई बदले की भावना नहीं है, मुझे अच्छी नहीं लगी, बस।

– ये हुई ना बात, हम दोनों की स्थिति एक जैसी है। औरतों के प्रति मुझमें कोई बदले की भावना नहीं है, पर मैं उन्हें हमेशा से नापसंद करता था, इतनी-सी बात है।

– दरअसल, ताश साहब, आप इस तरह से तुलना नहीं कर सकते। यदि मैं आपकी तुलना बछड़े की जीभ से करूँ, तो आपको कैसा लगेगा?

– गर्व से मेरा सीना फूल जाएगा, यह बहुत स्वादिष्ट होता है।

– चलिये, मज़ाक छोड़िये।

– मैं कभी मज़ाक नहीं करता। और यह शर्म की बात है, बरखुरदार, क्योंकि अगर मैं इतना गंभीर नहीं होता तो इस बात पर शायद मेरा ध्यान नहीं गया होता कि यह भेंटवार्ता अभूतपूर्व रूप से लम्बी है और आप मेरी मेहरबानी के पात्र नहीं हैं।

– ऐसा मैंने क्या कर दिया कि आप मुझ पर मेहरबान न हों?

– आप कृतघ्न हैं और आप आत्म-छलना के शिकार हैं।

– मैं आत्म-छलना का शिकार हूँ, मैं? फिर आप क्या हैं?

– बदतमीज़! मुझे पहले से पता था कि मेरी नेकनीयती का मुझे कोई फल नहीं मिलेगा। केवल इतना नहीं है कि लोग उसे अनदेखा कर देते हैं, बल्कि उसे विपरीत समझ बैठते हैं। यह सच है कि आप विपरीतता के विशेषज्ञ हैं। इससे आपकी बदनीयती का पता चलता है। क्या फ़ायदा हुआ मेरे बलिदान का? कभी-कभी मेरे दिल में ख़याल आता है कि अगर दुबारा ज़िन्दगी शुरू करनी होती,

तो मैंने जमकर बदनीयती के रास्ते पर चलकर आपकी तरह ऐश्वर्य और नाम हासिल किया होता। फिर, एक नज़र आपको देखता हूँ और मुझे आपसे इतनी नफ़रत होती है कि मैं अपनी पीठ थपथपाता हूँ कि अच्छा हुआ, मैं आपके रास्ते पर नहीं चला। भले ही इस कारण मुझे अकेली ज़िन्दगी बितानी पड़ी। आप जैसे पतित लोगों से संपर्क बनाने से तो भला है अकेला रहना। मेरी ज़िन्दगी नर्क है, पर आपकी ज़िन्दगी से बेहतर है। जनाब, यहाँ से निकल जाइये, इस दृश्य में मेरा एकालाप समाप्त हो चुका है। दृश्य-रचना को समझिये और अपने रस-ज्ञान का परिचय देते हुए यहाँ से तशरीफ़ ले जाइये।

~

सामने वाले कैफ़े में पत्रकार के बयान पर फिर चर्चा का बाज़ार गर्म हो गया था—

– ऐसी हालत में क्या नैतिक सिद्धान्त हमें इजाज़त देता है कि हम साक्षात्कार जारी रखें?

– ताश तो हमें यही जवाब देगा कि हमारे धंधे में नैतिक सिद्धान्त की बात करना दोगलापन है।

– वह हमें यही कहेगा, पर, जो भी हो, वह कोई पोप नहीं है। उसके प्रकोप को झेलने के लिए हमें कोई मजबूर नहीं कर सकता।

– समस्या तो यह है कि इस प्रकोप में सच्चाई की बू है।

– बस करो, तुम लोग उसके नक्शेकदम पर चल रहे हो। माफ़ करना, पर मैं उस आदमी की इज़्ज़त नहीं कर सकता। वह निहायत बेशर्म आदमी है।

– वह सही कह रहा था कि तुम एहसान-फ़रामोश हो। वह तुम्हें एक ज़बरदस्त स्कूप दे रहा है और तुम हो कि उसका शुक्रिया अदा करने के बजाय उसे नीच बता रहे हो।

– पर, तुमने सुना नहीं कि उसने मुझे कौन-कौन-सी गालियाँ दीं?

– सुना। मैं तुम्हारी नाराज़गी समझ सकता हूँ।

– मुझे तुम्हारी बारी का बेसब्री से इंतज़ार रहेगा। फिर हम हँसेंगे।

– मुझे भी अपनी बारी का बेसब्री से इंतज़ार है।

– और तुम लोगों ने सुना कि उसने औरतों के बारे में क्या कहा?

– उसमें सरासर उसकी गलती नहीं है।

– तुम लोगों को शर्म नहीं आती? खैर मनाओ कि हमारे बीच कोई औरत नहीं है जो तुम लोगों की बात सुने। अच्छा, कल किसकी बारी है?

– कोई अजनबी। वह हमसे मिलने नहीं आया।

– किसके लिए काम करता है?

– पता नहीं।

– मत भूलो कि ग्राव्हलैं हम सबसे रिकॉर्डिंग की प्रति माँग रहा है। हमें उसे यह देना है।

– वह आदमी साधु है। वह कितने साल से ताश के लिए काम कर रहा है? कोई हँसी-ठट्ठे की बात नहीं है, इस तरह से रोज़-रोज़ का झंझट।

– हाँ, लेकिन अलौकिक प्रतिभा वाले आदमी के लिए काम करना ज़रूर दिलचस्प होगा।

– इस प्रकरण में इस प्रतिभाशाली व्यक्ति को दोषी नहीं ठहराया जा रहा है।

– आखिर ग्राव्हलैं टेप क्यों सुनना चाहता है?

– ताकि इस अत्याचारी को बेहतर ढंग से जान सके।

– मैं सोचता हूँ कि वह मोटू को कैसे झेलता है।

– ताश के बारे में ऐसे मत कहो। मत भूलो कि उसकी क्या हैसियत है।

– आज सुबह के बाद ताश मेरे लिए मर गया। बस मोटू है। लेखकों से कभी नहीं मिलना चाहिए।

~

आपकी तारीफ़? आप वहाँ क्या कर रही हैं?

– आज 18 जनवरी है, ताश साहब, और आपसे मिलने के लिए मेरे लिए आज का दिन तय किया गया था।

– आपके सहकर्मियों ने आपको बताया नहीं कि...

– मैं उनसे नहीं मिली। मेरा उनसे कोई सरोकार नहीं है।

– अच्छी बात है। मगर आपको आगाह किया गया होगा।

– आपके सचिव ग्राव्हलैं ने मुझे कल शाम रिकॉर्डिंग सुनाई। मैं यहाँ सब समझ–बूझकर आई हूँ।

– आपको पता है कि आपके बारे में मेरी क्या राय है और इसके बावजूद आप आई हैं?

– जी।

– अच्छी बात है। शाबाश। आपने काफ़ी साहस का परिचय दिया है। अब, आप तशरीफ़ ले जा सकती हैं।

– नहीं।

– आपने अपना कारनामा कर दिखाया। आपको और क्या चाहिए? क्या आप चाहती हैं कि मैं आपको अनुप्रमाणित करके दूँ?

– नहीं, ताश साहब, मुझे आपसे बात करने की तीव्र इच्छा है।

– देखिये, अच्छा हँसी–मज़ाक हो गया, पर मेरे धैर्य की सीमा है। दिल्लगी हो गयी। पलती गली से निकल जाइये।

– सवाल ही नहीं उठता। दूसरे पत्रकारों की तरह मैंने भी ग्राव्हलैं साहब से प्राधिकार–पत्र प्राप्त किया है। इसलिए मैं यहाँ से नहीं हिलूँगी।

– यह ग्राव्हलैं नमकहराम है। मैंने उसे साफ़–साफ़ हिदायत दी थी कि वह महिला–केन्द्रित पत्रिकाओं से आए लोगों को चलता करे।

– मैं महिला–केन्द्रित पत्रिका के लिए काम नहीं करती हूँ।

– क्या बात कर रही हैं? पुरुष–प्रधान पत्र–पत्रिकाएँ अब औरतों को भी नौकरी पर रखने लगीं?

– यह कोई नयी बात नहीं है, ताश साहब।

– बेड़ागर्क है। आगे–आगे देखिये होता है क्या? पहले आप औरतों को नौकरी पर रखेंगे, फिर काले, अरब, इराकियों की बारी आएगी।

– एक नोबेल पुरस्कार विजेता के मुँह से ऐसी शिष्ट भाषा?

– साहित्य का नोबेल पुरस्कार, शांति का नोबेल पुरस्कार नहीं, भगवान बचाए।

– हाँ, भगवान ने आपको बचा लिया।

– मादाम हाज़िरजवाब हैं?

– मदम्वाज़ेल कहिये।

– मदम्वाज़ेल! तो, अभी तक आपकी शादी नहीं हुई? कैसे होगी, इतनी बदसूरत जो हैं? और इसके अलावा चिपकू भी! मर्द लोग भला कैसे आपसे शादी करेंगे?

– दुनिया बहुत आगे निकल गयी है, ताश साहब। आज एक औरत अपनी मर्ज़ी से अविवाहिता रह सकती है।

– बहुत खूब! तो आप यह क्यों नहीं कहतीं कि कोई आपको ठोकनेवाला नहीं मिल रहा है?

– देखिये, ताश साहब, यह मेरा मामला है।

– हाँ, हाँ, यह आपकी निजी ज़िन्दगी है, है ना?

– बिलकुल। अगर आपको अपने कँवारेपन का ढोल पीटने में मज़ा आता है, तो यह आपका अधिकार है। पर, ज़रूरी नहीं कि लोग आपकी नकल करें।

– आप कौन होती हैं, मुझ पर फ़ैसला सुनाने वाली? बदतमीज़, कुरूप लड़की! कहीं जाकर ठुकवाती क्यों नहीं?

– ताश साहब, मैं घड़ी हाथ में लेकर दो मिनट आपको देती हूँ ताकि आप अपने कहे के लिए माफ़ी माँग सकें। अगर दो मिनट समाप्त होने तक आपने माफ़ी नहीं माँगी तो मैं यहाँ से निकल जाऊँगी और आपको इस काल कोठरी में सड़ने के लिए छोड़ जाऊँगी।

एक पल के लिए ऐसा लगा कि मोटूमल की साँस अटक गई है।

– मुँहज़ोर! घड़ी देखते रहिये, कुछ नहीं होने का। आप दो साल भी यहाँ रहेंगी, तो मेरी तरफ़ से कोई माफ़ी-वाफ़ी नहीं आएगी। माफ़ी तो आपको माँगनी चाहिए। फिर, आपको कैसे यह गलतफ़हमी हो गयी कि आपकी उपस्थिति मेरे लिए मायने रखती है? जब से आप अंदर आयी हैं, मैं कम-से-कम दो बार आपको रास्ता नापने के लिए कह चुका हूँ। इसलिए, आप दो मिनट खत्म होने तक इंतज़ार मत कीजिये, आप वक्त ज़ाया कर रही हैं। यह रहा दरवाज़ा! दरवाज़ा यह रहा! सुन रही हैं आप?

ऐसा लग रहा था, जैसे वह सुन नहीं रही थी। वह घड़ी देखे जा रही थी,

पता नहीं उसके दिमाग में क्या चल रहा था। वैसे तो दो मिनट देखते-देखते बीत जाते हैं। पर, जब गहरे सन्नाटे में एक-एक सेकेंड की गिनती परिशुद्धता से की जाती है, तो यही दो मिनट अंतहीन लगते हैं।

इतनी देर में बुड्ढे का रोष सदमे में बदल गया।

– ठीक है, दो मिनट बीत गए। अलविदा ताश साहब, आपसे मिलकर अच्छा लगा।

वह उठकर दरवाज़े की ओर जाने लगी।

– मत जाइये। मैं आपको रुकने का हुक्म देता हूँ।

– आपको मुझसे कुछ कहना है?

– बैठ जाइये।

– ताश साहब, आप माफ़ी माँगने में काफ़ी देर कर चुके हैं। समय-सीमा समाप्त हो चुकी है।

– अरे, रुक जाइये, भगवान के लिए!

– अलविदा।

उसने दरवाज़ा खोला।

– गलती हो गई, सुन रही हैं आप? गलती हो गई।

– मैंने आपको बताया कि अब काफ़ी देर हो चुकी है।

– लानत है, मैं ज़िन्दगी में पहली बार माफ़ी माँग रहा हूँ!

– निःसंदेह, यही कारण है कि आपके माफ़ी माँगने का तरीका बिलकुल बेढंगा है।

– आपको मेरे माफ़ी माँगने के तरीके से कोई शिकायत है?

– एक नहीं, कई शिकायतें हैं। सबसे पहले आपने माफ़ी बहुत देर से माँगी। जान लीजिये कि देर से माँगी गई माफ़ी का असर आधा-अधूरा होता है। इसके बाद, आप अगर हमारी भाषा सही तरीके से बोलते, तो आपको मालूम होता कि हम यह नहीं कहते कि ''गलती हो गई,'' हम कहते हैं, ''मैं आपसे माफ़ी माँगता हूँ,'' या बेहतर होगा, ''हो सके तो मुझे माफ़ कीजियेगा,'' या और भी बेहतर होगा, ''हो सके तो मेरी माफ़ी कबूल कीजियेगा,'' पर बेहतरीन होगा, ''आपसे गुज़ारिश है कि हो सके तो मेरी माफ़ी कबूल कीजियेगा।''

– क्या पाखंडी की तरह अनाप-शनाप बोल रही हैं!

– आप पाखंडी बोलिये या कुछ और, मगर आपने अच्छे और समुचित तरीके से माफ़ी नहीं माँगी, तो मैं फ़ौरन यहाँ से निकल जाऊँगी।

– आपसे गुज़ारिश है कि हो सके तो मेरी माफ़ी कबूल कीजियेगा।

– पहले मदम्वाज़ेल बोलिये।

– मदम्वाज़ेल, आपसे गुज़ारिश है कि हो सके तो मेरी माफ़ी कबूल कीजियेगा। अब तो आपका कलेजा ठंडा हो गया ना?

– अभी कहाँ? आपने अपनी आवाज़ का लहज़ा सुना? ऐसा लगता है जैसे आप मेरे अंडरवियर का ब्रांड पूछ रहे हैं।

– आपके अंडरवियर का क्या ब्रांड है?

– अलविदा, ताश साहब।

– उसने फिर से दरवाज़ा खोला। मोटूमल सचेत होकर चिल्लाये— मदम्वाज़ेल, आपसे गुज़ारिश है कि हो सके तो मेरी माफ़ी कबूल कीजियेगा।

– बेहतर है! अगली बार और जल्दी कीजियेगा। आपकी इस देरी के लिए दंड देते हुए मैं आपको हुक्म देती हूँ कि आप कारण बताएँ कि मैं यहाँ से क्यों नहीं जाऊँ?

– तो मामला अभी रफ़ा-दफ़ा नहीं हुआ?

– नहीं। मुझे अधिकार है कि मैं आपसे कहूँ कि आप सही तरीके से माफ़ी माँगिये। एक साधारण अभिव्यक्ति तक सीमित रहकर आप विश्वास करने लायक नहीं थे। आपको सफ़ाई देनी होगी ताकि मुझे यकीन हो जाय और मुझे लगे कि आपको माफ़ कर देना चाहिए। मैंने अभी तक आपको माफ़ नहीं किया है, इतनी आसानी से माफ़ी नहीं मिलेगी।

– आप ज़्यादती कर रही हैं!

– आप किस मुँह से ऐसा बोल रहे हैं?

– अब आप यहाँ से तशरीफ़ का टोकरा ले जाएँ।

– ठीक है।

उसने फिर एक बार दरवाज़ा खोला।

– मैं आपको इसलिए नहीं भगाना चाहता कि आप मुझे परेशान कर रही

हैं! परेशान तो मैं पिछले चौबीस सालों से हूँ!

– तो यह बात है!

– खैर मनाइये कि आप अपने दो कौड़ी के अखबार में छाप सकती हैं कि प्रेतेक्सता ताश एक लाचार बुड्ढा है, जो पिछले चौबीस सालों से जैसे-तैसे ज़िन्दगी काट रहा है। आप मेरी दयनीय हालत को भीड़ के सामने परोसेंगी तो वह मुझ पर बुरी तरह से तरस खाएगी।

– मुझे पता है, सर, कि आप परेशान हैं। आप कुछ नया नहीं बता रहे।

– आप यों ही झाँसा दे रही हैं...भला आपको कैसे मालूम?

– कुछ अंतर्विरोध ऐसे हैं जिन्हें नकारा नहीं जा सकता। ग्राव्हलैं के साथ बैठकर मैंने दूसरे पत्रकारों की रिकॉर्डिंग सुनी। आप कह रहे थे कि आपके सचिव ने आपकी इच्छा के विरुद्ध जाकर प्रेस के साथ आपकी भेंटवार्ता आयोजित की। ग्राव्हलैं साहब ने मुझे विश्वास दिलाया कि स्थिति विपरीत थी। उन्होंने मुझे बताया कि अपनी भेंटवार्ता को लेकर आप कितने रोमांचित हो रहे थे।

– नमकहराम!

– इसमें झेंपने की कोई बात नहीं है, ताश साहब। जब मुझे इसके बारे में पता चला तो आप मुझे प्रिय लगे।

– आपकी सहानुभूति की ऐसी-तैसी।

– हालाँकि आप नहीं चाहते कि मैं यहाँ से जाऊँ। मेरे साथ कैसे मनबहलाव करने का आपका इरादा है?

– मुझे तीव्र इच्छा हो रही है कि आपकी खिंचाई करूँ। मुझे सबसे ज़्यादा इरी गें मज़ा आता है।

– मुझे यह जानकर खुशी हुई। और क्या आपको लगता है कि इस हरकत के बाद मैं यहाँ रुकने का नाम लूँगी?

– आपके लिए यह अत्यंत सम्मान की बात होनी चाहिए कि इस सदी का एक दिग्गज लेखक आपसे कह रहा है कि उसे आपकी ज़रूरत है। आपको और क्या चाहिए?

– शायद आपकी इच्छा है कि मैं खुशी के आँसू बहाऊँ और उनसे आपका पद-प्रक्षालन करूँ।

– हाँ, इसमें बहुत मज़ा आएगा। लोगों को अपने सामने नतमस्तक देखकर अच्छा लगता है।

– फिर तो, आप मुझे नहीं रोकिये। यह सब मुझसे नहीं होगा।

– रुकिये, आपमें दम है, अच्छा लग रहा है। चूँकि ऐसा प्रतीत होता है कि आपने मुझे माफ़ नहीं करने की ठान ली है, तो एक बाज़ी लगाएँ, क्यों? मैं बाज़ी लगाता हूँ कि इस भेंटवार्ता के अंत में पूर्ववर्ती पत्रकारों की तरह मैं आपकी हालत पतली कर दूँगा। आपको बाज़ी लगाना पसंद है ना?

– मुझे खाली-पीली बाज़ी लगाना पसंद नहीं। कुछ दाँव पर लगाना होगा।

– अच्छा, तो आपको इसमें दिलचस्पी है? आप रोकड़े दाँव पर लगाना चाहती हैं?

– नहीं।

– ओहो, मदम्वाज़ेल ऐसी चीज़ों से ऊपर उठ गयी हैं, क्यों?

– ऐसा बिलकुल नहीं है। अगर मुझे रोकड़े चाहिए तो मैं किसी मोटे असामी से बाज़ी लगाऊँगी। मुझे आपसे कुछ और चाहिए।

– मेरा ब्रह्मचर्य तो नहीं तोड़ना है?

– आप दिन-रात ब्रह्मचर्य के बारे में सोचते रहते हैं। मैं उन नशेड़ियों की तरह नहीं हूँ जो डोज़ घटाने पर ड्रग्स के लिए छटपटाते हैं, मुझे भला ऐसी बीभत्सता की चाह क्यों होगी!

– धन्यवाद। फिर, क्या चाहिए आपको?

– आप घुटने टेकने की बात कर रहे थे। मैं प्रस्ताव रखती हूँ कि बाज़ी हम दोनों के लिए बराबर की होनी चाहिए। अगर मैंने त्राहि-त्राहि कर दिया, तो मैं आपके पैरों पर गिड़गिड़ाऊँगी, मगर कहीं आपने हाथ खड़े कर दिये तो आप मेरे पैरों पर लोटेंगे। मैं भी चाहती हूँ कि लोग मेरे आगे घुटने टेकें।

– छा गयीं आप तो, यह सोचकर कि आप मेरा मुकाबला कर सकती हैं।

– मुझे लगता है कि मैं अभी-अभी पहले राउंड में जीत चुकी हूँ।

– नासमझ लड़की। आप इसे पहला राउंड समझ रही हैं? यह तो एक प्यारी-सी प्रारंभिक औपचारिकता थी।

– जिसके अंत में मैंने आपको बुरी तरह परास्त कर दिया।

– शायद। पर, इस जीत के लिए आपके पास एक ही मज़बूत तर्क था, जो अब आपके पास नहीं है।

– आँय?

– हाँ, आपका तर्क था दरवाज़े से बाहर निकलने का। आपको बाज़ी लगाना इतना ज़्यादा पसंद है कि अब आप ऐसा नहीं कर सकतीं। इस विचार पर कि मैं आपके पैरों में लोटूँगा, मैंने आपकी आँखों में चमक देखी। इस संभावना से आप बहुत खुश हैं। जब तक बाज़ी खत्म नहीं हो जाती, आप नहीं जाएँगी।

– आपको शायद अफ़सोस होगा।

– शायद। मुझे लगता है कि तब तक मज़ा आएगा। मुझे लोगों को कुचलना, उनकी आत्म-छलना को निष्फल करना अच्छा लगता है। आप सभी इसके अनुचर हैं। और एक ऐसी कवायद है जिसमें मुझे खास तौर पर मज़ा आता है—आप जैसी घटिया औरतों को उनकी औकात दिखाना।

– तो मैं भी बता दूँ कि अच्छे-अच्छे बड़बोले जो खुद को तुर्रम खाँ समझते हैं, उनकी हवा निकालना मेरा पसंदीदा शौक है।

– अभी जो आपने कहा, वह आपके ज़माने में हर कोई कहता है। एक जुमला फेंकने वाली चरखी से तो कहीं मेरा पाला नहीं पड़ा?

– परेशान मत होइये, ताश साहब। आप भी जिस तरह से प्रतिक्रियावादी आक्रामकता, प्रचलित नस्लवाद का परिचय दे रहे हैं, इस युग के नमूने हैं। आप इतराये फिरते हैं कि आपकी सोच इस दौर से परे है। ऐसा बिलकुल नहीं है। ऐतिहासिक रूप से आपके विचार मौलिक भी नहीं हैं। हर पीढ़ी में कहर ढानेवाली एक महान हस्ती होती है, जिसकी महिमा इसी बात में निहित है कि वह भोले-भाले जीवों में खौफ़ पैदा करती है। क्या आपको यह बताने की ज़रूरत है कि ऐसी कीर्ति क्षणभंगुर है और लोग आपको भूल जाएँगे? आपका दावा सही था कि कोई भी आपकी रचनाएँ नहीं पढ़ता। आजकल आपके फूहड़पन और गाली-गलौज के कारण लोगों को ख़याल आता है कि आप ज़िंदा हैं। जब आपकी चीख बंद हो जाएगी तो कोई भी आपको याद नहीं करेगा क्योंकि कोई भी आपकी रचनाएँ नहीं पढ़ेगा। अच्छा रहेगा।

– वाक्पटुता की क्या खूब बानगी दी है, आपने, मदम्वाज़ेल! कहाँ-कहाँ से आप ऐसी विद्या सीखकर आती हैं? घटिया लड़ाकेपन में घोली जाए महान रोमन वक्ता सिसरो की श्रेष्ठता, उसमें फिर मिलाया जाए थोड़ा-सा हेगेल का

(अगर ऐसा कहा जा सकता है, तो) दर्शन और समाज की उपासना—इस तरह से तैयार होती है, एक उत्कृष्ट रचना।

– ताश साहब, मैं आपको याद दिला दूँ कि बाज़ी लगे या न लगे, मैं पत्रकार ही रहूँगी। आप जो भी कह रहे हैं, यहाँ रिकॉर्ड हो रहा है।

– बहुत खूब। हम इस वैभवशाली द्वंद्वात्मक शैली से पाश्चात्य चिंतन को समृद्ध कर रहे हैं।

– जब हमारी शब्द-सम्पत्ति समाप्त होने लगती है, तो हम 'द्वंद्वात्मक शैली' शब्द का प्रयोग करते हैं, क्यों?

– सही पकड़ा है, आपने। संगोष्ठियों की बहस में फेंका जाने वाला यह तुरुप का पत्ता है।

– क्या मुझे यह निष्कर्ष निकालना चाहिए कि आपके पास मुझे कहने के लिए कुछ नहीं बचा है?

– मदम्वाज़ेल, मेरे पास कभी भी आपसे कहने के लिए कुछ नहीं था। जब कोई मेरी तरह 24 साल से झक मार रहा होता है, तो उसके पास लोगों को कहने के लिए कुछ नहीं होता है। फिर भी अगर उसे लोगों के साथ की चाहत होती है, तो मनबहलाव के ख़याल से। लोगों की बुद्धि से अगर मन नहीं बहलता तो कम-से-कम उनकी मूर्खता से ही बहल जाता है। चलिये, कुछ ऐसा कीजिये कि मेरा मन बहल जाए।

– पता नहीं, मैं आपका मनोरंजन करने में कामयाब हो पाऊँगी या नहीं, मगर मैं आपके होश उड़ाने में ज़रूर कामयाब हो पाऊँगी।

– मेरे होश उड़ाएँगी! नासमझ बच्ची, मेरी नज़र में आपका मोल शून्य से भी नीचे गिर चुका है। मेरे होश उड़ाएँगी। दरअसल, आपने कुछ और भी बुरा कहा होता, आपने बस इतना कहा होता कि होश उड़ाएँगी। किस ज़माने से होश उड़ाने को अकर्मक क्रिया की तरह प्रयोग किया जा रहा है? मई '68 के आन्दोलन के बाद? मुझे कोई आश्चर्य नहीं होता, क्षुद्र पेट्रोल बम, क्षुद्र मोर्चाबन्दी, खाते-पीते घरों के विद्यार्थियों की क्षुद्र क्रांति, बड़े परिवारों के बेटों के क्षुद्र कल की गूँज। 'होश उड़ाने' का मतलब है 'सवालिया निशान लगाना,' 'जागरूकता फैलाना।' यहाँ अर्थ स्पष्ट करने के लिए कर्म की आवश्यकता नहीं पड़ती। कृपया यह मत कहिये कि किसके होश उड़ाएँगी। यह इतना स्पष्ट है कि मूलतः किसी तरफ़ इशारा करने की ज़रूरत नहीं है, हम कुछ स्पष्ट बता नहीं सकते।

– यह सब मुझे बताशर आप अपना समय क्यों गँवा रहे हैं? मैंने साफ़-साफ़ कहा था कि मैं किसके होश उड़ाऊँगी।

– हाँ, यह इतना बेहतर नहीं है। नासमझ बच्ची, आप बहुत अच्छी समाज-सेविका हो सकती थीं। सबसे ज़्यादा इनकी ढिठाई पर हँसी आती है। ये हलचल करना चाहती हैं। यह बात ये एक उभरते हुए मसीहा के आत्मसंतोष से कहती हैं। वे कहती हैं कि उनका एक ही ध्येय है, अरे बाप रे! ठीक है, चलिये, मुझे जागरूक बनाइये, मुझे झकझोरिये, ताकि थोड़ी दिल्लगी हो जाए।

– ज़बरदस्त, मैं पहले से आपका मनोरंजन कर रही हूँ।

– मुझे खुश करना आसान है। जारी रखिये।

– एवमस्तु। अभी थोड़ी देर पहले आप कह रहे थे कि मुझे कहने के लिए आपके पास कुछ नहीं है। पर, मेरे पास आपको कहने के लिए कुछ है।

– मुझे अंदाज़ा लगाने दीजिये। आप जैसी एक अदना-सी पत्रकार के पास भला क्या हो सकता है मुझसे कहने के लिए? कि औरत के बिना मर्द का पूरी तरह से विकास नहीं हो सकता?

– चूक गए।

– तो शायद आप यह जानना चाहती हैं कि घर का काम-काज कौन करता है?

– क्यों नहीं? फिर से, एक बार आपको दिलचस्प बनने का मौका मिलेगा।

– सही बात है, लोगों को भड़काना ओछे लोगों का अस्त्र है। ठीक है, जान लीजिये कि हर बृहस्पतिवार को दोपहर में एक पुर्तगाली औरत मेरे फ़्लैट की सफ़ाई करने और मेरे गंदे कपड़े ले जाने के लिए आती है। देखिये, कम-से-कम एक औरत तो है, जिसके पास इज्ज़तदार रोज़गार है।

– आपकी विचार-पद्धति में, औरत वही है जो घर में झाड़ू-पोंछा करती है, है ना?

– मेरी विचार-पद्धति में औरत के लिए जगह नहीं है।

– बहुत खूब। जब नोबेल पुरस्कार के निर्णायक मंडल ने आपको चुना तो वह अपने होशो-हवास में नहीं था!

– एक बार ही सही, हम सहमत हैं। यह नोबेल पुरस्कार गलतफ़हमी के इतिहास में एक चरम बिन्दु है। साहित्य का नोबेल पुरस्कार मुझे प्रदान करना

वैसा ही है जैसे सद्दाम हुसैन को शांति का नोबेल पुरस्कार देना।

– अपने मुँह मियाँ मिट्ठू न बनिये। सद्दाम आपसे कहीं ज़्यादा प्रसिद्ध है।

– स्वाभाविक है, लोग मुझे पढ़ते ही नहीं। अगर लोग मुझे पढ़ते, तो मैं ज़्यादा अनिष्टकारी होता और इसलिए मुझे उसमें ज़्यादा प्रसिद्धि मिलती।

– बस बात वहीं अटक जाती है कि लोग आपको पढ़ते नहीं हैं। इसका क्या कारण है कि चारों ओर लोग आपको पढ़ने से इनकार कर रहे हैं?

– आत्म-संरक्षण की सहज प्रवृत्ति। प्रतिरक्षा प्रतिक्रिया।

– अपनी तारीफ़ के पुल बाँधने के लिए आप कोई-न-कोई व्याख्या खोज लेते हैं। कहीं ऐसा तो नहीं कि लोग आपको नीरस मानते हैं, बस इसलिए आपको पढ़ना नहीं चाहते?

– नीरस? वाह, कितनी उत्कृष्ट शिष्टोक्ति है! ऐसा क्यों नहीं कहतीं कि मैं कूड़ा लिखता हूँ?

– मुझे नहीं लगता कि कचरा सम्बन्धी शब्दावली का सहारा लेने की ज़रूरत है। पर, मेरे सवाल पर टाल-मटोल मत कीजिये, ताश साहब।

– मेरी रचना नीरस है? मैं नेकनीयती से इसका जवाब दे रहा हूँ—मुझे इस बारे में कुछ पता नहीं है। इस ग्रह के सारे निवासियों में मेरी स्थिति ऐसी है कि यह जानना मुश्किल है। कान्ट को लगता था कि शुद्ध बुद्धि की समीक्षा एक रोचक कृति है और इसमें उनकी कोई गलती नहीं थी। कृति बिलकुल उनकी नाक के नीचे थी। तो मदम्वाज़ेल, मैं आपके सवाल को वैसे का वैसा ही रखने की ज़रूरत समझता हूँ—क्या मैं नीरस हूँ? आप चाहे जितनी भी बेवकूफ़ हों, आपका जवाब मेरे जवाब से ज़्यादा अहमियत रखता है। भले ही आपने मेरी रचनाएँ पढ़ी न हों, जिसमें कोई संदेह नहीं है।

– गलत। आपके सामने एक ऐसा अनोखा प्राणी है, जिसने बिना एक पंक्ति भी छोड़े आपके 22 उपन्यास पढ़े हैं।

40 सेकेंड तक मोटूमल के मुँह से कोई आवाज़ नहीं निकली।

– शाबाश। लम्बी-लम्बी फेंकने की कूवत रखने वाले लोग मुझे अच्छे लगते हैं।

– माफ़ कीजियेगा, यह सच्चाई है। मैंने आपकी सारी रचनाएँ पढ़ी हैं।

– किसी ने कनपटी पर रिवॉल्वर रखकर पढ़वाया था, क्या?

– बिना किसी ज़ोर-ज़बरदस्ती के। नहीं, नहीं, अपनी मर्ज़ी से।

– असंभव। अगर आपने मेरी सारी रचनाएँ पढ़ी होतीं, तो आप वैसी नहीं होतीं जैसी अभी दीख रही हैं।

– अच्छा, तो आपको मुझमें क्या दिखाई देता है?

– मैं एक अदना-सी फटीचर औरत देख रहा हूँ।

– क्या आप यह जानने का दावा करते हैं कि इस अदना-सी फटीचर औरत के दिमाग में क्या चल रहा है?

– क्या बात कर रही हैं? आपके दिमाग में कुछ चल भी रहा है? औरतों का दिमाग उनके गर्भाशय में होता है, जैसा कि लैटिन में कहा जाता है—Tota mulier in utero.

– मैंने आपकी रचनाओं को पेट के सहारे नहीं पढ़ा है, अफ़सोस है। आपको मेरे विचार स्वीकार करने ही होंगे।

– चलिये, देखा जाए कि जिसे आप 'विचार' कह रही हैं, वह है क्या।

– सबसे पहले आपके पहले सवाल का जवाब—आपके 22 उपन्यास पढ़ते वक्त मुझे एक पल के लिए बोरियत नहीं हुई।

– अजीब बात है। मैं सोचता था कि बिना समझे पढ़ना उबाऊ होता होगा।

– और बिना समझे लिखना, उबाऊ होता है क्या?

– आप कहीं यह तो नहीं कहना चाहतीं कि मैं अपनी किताबें नहीं समझता?

– बल्कि मैं यह कहना चाहती हूँ कि आप लम्बी-चौड़ी बातें करके लोगों को बेवकूफ़ बनाते हैं। आपकी रचनाओं में यही बात मैंने महसूस की कि सारगर्भित अनुच्छेदों के बाद बारी-बारी से विषयांतर आते हैं, जिनमें मुकम्मल झाँसा होता है—मुकम्मल इसलिए कि लेखक और पाठक दोनों गोल-गोल घूमते हैं। मैं कल्पना कर सकती हूँ कि ऐसे निहायत खोखले विषयांतर देने में आपको कितना मज़ा आता होगा, जो देखने में गूढ़ और आवश्यक लगते हैं, पर होते विधिवत रूप से बेबुनियाद हैं। आप जैसे सिद्धहस्त प्राणी के लिए यह खेल शानदार होगा।

– क्या दिमाग चाट रही हैं आप?

– मेरे लिए भी यह शानदार है। वैसे लेखक की कलम से आत्म-छलना के उदाहरण देखना जो खुद इसका विरोध करता है, प्रिय लगा। अगर आपकी

आत्म-छलना समान रूप से विद्यमान होती तो यह अखरता। मगर नेकनीयती से बदनीयती की तरफ़ बेधड़क आवाजाही करने में कमाल की बेईमानी है।

– और आप नेकनीयती को बदनीयती से अलग करने में अपने आपको सक्षम समझती हैं, क्षुद्र और ढीठ औरत?

– यह तो बायें हाथ का खेल है। जब भी किसी अनुच्छेद को पढ़कर मैं ठठाकर हँसती थी, तो मैं समझ जाती थी कि झाँसा दिया जा रहा है। मुझे इसमें काफ़ी कौशल दीखता था। आत्म-छलना का मुकाबला आत्म-छलना और बौद्धिक आतंकवाद से करना, अपने प्रतिद्वंद्वी से अधिक कुटिल होना एक कुशल रणनीति है। बल्कि बेजोड़ कहिये क्योंकि अपक्व शत्रु के सामने आप अत्यधिक परिष्कृत हैं। मुझे आपको सिखाने की ज़रूरत नहीं है कि मैकियावेली की नीति या चाणक्य नीति से शायद ही कभी तीर निशाने पर लगता है। कपटी लोगों के जोड़-तोड़ से उतनी चोट नहीं लगती, जितनी सीधे-सादे गदे से लगती है।

– आप कह रही हैं कि मैं उल्लू बनाता हूँ। आप दावा कर रही हैं कि आपने मेरी सारी किताबें पढ़ी हैं। अजी, आपके मुकाबले तो मैं एक छुटभैया तिकड़मबाज़ हूँ।

– जो भी किताबें उपलब्ध थीं, मैंने पढ़ी हैं। यकीन न हो, तो पूछकर देख लीजिये।

– हाँ, हाँ, क्यों नहीं? जैसे टिनटिन कॉमिक्स में श्रद्धा रखने वाले पूछते हैं, "प्रोफ़ेसर का अपहरण एलबम में लाल वॉल्वो गाड़ी का नंबर क्या था?" बेहूदा प्रश्न है। मुझसे यह आशा मत रखिये कि मैं इस विधि से अपनी कृतियों की छीछालेदर करूँगा।

– फिर, मैं आपको कैसे विश्वास दिलाऊँ?

– कोशिश बेकार है, मुझे कभी विश्वास नहीं होगा।

– फिर तो, मेरे पास गँवाने के लिए कुछ नहीं है।

– आपके पास कभी भी ऐसा कुछ नहीं था जो आप यहाँ गँवा सकें। स्त्री के रूप में जन्म लेकर ही आप अभिशप्त हो गई हैं।

– इस बारे में मैं आपको बता दूँ कि आपके नारी पात्रों पर मैंने सरसरी निगाह डाली है।

– मुझे पक्का मालूम था कि आप यह मुद्दा उठाएँगी। होनहार बिरवान के होत चिकने पात।

– अभी-अभी आप कह रहे थे कि आपकी विचार-पद्धति में औरत के लिए कोई जगह नहीं है। मुझे आश्चर्य होता है कि जो आदमी खुलेआम ऐसा ऐलान करता है, उसने इतने सारे नारी पात्र गढ़े हैं। मैं उन सारे पात्रों की समीक्षा नहीं करूँगी, मगर मैंने आपकी कृतियों में 46 नारी पात्रों की गिनती की है।

– इससे क्या सिद्ध होता है, यह जानने में मेरी उत्सुकता है।

– इससे सिद्ध होता है कि आपकी विचार-पद्धति में स्त्री के लिए जगह है, यह पहला अन्तर्विरोध है। और आप देखेंगे कि और भी ऐसे अन्तर्विरोध हैं।

– अरे, मदम्वाज़ेल, अन्तर्विरोध खोजती रहिये! जान लीजिये, मास्टरनी कहीं की, प्रेतेक्सता ताश ने अन्तर्विरोध को कला की ऊँचाई दी है। मेरी अन्तर्विरोधी पद्धति से अधिक खूबसूरत, सूक्ष्म, विचलित करने वाली, तीक्ष्ण पद्धति की कल्पना क्या आप कर सकती हैं? तो यह रही एक मादा उल्लू, जिसके चेहरे पर बस एक चश्मे की कमी है। यह विजयोल्लास से परिपूर्ण मेरे पास ऐलान करती है कि इसने मेरी रचनाओं में कुछ निंदनीय अन्तर्विरोध खोज निकाले हैं! किसी गुणी जन के द्वारा पढ़ा जाना, है ना कमाल की बात?

– मैंने यह नहीं कहा कि यह अन्तर्विरोध निंदनीय हैं।

– नहीं, पर यह स्पष्ट था कि आप ऐसा ही सोच रही थीं।

– मैं क्या सोचती हूँ, यह आप मुझसे बेहतर नहीं जान सकते।

– यह तो साबित करना होगा।

– और इस मामले में यह अन्तर्विरोध मुझे रोचक लगा।

– हे भगवान।

– हाँ, तो मैं कह रही थी 46 नारी पात्र।

– आपकी गिनती का कुछ परिणाम निकाला जाय, इसके लिए ज़रूरी होता कि आपने पुरुष पात्रों और बच्चों की भी गिनती की होती।

– की है।

– गज़ब की बुद्धि पायी है, आपने।

– 163 पुरुष पात्र

– नादान लड़की, अगर मैं आप पर इतना तरस नहीं खाता तो इस अनियमितता पर हँसे बिना नहीं रह सकता था।

– दया–भाव की अनुभूति से बचना चाहिए।

– अरे! इसने स्टेफान स्वाइग की रचनाओं को पढ़ा है! यह कितनी सुसंस्कृत है। देखिये, देवी जी, मेरे जैसे गँवार लोग आँरी द मांतेरलां तक ही अपने को सीमित रखते हैं, जिसे शायद ही आपने पढ़ा होगा। चूँकि औरतों के प्रति मुझमें दया–भाव है, इसलिए मैं उनसे घृणा करता हूँ और चूँकि मैं उनसे घृणा करता हूँ उनके प्रति दया–भाव रखता हूँ।

– चूँकि हमारी जाति के प्रति आप इतनी स्वस्थ भावनाएँ रखते हैं, मुझे बताइये कि आपने 46 नारी पात्र क्यों गढ़े हैं।

– सवाल ही नहीं उठता। इसे बताना आपका काम है। भला मनोरंजन का ऐसा मौका मैं कैसे गँवा सकता हूँ?

– आपकी रचना के बारे में स्पष्टीकरण देना मेरा काम नहीं है। वैसे, मैं कुछ कथन की तरफ़ इशारा कर सकती हूँ।

– कीजिये। आपसे गुज़ारिश है।

– मैं क्रमवार तरीके से नहीं बता पाऊँगी। आपने ऐसी किताबें लिखी हैं, जिनमें औरत अनुपस्थित है—*बदहजमी का समर्थन*, लाज़िमी है...

– क्यों 'लाज़िमी है?''

– क्योंकि इस किताब में कोई पात्र नहीं है।

– तो इसका मतलब हुआ कि आंशिक रूप से ही सही, आपने मुझे पढ़ा है।

– *विलायक, नरसंहार के लिए मोती, पानी के गिलास में बुद्ध, कुरूपता पर प्रहार, महाविपदा, मृत्यु* इत्यादि में तो औरत अनुपस्थित है ही, *पोकर का खेल, औरत, दूसरे लोग* में भी औरत का अनुपस्थित होना आश्चर्यजनक है।

– मैंने कितने उच्च स्तर की सूक्ष्मता दिखाई है!

– इस तरह आठ उपन्यास हो गए जिनमें औरत नहीं है। 22 में से 8 घटा दिए तो 14 रह गए। 14 उपन्यास रह गए जिनमें 46 नारी पात्र वितरित हैं।

– क्या अद्‌भुत प्रक्रिया है!

– बाकी की 14 पुस्तकों में लाज़िमी है, वितरण समान रूप से नहीं है।

– 'लाज़िमी है' क्यों? मुझे 'लाज़िमी है' अभिव्यक्ति से सख्त नफ़रत है। मेरी किताबों पर चर्चा करते हुए आप इसे अनिवार्य रूप से इस्तेमाल कर रही हैं, मानो आपमें इतनी योग्यता है कि आप मेरी रचनाओं के बारे में ठीक-ठीक अनुमान लगा सकती हैं।

– चूँकि आपकी रचनाओं में अप्रत्याशित घटक हैं, इसलिए मैंने 'लाज़िमी है' का प्रयोग किया।

– आपसे अनुरोध है कि कुतर्क न करें।

– *दो विश्व युद्धों के मध्य निराधार बलात्कार* नारी पात्रों का कीर्तिमान स्थापित करता है, जिसमें 23 नारी पात्र हैं।

– स्वाभाविक है।

– 46 में 23 घटाएँ तो 23 रह जाता है। हमारे पास 13 उपन्यास रह गए और 23 औरतें।

– आँकड़े सराहनीय हैं।

– आपने चार एकल नारी उपन्यास लिखे हैं, अगर मैं इतना असंबद्ध नवनिर्मित शब्द का प्रयोग करने की छूट लूँ।

– पर क्या आप ऐसी छूट ले सकती हैं?

– ये उपन्यास हैं—*सेंधमारी के साथ प्रार्थना, वाष्पस्नान और दूसरे सुख साधन, केशनिवारण का गद्य* और *बिना क्रियाविशेषण के मरना*।

– अब क्या संख्या रह गयी?

– नौ उपन्यास और उन्नीस औरतें।

– किन-किन उपन्यासों में कितने हैं?

– *गंदे लोग*—छह औरतें। बाकी सारे युग्म नारी उपन्यास हैं—*बिना कष्ट के सूली पर चढ़ना, मोजाबंध का गोलमाल, उर्बी और औबीं, मरु उद्यान के गुलाम, झिल्ली, तीन जनाना बैठक, सहगामी कृपा*—एक बाकी रह गया।

– नहीं आपने सारे गिना दिये।

– सचमुच?

– हाँ, आपने अपने पाठ का अध्ययन ठीक से किया है।

– मुझे विश्वास है कि एक उपन्यास अभी रह गया। मुझे फिर से शुरू से गिनती करनी होगी।

– नहीं, नहीं, अब फिर से शुरू मत कीजिये।

– ऐसा करना पड़ेगा, वरना मेरे आँकड़े ढह जाएँगे।

– मैं आपको रिहाई दे रहा हूँ।

– चाहे जो हो, मैं फिर से शुरू करूँगी। क्या आपके पास एक पन्ना और एक पेंसिल है?

– नहीं।

– चलिये, ताश साहब, मेरी मदद कीजिये। हम समय बचाएँगे।

– मैंने आपको फिर से शुरू करने से मना किया था। आपकी गिनती उबाऊ है।

– ठीक है, मुझे दुबारा गिनती करने से रोक लीजिये और जो शीर्षक बाक़ी रह गया है, उसे बताइये।

– मुझे बिलकुल ध्यान नहीं है। आपने जितने शीर्षक गिनाए, उनमें आधे से अधिक मैं भूल चुका था।

– आप अपनी रचनाएँ भूल रहे हैं?

– स्वाभाविक है। आपको तब पता चलेगा जब आप तिरासी साल की हो जाएँगी।

– फिर भी आपके कुछ उपन्यास ऐसे हैं, जिन्हें आप भूल नहीं सके।

– निःसंदेह, पर, वे ठीक-ठीक कौन-से हैं?

– आपको यह बताना मेरा काम नहीं है।

– अफ़सोस है। आपके विवेक पर मुझे बहुत हँसी आती है।

– मुझे यह जानकर खुशी हुई। अब, कृपया थोड़ी देर चुप रहें। मैं फिर से शुरू कर रही हूँ— *बदहजमी का समर्थन*, एक, *घोलक*, दो...

– आप मुझे चूतिया बना रही हैं क्या?

– ... दो हो गए। *नरसंहार के लिए मोती*, तीन।

– कान बंद करने के लिए आपके पास प्लग है, क्या?

– नहीं।

– छोड़िये। *पानी के गिलास में बुद्ध,* चार। *कुरूपता पर प्रहार,* पाँच।

– 165, 28, 3925, 424.

– आप मेरा ध्यान बँटाने में कामयाब नहीं हो पाएँगे। *महाविपदा,* छह, *मृत्यु इत्यादि,* सात।

– आपको एक कैरेमेल टॉफ़ी दूँ?

– नहीं। *पोकर का खेल, औरत, दूसरे लोग,* आठ। *दो विश्व युद्धों के बीच निराधार बलात्कार,* नौ।

– एक पेग अलेक्जेंडर चाहिए?

– खामोश। *सेंधमारी के साथ प्रार्थना,* दस।

– आप इस बात का ख़याल रखती हैं कि कहीं आप मोटी न हो जायँ? मुझे मालूम था। पर आपको नहीं लगता कि आप कुछ ज़्यादा ही पतली हैं?

– *वाष्पस्नान और दूसरे सुख-साधन,* ग्यारह।

– मुझे आपसे यही उम्मीद थी।

– *केश निवारण का गद्य,* बारह।

– ओफ़्फ़, आप कितनी झक्की हैं! आप उसी क्रम में शीर्षक गिना रही हैं, जैसा पहली बार गिनाया था।

– इसका मतलब यह हुआ कि आपकी याददाश्त बहुत अच्छी है। *बिना क्रियाविशेषण के मरना,* तेरह।

– बढ़ा-चढ़ाकर कुछ भी नहीं कहना चाहिए। पर उनकी गिनती कालानुक्रमिक रूप से क्यों नहीं?

– आपको उनका काल-क्रम भी याद है? *गंदे लोग,* चौदह, *बिना कष्ट के सूली पर चढ़ना,* पन्द्रह।

– रहम कीजिये, रुक जाइये।

– एक शर्त पर। मुझे वह शीर्षक बता दीजिये जो छूट रहा है। आपकी याददाश्त इतनी अच्छी है कि आप नहीं भूल सकते।

– हालाँकि यह सही है। स्मृतिलोप भी बेतरतीब ढंग से होता है।

– *मोजाबंध का गोलमाल,* सोलह।

– बहुत देर तक आप इसे जारी रखेंगी क्या?

– तब तक जब तक आपकी स्मृति प्रखर न हो जाए।

– मेरी याददाश्त? आपने कहा 'मेरी' याददाश्त?

– सचमुच।

– क्या मैं यह समझूँ कि आपने उस उपन्यास को नहीं भूला?

– भला मैं कैसे भूल सकती हूँ?

– फिर, आप ही उसका नाम क्यों नहीं बता देतीं?

– मैं आपके मुखारविन्द से सुनना चाहती हूँ।

– मैं आपको विश्वास दिलाता हूँ कि मुझे इसका नाम याद नहीं है।

– मैं आप पर विश्वास नहीं करती। आप सारे शीर्षक भूल सकते हैं, पर वह नहीं।

– भला, उसमें ऐसी कौन-सी अनोखी बात है?

– आप यह अच्छी तरह जानते हैं।

– नहीं, मुझे अपनी प्रतिभा का अंदाज़ा नहीं है।

– मेरी हँसी नहीं रुक रही।

– अगर यह उपन्यास इतना अच्छा होता, तो इसके बारे में मुझे बताया गया होता। वैसे कभी भी किसी ने मुझसे इस उपन्यास के बारे में बात नहीं की। जब भी मेरी कृतियों की बात चलती है तो हमेशा वही चार किताबें गिनाई जाती हैं।

– आपको अच्छी तरह मालूम है कि इसका कोई मतलब नहीं है।

– ठीक है, मुझे समझ आ रहा है। मदम्वाज़ेल साहित्य गोष्ठियों की नकचढ़ी औरत हैं। आप उन लोगों में से हैं जो कहते हैं, "साथी, आप प्रूस्त की रचनाओं से अवगत हैं? नहीं, नहीं, मैं *खोये हुए काल* की बात नहीं कर रही, यह पुस्तक तो हर ऐरा-गैरा पाठक जानता है। मैं 1904 में *ल फिगारो* में प्रकाशित उनके आलेख के बारे में कह रही हूँ..."

– चलिये, माना कि मैं नकचढ़ी हूँ। कृपा करके अब तो आप शीर्षक बताइये।

– मैं कृपा नहीं करूँगा।

– वही हुआ जिसका मुझे अंदेशा था।

– अंदेशा था? किस बात का?

– ठीक है। चूँकि आप सहयोग करने से इनकार कर रहे हैं, मेरे लिए ज़रूरी होगा कि मैं अपनी गिनती फिर से शुरू करूँ—मुझे याद नहीं कि मैं कहाँ थी।

– आपको वही राग अलापने की ज़रूरत नहीं है, आप उस छूट रहे शीर्षक को जानती हैं।

– ओफ़्फ़, मैं फिर से भूल गयी। *बदहजमी का समर्थन,* एक।

– मैं चाहे जितना भी अपाहिज हूँ, अगर आपने एक भी शब्द मुँह से निकाला, तो मैं आपका टेंटुआ दबा दूँगा।

– टेंटुआ दबाना? इस क्रिया का चुनाव मुझे सारगर्भित लगता है।

– आपको अपनी गर्दन तुड़वानी है?

– इस बार, ताश साहब, आप विषय से मुँह नहीं मोड़ सकते। गला दबाने के बारे में बताइये।

– क्या मैंने कोई किताब लिखी है जिसका नाम है *कंठरूँधन*?

– ऐसा बिलकुल नहीं है।

– देखिये, आपने अपनी पहेली से नाक में दम कर रखा है। उस किताब का शीर्षक बताइये और गुत्थी सुलझाइये।

– मुझे गुत्थी सुलझाने की कोई जल्दी नहीं है। मुझे बहुत मज़ा आ रहा है।

– बस आपको मज़ा आ रहा है।

– यह तो और भी अच्छी बात है। पर मुद्दे से मत भटकिये। गला दबाने वाली बात बताइये, ताश साहब।

– मुझे इस सम्बन्ध में कुछ नहीं कहना है।

– अजी नहीं? फिर, आप मुझे ऐसी धमकी क्यों दे रहे थे?

– मैंने तो बस यों ही कह दिया था, जैसे मैंने आपको कहा होता, ''अरे भाड़ में जाइये!''

– हाँ। पर, संयोगवश, आपने मेरा गला दबाने की बात की। विचित्र बात है!

– आप कहना क्या चाहती हैं? आप फ्रायड के ज़ुबान फिसलन सिद्धान्त, जो अवचेतन मन की भावनाओं को प्रकट करने वाली भूल की बात करता है, को शायद पागलपन की हद तक मानती हैं, क्यों? बस इसी की कमी रह गयी थी।

– मैं फ्रॉयड के ज़ुबान फिसलन सिद्धान्त को नहीं मानती थी, पर, पिछले एक मिनट से मुझे इसमें विश्वास होने लगा है।

– मुझे नहीं लगता था कि शाब्दिक यातना भी असरदार हो सकती है। पिछले कुछ मिनटों से मुझे इसमें विश्वास होने लगा है।

– मैं धन्य हो गयी। मगर बिना किसी छल-कपट के सीधा मुकाबला कीजिये। मेरे पास समय ही समय है और जब तक कि आपको भूला हुआ शीर्षक याद नहीं आ जाता, जब तक आप गला दबाने वाली बात नहीं करते, मैं आपको छोड़ूँगी नहीं।

– आप एक अपाहिज, मोटे, निहत्थे और बीमार बुड्ढे के पीछे हाथ धोकर पड़ी हैं। आपको शर्म नहीं आती?

– मुझे नहीं पता, शर्म किस चिड़िया का नाम है।

– एक गुण और जो आपके शिक्षक आपको सिखाना भूल गए।

– ताश साहब, आपको भी नहीं पता है कि शर्म किसे कहते हैं।

– स्वाभाविक है। मैं कोई काम ही ऐसा नहीं करता जिसमें शर्म की कोई बात हो।

– आपने कहा नहीं कि आपकी किताबें अनिष्टकारी हैं?

– बिलकुल। यदि मैं मनुष्यता को नुकसान नहीं पहुँचाता तो मुझे शर्म आती।

– ऐसी बात है तो मुझे मनुष्यता में दिलचस्पी नहीं है।

– आपकी बात सही है, मनुष्यता दिलचस्प नहीं है।

– मनुष्य दिलचस्प होते हैं, क्यों?

– ऐसे मनुष्य गिने-चुने ही हैं।

– एक ऐसे मनुष्य के बारे में बताइये, जिसे आप जानते हैं।

– मसलन, आप सेलिन को लीजिये।

– अजी नहीं, सेलिन नहीं।

– क्यों? मदम्वाज़ेल के लिए वे इतने दिलचस्प नहीं हैं क्या?

– आप हाड़-माँस के किसी ऐसे प्राणी के बारे में बताइये, जिसे आप जानते थे, जिसके साथ आपने जिया है, बातचीत की है, इत्यादि।

– नर्स?

– नहीं, नर्स नहीं। अजी, आपको मालूम है, मैं क्या कहना चाहती हूँ। आप यह अच्छी तरह जानते हैं।

– शैतान, मुझे कुछ नहीं मालूम, आप क्या कह रही हैं।

– मैं एक छोटी-सी कहानी सुनाना चाहती हूँ जिससे आपके सठियाए हुए दिमाग की याददाश्त दुरुस्त हो जाएगी।

– ठीक है। चूँकि मैं थोड़ी देर अपना मुँह बंद रखने जा रहा हूँ, मैं कैरामेल टॉफ़ी खाने की इजाज़त चाहता हूँ। आपकी वजह से मुझे इतना कष्ट झेलना पड़ रहा है कि मुझे इसकी ज़रूरत है।

– इजाज़त है।

उपन्यासकार ने कैरेमेल की एक बड़ी टॉफ़ी मुँह में दबायी।

– मेरी कहानी की शुरुआत एक ज़बरदस्त खोज से होती है। आप जानते हैं कि पत्रकार नामक जीव में नैतिकता के आधार पर झिझक नहीं होती। मैंने आपसे बिना पूछे आपके अतीत के बारे में पड़ताल की, क्योंकि आपने इसकी इजाज़त नहीं दी होती। मैं देख रही हूँ कि आप मुस्कुरा रहे हैं और मैं जानती हूँ कि आपके दिमाग में क्या चल रहा है। आपने अपने अतीत की कोई निशानी नहीं छोड़ी है। आप अपने परिवार के अंतिम वारिस हैं। आपका कभी कोई मित्र नहीं रहा। संक्षेप में कहें तो कोई भी ऐसी चीज़ नहीं है, जिससे मुझे आपके अतीत के बारे में पता चले। ताश साहब, ऐसा नहीं है। शातिर गवाहों से सावधान रहना चाहिए। वे जगह जहाँ आपने जिया है, कुछ सबूत छिपाकर रखती हैं। ये सबूत मुखर होते हैं। मैं देख रही हूँ कि आप फिर से हँस रहे हैं। हाँ, आपके बचपन की हवेली को जले 65 साल हो गए। अजीब आगजनी थी वैसे, कोई सुराग नहीं मिला।

– आपको हवेली के बारे में कैसे पता चला?

कैरामेल से घुले हुए शांत स्वर में मोटूमल ने पूछा।

– यह तो बहुत आसान था। मैंने सरकारी कागज़ों, अभिलेखों की थोड़ी-बहुत खोजबीन की। हम पत्रकारों के लिए यह कोई कठिन काम नहीं है। देखिये, ताश साहब, आपमें दिलचस्पी लेने के लिए मैंने 10 जनवरी का इंतज़ार नहीं किया, बरसों से मैं आपके मामले की पड़ताल कर रही थी।

– आप कितनी कर्मशील हैं! आपने सोचा, 'बुड्ढा कभी भी मर सकता है, उसके मरने का इंतज़ार करते हैं,' है ना?

– कैरामेल की टॉफ़ी मुँह में चबाते हुए मत बोलिये, घिन आती है। मैं अपनी कहानी फिर से शुरू करती हूँ। मेरा शोध लम्बा और अनिश्चित था, पर मुश्किल नहीं। आखिर में मुझे ताश वंश के अंतिम सदस्य का सुराग मिला, जिन्हें लोग पलटन में जानते थे। 1909 में काज़िमीर ताश और सेलेस्तीन ताश की मृत्यु के बारे में सूचना है। मौं-सैं-मिशेल में ज्वार-भाटे में डूबकर उनकी मृत्यु हुई थी। वह युवा युगल वहाँ यात्रा पर गया हुआ था। दो साल पहले उनकी शादी हुई थी और अपने पीछे एक साल-भर के बच्चे को छोड़ गए। यह मैं आप पर छोड़ती हूँ कि वह बच्चा कौन था। काज़िमीर ताश के माता-पिता को जब पता चला कि उनका इकलौता लड़का अकाल मृत्यु को प्राप्त हो गया है, तो शोक से उनकी भी मृत्यु हो गयी। अब ताश वंश में केवल एक ही रह जाता है, शिशु प्रेतेक्सता। उसके बाद आपकी ज़िन्दगी में क्या हुआ, यह जानने के लिए मुझे बहुत पापड़ बेलने पड़े। मेरे दिमाग में बत्ती जली कि मैं आपकी माँ का शादी से पहले वाला नाम पता करूँ और मुझे पता चला कि भले ही आपके पिता एक छोटे-मोटे परिवार से आते थे पर सेलेस्तीन का जन्म प्लानेज़ द सैं-स्युलपीस के मार्कीज़ के रूप में हुआ था। यह कुल आज विलीन हो चुका है। ध्यान रहे कि मैं प्लानेज़ के काउंट और काउंटेस की बात नहीं कर रही...

– आपका इरादा मुझे ऐसे परिवार की कहानी सुनाने का है, जो मेरा नहीं है?

– आप सही कह रहे हैं, थोड़ा विषयांतर हो रहा है। प्लानेज़ द सैं-स्युलपीस की ओर लौटकर आते हैं। इस वंश में 1909 तक आते-आते कुछ छिट-पुट लोग ही बच गए थे, पर वे कुलीनों से भरे-पूरे इलाके में रहते थे। अपनी बेटी की मृत्यु की खबर मिलते ही मार्की और मार्कीज़ ने अनाथ नवासे को अपनी देखभाल में ले लिया। और इस तरह से एक वर्ष की उम्र में आप सैं-स्युलपीस की हवेली में रहने के लिए आ गए। वहाँ आपको न केवल अपनी धायमाता

और अपने नाना-नानी से लाड़-प्यार मिला बल्कि अपने मामा-मामी से भी प्यार मिला। सिप्रियें और कोज़िमा द प्लानेज़ आपकी माँ के भैया-भाभी थे।

- ये वंशावली सम्बन्धी ब्यौरे चौंकाने वाले हैं।

- हैं ना? अब आगे की कहानी के बारे में आप क्या कहेंगे?

- क्या? यह रामकहानी अभी खत्म नहीं हुई?

- अभी कहाँ? अभी आप दो साल के भी नहीं हुए और आपके अठारह साल तक की ज़िन्दगी का ब्योरा देने की मैंने ठानी है।

- शुरुआत अच्छी है।

- अगर आपने खुद यह कहानी बतायी होती तो मुझे बताने की नौबत नहीं आती।

- यह सब बताने का मेरा मन नहीं था।

- ऐसा इसलिए कि आप कुछ छिपाना चाहते थे।

- ज़रूरी नहीं है।

- अभी इस सवाल को उछालना जल्दबाज़ी होगी। फ़िलहाल आप एक शिशु हैं जिसे परिवार का दुलार मिल रहा है। हालाँकि आपकी माता का बेमेल विवाह हुआ था। मैंने हवेली का रेखाचित्र देखा है, आलीशान हुआ करता था। आज उसका नामोनिशान नहीं है। आपके बचपन में किसी चीज़ की कमी नहीं रही होगी!

- आप दोटकिये अख़बार *प्वैं-द-व्यू इमाज* के लिए काम करती हैं क्या जहाँ केवल राजघराने की ख़बरें छपती हैं?

- आप दो साल के होते हैं, जब आपके मामा-मामी की इकलौती बेटी लेयोपोल्दिन द प्लानेज़ द सैं-स्युलपीस का जन्म होता है।

- इससे आपको ईर्ष्या होती है, क्या ऐसे नाम से? काश आपका भी नाम यही होता!

- हाँ, मगर मैं कम-से-कम ज़िन्दा हूँ।

- इससे अच्छी बात आपके लिए और क्या हो सकती है?

- मैं जारी रखूँ या आपको बोलने दूँ? अब तक आपकी याददाश्त ताज़ा हो गई होगी।

– चालू रहिये, आपसे विनती है, गज़ब का मज़ा आ रहा है।

– अच्छी बात है, क्योंकि यह कहानी अभी समाप्त नहीं हुई है। इस तरह से आपको वह चीज़ मिलती है, जिसकी आपको कमी थी, आपकी हमजोली। बिना संगी-साथी के बच्चों और इकलौते बच्चों की तरह आपकी कभी उदासी-भरे दिन देखने को नहीं मिलेंगे। अवश्य, आप कभी स्कूल नहीं गये, आपका कोई सहपाठी कभी नहीं होगा, पर आपके पास कुछ बेहतर है—एक नन्ही-सी, प्यारी-सी कज़िन। आप दोनों एक-दूसरे के बिना नहीं रह सकते। क्या मैं उस कागज़ के बारे में बताऊँ जहाँ से मुझे इस तरह की जानकारी मिली?

– मेरे हिसाब से यह आपके दिमाग की उपज है।

– आंशिक रूप से। पर, कल्पना की उड़ान भरने के लिए ईंधन की ज़रूरत होती है, ताश साहब, और यह ईंधन मुझे आपसे मिला है।

– आप रह-रहकर कहानी की लड़ी मत तोड़िये। और मुझे मेरे बचपन के बारे में बताइये, मेरी आँखों से आँसू छलक रहे हैं।

– मज़ाक उड़ा लीजिये, ताश साहब। आगे बहुत कुछ ऐसा है कि वाकई आँसू आएँगे। आपका बचपन बेहद खूबसूरत था। आपके पास वह सब था, जिसकी किसी को लालसा हो सकती है और उससे भी ज़्यादा—हवेली, झील, जंगल, घोड़े से भरा-पूरा एक क्षेत्र, ज़बरदस्त ऐशो-आराम, गोद लेने वाला परिवार जो आपको लाड़-प्यार देता था, अक्सर बीमार रहने वाले एक दयालु शिक्षक, प्यार करने वाले नौकर-चाकर और खास तौर पर आपके पास लेयोपोल्दिन थी।

– सच-सच बताइयेगा, आप पत्रकार नहीं हैं। आप एक सस्ता भावुकतापूर्ण उपन्यास लिखने के लिए सामग्री तलाश रही हैं।

– सस्ती भावुकता है कि नहीं, यह तो देखा जाएगा। मैं अपनी कहानी पर लौटती हूँ। बेशक, 1914 में युद्ध शुरू होता है, पर बच्चे युद्ध के अनुरूप स्वयं को ढाल लेते हैं, विशेषकर बड़े घर के बच्चे। आपके सातवें आसमान की ऊँचाई से यह लड़ाई आपको उपहासपूर्ण दीखती है और आपकी लम्बी और शांत हँसी-खुशी में कोई खलल नहीं डालती।

– मदम्वाज़ेल, आप एक बेजोड़ कथाकार हैं।

– आपके जितनी बड़ी नहीं।

– चालू रहिये, रुकिये नहीं।

– साल-दर-साल मुश्किल से गुज़रते हैं। बचपन एक ऐसा अपूर्व अनुभव होता है, जो धीमी गति से चलता है। एक वयस्क की ज़िन्दगी में एक साल क्या होता है? बच्चे के लिए एक साल एक सदी होती है और आपके लिए ये सदियाँ सोने-चाँदी की थीं। अपराध की गम्भीरता कम दिखाने के लिए वकील दोषी के दुःखद बचपन का हवाला देते हैं। आपके अतीत की खोजबीन करते हुए, मैंने महसूस किया कि अपराध की गम्भीरता को कम आँकने के लिए हद से ज़्यादा सुखद बचपन का भी हवाला दिया जा सकता है।

– भला मैंने कौन-सा अपराध किया है कि आप उसकी गम्भीरता कम आँकने की ज़हमत उठा रही हैं? मुझे इसकी कोई ज़रूरत नहीं है।

– देखा जाएगा। लेयोपोल्दिन और आप कभी अलग नहीं होते। एक-दूसरे के बिना आप नहीं जी सकते।

– ममेरे-फुफेरे भाई-बहन का प्यार युगों-युगों से चला आ रहा है।

– जिस हद तक आप दोनों में निकटता थी, क्या ऐसी निकटता को भी हम ममेरे-फुफेरे भाई-बहन का प्यार कहेंगे?

– यों कहिये कि हम भाई-बहन थे।

– तो, सहवास करने वाले भाई-बहन।

– आपको यह सुनकर झटका लगा? ऐसा बड़े-बड़े परिवारों में होता है। यह उदाहरण है।

– मेरे ख़याल से अब आगे की कहानी आपको सुनानी चाहिए।

– मैं ऐसा कुछ नहीं करूँगा।

– आप वाकई चाहते हैं कि मैं यह कहानी जारी रखूँ?

– आपकी बहुत कृपा होगी।

– यदि आप कृपा करते तो बेहतर होता। क्योंकि जिस पड़ाव पर मैं पहुँच चुकी हूँ जहाँ से अगर मैंने कहानी आगे बढ़ाई तो यह आपके सबसे सुंदर, सबसे हटकर, सबसे कम जाने-माने उपन्यास को क्षीण और मध्यम स्तर की भाषा में परिवर्तित करने जैसा होगा।

– मुझे क्षीण और मध्यम स्तर की भाषा में रूपांतरण बेहद पसंद है।

– इसमें आपका ही नुकसान है, फिर मत कहियेगा कि मैंने आपको चेताया

नहीं। दरअसल, क्या आप मुझे सही ठहराते हैं?

– किस बात के लिए?

– तीन नारी पात्रों वाली रचना के बजाय दो नारी पात्रों वाली रचना में इस उपन्यास को वर्गीकृत करने के लिए।

– आपको मैं बिलकुल सही ठहराता हूँ, मदम्वाज़ेल।

– अगर ऐसा है, तो मुझे अब किसी बात का डर नहीं है। बाकी सर्जना है, है ना?

– बाकी केवल मेरी कृति है। उन दिनों, मेरे पास कागज़ के नाम पर बस मेरी ज़िन्दगी थी, स्याही के नाम पर मेरा लहू।

– या किसी और का।

– वह कोई पराई नहीं थी।

– तो, वह कौन थी?

– यह मुझे आज तक पता नहीं चला। पर वह पराई नहीं थी, यह बात पक्की है। मदम्वाज़ेल, मुझे अभी भी आपके विवरण का इंतज़ार है।

– अच्छी बात है। दिन, महीने, साल, गुज़रते जाते हैं और अच्छी तरह से, बल्कि बेहद अच्छी तरह से। लेयोपोल्दिन और आपने कभी उस ज़िन्दगी के अलावा कोई और ज़िन्दगी नहीं देखी। फिर भी आप उसकी असामान्यता और अपने भरपूर अवसर के प्रति सजग थे। आप अपने इडेन के बगीचे में वह महसूस करने लगते हैं, जिसे आप 'ईश्वर के द्वारा कृपादृष्टि के लिए चयनित लोगों की दुश्चिंता कहते हैं।' इसका विषय है 'कितने दिन ऐसी संपूर्णता टिक सकती है?' दूसरी दुश्चिंताओं की तरह यह दुश्चिंता आपके सुखाभास को चरम बिन्दु तक ले जाती है, जिससे यह सुखाभास ख़तरनाक रूप से, और भी ख़तरनाक रूप से खोखला हो जाता है। एक-एक कर साल बीतते जाते हैं। आप चौदह वर्ष के हो जाते हैं, आपकी ममेरी बहन बारह वर्ष की। आप बाल्यावस्था के उस चरम बिन्दु पर हैं जिसे मिशेल तूर्नियें 'बाल्यावस्था की संपूर्ण परिपक्वता' कहते हैं। एक स्वप्निल ज़िन्दगी के साँचे में ढलकर आप वैसे बच्चे की तरह हो जाते हैं, जो सपने में जीते हैं। आप लोगों को किसी ने कभी नहीं बताया, पर आपको एक हल्का-सा एहसास है कि एक भयानक अपकर्ष आपका इंतज़ार कर रहा होता है। यह आपके आदर्श शरीर और मन:स्थिति को अपनी गिरफ़्त में लेगा

और आप मुँहासे से ग्रसित हो जाएँगे। मुझे शक है कि यह उन्मादी युक्ति जिसका ज़िक्र अभी आएगा, आपके दिमाग की उपज है।

– मैं समझ गया। आप मेरी सहभागिनी को दोषमुक्त करने की कोशिश कर रही हैं।

– मुझे समझ में नहीं आता कि उसका क्या दोष है? योजना तो आपकी थी, है ना?

– हाँ, पर इस योजना के पीछे अपराध भावना नहीं काम कर रही थी।

– शुरू में तो नहीं, पर अगर इसके परिणाम और अव्यावहारिकता को देखें जो देर-सवेर उजागर होने थे, तो अपराध भावना आती है।

– इस मामले में परिणाम देर से उजागर होते हैं।

– अभी ऐसा कहना जल्दबाज़ी होगी। आप चौदह वर्ष के हैं, लेयोपोल्दिन बारह की है। वह आपकी हर बात आँख मूँदकर मानती है और आप ऐसी-वैसी कोई भी बात उससे मनवा सकते हैं।

– वह ऐसी-वैसी बात नहीं थी।

– नहीं, वह और भी गई-गुज़री बात थी। आप उसे विश्वास दिलाते हैं कि शरीर का प्रजनन क्षमता से युक्त वयस्क बनना बेहद बुरी बात है और इससे बचा जा सकता है।

– वय:सन्धि बुरी होती है।

– आप अब भी ऐसा मानते हैं?

– मैं हमेशा से ऐसा मानता रहा हूँ।

– तो, आप हमेशा से खब्ती रहे हैं।

– अपने दृष्टिकोण से, मैं हमेशा से एक विवेकशील प्राणी रहा हूँ।

– ज़ाहिर है। चौदह वर्ष की अवस्था में आप इतने विवेकशील हो चुके हैं कि आप युवावस्था में कभी प्रवेश नहीं करने का निर्णय ले लेते हैं। अपनी ममेरी बहन के ऊपर आपका इतना अधिकार है कि आप उसे भी ऐसी कसम दिला देते हैं।

– कितनी अच्छी बात है?

– नज़र-नज़र की बात है। क्योंकि आप प्रेतेक्सता ताश हो चुके हैं और

अपनी भारी-भरकम प्रतिज्ञा तोड़ने पर उतनी ही भारी-भरकम दंडात्मक कार्यवाही लगाते हैं। आप स्पष्ट रूप से कसम खाते हैं और लेयोपोल्दिन को भी कसम दिलाते हैं कि यदि दोनों में से कोई एक कसम तोड़ता है और युवावस्था में प्रवेश कर जाता है तो दूसरा उसे सीधे-सीधे मार देगा।

– चौदह वर्ष की अवस्था में ऐसी असाधारण सोच!

– मुझे लगता है कि बहुत से बच्चों ने बाल्यावस्था में बने रहने की योजना बनायी है और इसमें उन्हें कमोबेश सफलता भी मिली है, पर कभी खतरे से खाली नहीं रहे। हालाँकि आप दोनों सफलता प्राप्त करते हुए प्रतीत होते हैं। यह सही है कि आप दोनों की तरह शायद ही कोई प्रण लेता है। और असाधारण सोच वाले आप, दोनों के शरीर को किशोरावस्था के अनुपयुक्त बनाने के लिए तरह-तरह के छद्मवैज्ञानिक तरीकों का ईजाद करते हैं।

– उतने भी छद्मवैज्ञानिक तरीके नहीं थे, क्योंकि वे कारगर हुए थे।

– यह तो देखा जाएगा। मुझे सोचकर ताज्जुब होता है कि ऐसे उपचार के बाद आप बच कैसे गए?

– हम खुश थे।

– पर, कौन-सी कीमत चुकानी पड़ी। ऐसे वाहियात नियम बनाने का ख़याल आपके दिमाग में कहाँ से उपजा? दरअसल, चौदह वर्ष की अवस्था में बुद्धि ही कितनी होती है!

– अगर मुझे दुबारा ऐसा करने का मौका मिला तो फिर वही करूँगा।

– आज आपका दिमाग सठिया गया है, इसलिए ऐसी सोच आ सकती है।

– यह मानना होगा कि मेरी बुद्धि हमेशा से या तो बचकानी थी या सठियाई हुई, क्योंकि मेरी मानसिक प्रवृत्ति आज तक नहीं बदली।

– आपसे यही अपेक्षा है। 1922 में ही आप झक्की थे। पता नहीं कहाँ से आपने एक विचार दिया जिसे आपने कहा, "शाश्वत बाल्यावस्था की स्वच्छता!" उन दिनों स्वच्छता शब्द से मानसिक और शारीरिक दोनों क्षेत्र का बोध होता था। स्वच्छता एक विचारधारा थी। जो स्वच्छता आप ईजाद करते हैं, वह इतनी अस्वास्थ्यकर है कि उसे स्वच्छता विरोधी कहना चाहिए।

– बल्कि बहुत स्वास्थ्यकर कहना चाहिए।

– चूँकि आपको विश्वास है कि वय:सन्धि या यौवन-प्राप्ति की प्रक्रिया

सोते समय होती है, तो आप न सोने का निश्चय कर लेते हैं, या दिन में दो घंटे से ज़्यादा नहीं। आपको लगता है कि बाल्यावस्था को बनाये रखने के लिए अनिवार्य रूप से जलीय जीवन आदर्श है। इसके बाद आप और लेयोपोल्दिन दिन-रात एक झील में तैरकर बिताने लगते हैं, कभी-कभी तो सर्दियों में भी। आप खान-पान एकदम सीमित कर देते हैं। कुछ खाद्य-पदार्थों की मनाही है और कुछ खाद्य-पदार्थ खाने का परामर्श है। मुझे लगता है कि ऐसे सिद्धान्त कोरी कल्पना से उत्पन्न होते हैं। कुछ व्यंजन को 'वयस्क' मानकर छोड़ दिया जाता है, जैसे नारंगी का रस डालकर बनाया गया बत्तख का माँस, झींगे का शोरबा या काले रंग का खाना। दूसरी तरफ़ आप कुकुरमुत्ते खाने की सलाह देते हैं, ज़हरीले नहीं परन्तु वैसे कुकुरमुत्ते जिन्हें खाने के लिए उपयुक्त नहीं समझा जाता है। अब आप पफ़बॉल को ही लीजिए, जिसे आप मौसम आने पर भकोसते हैं। अपनी नींद रोकने के लिए आप केन्या से आई अत्यंत कड़क चाय के डिब्बे का इंतज़ाम करते हैं। आपकी नानी इसके लिए बहुत भला-बुरा कहती है, पर आप एकदम स्याह चाय बनाते हैं, खुद जमकर पीते हैं और अपनी कज़िन को उतनी ही मात्रा में पिलाते हैं।

– मेरी कज़िन राज़ी-खुशी पीती थी।

– यों कहिये कि वह आपको प्यार करती थी।

– मैं भी उसे प्यार करता था।

– अपने अंदाज़ से।

– मेरा तरीका आपको पसंद नहीं है?

– 'पसंद नहीं है,' ऐसा कहना न्यूनोक्ति होगी। सीधे-सीधे कहूँ तो बेहद नापसंद है।

– आपको शायद लगता है कि दूसरों का प्यार करने का तरीका बेहतर है? जिसे लोग प्रेम कहते हैं, मैंने उससे अधिक क्षुद्र कुछ नहीं देखा। आपको मालूम है, वे प्रेम किसे कहते हैं? किसी अभागी को गुलाम बनाना, गर्भवती करना और कुरूप बनाना—मर्द जाति के नाम से विख्यात लोग इसे प्रेम करना कहते हैं।

– अब आप एक नारीवादी की तरह बात कर रहे हैं? इतना अविश्वसनीय आप पहले कभी नहीं लगे।

– आप किस बात का रोना रो रही हैं, हे भगवान! मैंने जो कुछ अभी

कहा, वह नारीवाद के विरुद्ध है।

– आप थोड़ा खुलासा करके बात करेंगे तो आपका क्या चला जाएगा?

– मैं तो बिलकुल साफ़-साफ़ बोल रहा हूँ! यह तो आप हैं, जो मानने से इनकार कर रही हैं कि प्यार करने का मेरा अंदाज़ सबसे सुंदर नहीं है।

– इस सम्बन्ध में मेरा विचार कोई मायने नहीं रखता। वैसे, मैं जानना चाहूँगी कि इस बारे में लेयोपोल्दिन का क्या ख़याल था?

– मेरी वजह से लेयोपोल्दिन सबसे खुश थी।

– सबसे खुश क्या थी? औरत? पागल? रोगी? पीड़िता?

– आप मुख्य बिन्दु से भटक रही हैं। मेरी वजह से, वह सबसे खुश बच्ची थी।

– बच्ची? पन्द्रह साल की?

– क्यों नहीं? जिस उम्र में लड़कियाँ भूतनी हो जाती हैं, कील-मुँहासों से भर जाती हैं, चूतड़ उभर आते हैं, शरीर से दुर्गन्ध आने लगती है, रोयें निकल आते हैं, उरोज उभर आते हैं, कूल्हे पर चर्बी चढ़ जाती है, दिमागी, झगड़ालू और बेवकूफ़ हो जाती हैं—एक शब्द में कहिये तो औरत हो जाती हैं—उस मनहूस उम्र में लेयोपोल्दिन सबसे खूबसूरत, सबसे खुश, निरक्षर, सबसे ज्ञानी बच्ची थी। वह सबसे अधिक बालसदृश बालिका थी। और यह सब केवल मेरी वजह से हुआ। मैं जिस लड़की से प्यार करता था, वह मेरी वजह से औरत बनने के कटु अनुभव से बच सकती थी। मैं आपको चुनौती देता हूँ कि इससे सुंदर प्रेम खोजकर लाइये।

– क्या आप पक्के तौर पर कह सकते हैं कि आपकी कज़िन को औरत बनने की इच्छा नहीं थी?

– भला इतनी अक्लमंद होते हुए उसे ऐसी घटिया चाहत कैसे हो सकती है?

– मैं आपको यह नहीं कह रही कि आप अटकलबाज़ी लगाकर जवाब दीजिये। मैं आपसे पूछ रही हूँ कि क्या उसने अपनी स्वीकृति दी थी? हाँ या नहीं? क्या साफ़-साफ़ शब्दों में उसने कहा था, "प्रेतेक्सता, मैं मर जाऊँगी पर बचपन से बाहर नहीं आऊँगी?" हाँ या नहीं?

– स्पष्ट शब्दों में वह कहे, यह ज़रूरी नहीं था। यह तो मानी हुई बात थी।

– वही हुआ जिसका मुझे अंदेशा था। उसने कभी आपको अपनी स्वीकृति नहीं दी।

– मैं आपको फिर से बता दूँ कि उसकी रज़ामंदी लेने की ज़रूरत नहीं थी। वह क्या चाहती थी, मुझे मालूम था।

– विशेषकर आप जानते थे कि आप क्या चाहते थे।

– मेरी और उसकी एक ही चाहत थी।

– स्वाभाविक है।

– शैतान की पुड़िया, किस चीज़ की तरफ़ आप इशारा करने की कोशिश कर रही हैं?

– कहीं आपने यह भ्रम तो नहीं पाल रखा है कि आप लेयोपोल्दिन को मुझसे बेहतर जानती हैं?

– मैं आपसे जितनी बात करती हूँ, उतना ही ऐसा विश्वास बढ़ता जाता है।

– यह सुनने से पहले मैं बहरा क्यों नहीं हो गया? बदतमीज़ औरत, मैं आपको एक बात बताना चाहता हूँ, जो आप नहीं जानतीं कि अपने शिकार को एक हत्यारा जितनी अच्छी तरह जानता है, उतना कोई भी उसे नहीं जान सकता। आप इस बात को समझ लीजिये।

– अब आया ऊँट पहाड़ के नीचे। आप अपना अपराध स्वीकार करते हैं?

– इसे अपराध की स्वीकृति नहीं कहते हैं, क्योंकि आप पहले से जानती थीं कि मैंने उसे मारा है।

– मैं आपको बता दूँ कि मुझे थोड़ी-सी शंका थी। बहुत मुश्किल से विश्वास होता है कि नोबेल पुरस्कार विजेता एक हत्यारा है।

– इसमें कौन-सी नयी बात है? हत्यारों को तो नोबेल पुरस्कार मिलने की संभावना सबसे ज़्यादा होती है। आप नहीं जानती थीं क्या? मसलन, हेनरी किसींगर, गोर्वाचेव...

– सही है, पर, आपको नोबेल पुरस्कार साहित्य में मिला है।

– बेशक! शांति का नोबेल पुरस्कार तो हत्यारों को अक्सर मिलता है, पर साहित्य का नोबेल पुरस्कार हत्यारों को ही मिलता है।

– आपसे गंभीरतापूर्वक बातचीत करने का कोई तरीका नहीं है।

– इतना गंभीर तो मैं पहले कभी नहीं रहा।

– मैतरलिंक, टैगोर, पिरान्देल्लो, मोरियाक, हेमिंग्वे, पोस्तेरनाक, कावाबाता, क्या सभी-के-सभी हत्यारे थे?

– आपको मालूम नहीं था?

– नहीं।

– आप मुझसे बहुत कुछ सीख सकती थीं।

– क्या आप बता सकते हैं कि आपकी सूचना के क्या स्रोत हैं?

– प्रेतेक्सता ताश को सूचना के स्रोत की आवश्यकता नहीं होती। सूचना के स्रोत पर दूसरे लोग आश्रित रहते हैं।

– मैं समझी।

– नहीं, आपके पल्ले कुछ नहीं पड़ा। आपने मेरे अतीत की पड़ताल की, आपने मेरे अभिलेखों की खोजबीन की और आपको यह जानकर आश्चर्य हुआ कि यह आदमी तो हत्यारा निकला। अगर ऐसा नहीं होता तो आश्चर्य की बात थी। यदि आपने उतनी ही बारीकी से इन नोबेल पुरस्कार विजेताओं के अभिलेखों की खोजबीन करने की ज़हमत उठायी होती तो इसमें रत्ती-भर भी संदेह नहीं है कि आपको झुंड-के-झुंड हत्यारे मिलते। वरना उन्हें नोबेल पुरस्कार क्यों दिया गया होता?

– कारण-कार्य सम्बन्ध को पलटने के लिए आप पूर्ववर्ती पत्रकार को दोषी ठहरा रहे थे। आप कारण-कार्य सम्बन्ध को पलट नहीं रहे, बल्कि आप कारण और कार्य में सम्बन्ध-विच्छेद कर दे रहे हैं।

– मैं खुले दिल से आपको आगाह करता हूँ कि अगर आप तर्क की ज़मीन पर मुझसे मुकाबला करेंगी तो आपके जीतने की कोई सम्भावना नहीं है।

– यदि इसे आप तर्क कहते हैं तो निश्चय ही मेरे जीतने की सम्भावना नहीं है। पर, मैं यहाँ तर्क-वितर्क करने नहीं आई हूँ।

– फिर आप यहाँ झख मारने आई हैं?

– सुनिश्चित करने कि आप हत्यारे हैं कि नहीं। मेरी अंतिम शंका का निवारण करने के लिए शुक्रिया। आप मेरे झाँसे में आ गए।

मोटूमल ने एक लम्बी और वीभत्स हँसी हँसी।

– आपका झाँसा! क्या खूब कहा है! आपको लगता है कि आप मुझे झाँसा देने में सक्षम हैं?

– हाथ कंगन को आरसी क्या? मैं ऐसा कर चुकी हूँ।

– उल्लू की पट्ठी, डपोरशंख। जान लीजिये कि झाँसा देने का मतलब है उगाहना। आपने मुझसे कुछ उगाहा नहीं है, चूँकि मैंने शुरुआत में ही आपको सच्चाई बता दी। मैं हत्यारा हूँ, इस तथ्य को भला मैं क्यों छिपाऊँगा? मुझे अदालती फ़ैसले का डर नहीं है। मैं वैसे भी दो महीने के भीतर मरने वाला हूँ।

– और मरणोपरांत आपकी ख्याति का क्या होगा?

– ख्याति और भी फैल जाएगी। मैं कल्पना कर सकता हूँ कि पुस्तक-विक्रेता इसका प्रचार-प्रसार करेंगे, "प्रेतेक्सता ताश, हत्यारा नोबेल पुरस्कार विजेता।" मेरी किताबों की अंधाधुंध बिक्री होगी। मेरे प्रकाशक तो खुशी से उछल ही पड़ेंगे। मेरी मानिये तो यह प्रकरण सबके लिए मंगलमय होगा।

– लेयोपोल्दिन के लिए भी?

– लेयोपोल्दिन के लिए खास तौर से।

– सन् 1922 की ओर लौटते हैं।

– सन् 1925 क्यों नहीं?

– आप इस कार्य में जल्दबाज़ी कर रहे हैं। तीन साल के घटनाक्रम को आख्यान से नहीं हटाना चाहिए, यह अहम है।

– सचमुच। यह अहम है इसलिए इसका बयान नहीं किया जा सकता।

– हालाँकि आपने इसका बयान किया है।

– नहीं, मैंने इसे लिखा है।

– क्यों शब्दों से खिलवाड़ कर रहे हैं?

– यह बात आप एक लेखक को कह रही हैं?

– मैं एक लेखक से नहीं, बल्कि एक हत्यारे से बात कर रही हूँ।

– आदमी तो एक ही है।

– आपको पूरा विश्वास है?

– लेखक, हत्यारा। एक ही व्यवसाय के दो पहलू, एक ही क्रिया के दो संयोजित रूप।

– कौन-सी क्रिया?

– सबसे दुर्लभ और सबसे कठिन क्रिया—प्रेम करना। यह मज़ेदार बात नहीं है कि हमारे विद्यालय के व्याकरणों ने मिसाल के तौर पर ऐसी क्रिया चुनी है, जिसके अर्थ का किसी को अता-पता नहीं है? अगर मैं विद्यालय में शिक्षक होता, इस गोपनीय क्रिया के स्थान पर एक अधिक सुलभ क्रिया का प्रयोग करता।

– हत्या करना?

– हत्या करना इतनी आसान क्रिया नहीं है। बल्कि एक हल्की-फुल्की साधारण-सी क्रिया जैसे वोट देना, बच्चा जनना, साक्षात्कार लेना, काम करना...

– अच्छा हुआ कि आप विद्यालय के शिक्षक नहीं बने। पता है, कितना मुश्किल है आपसे किसी सवाल का जवाब निकलवाना? आप पटरी से उतरने में, विषय को बदलने में और इधर-उधर भागने में माहिर हैं। आपको बार-बार खींचकर पटरी पर लाना पड़ता है।

– मुझे इसका गर्व है।

– इस बार आप बचकर नहीं निकल पाएँगे—सन् 1922-1925, अब आप बोलिये।

गहरी चुप्पी।

– आपको एक कैरामेल टॉफ़ी चाहिए?

– ताश साहब, आप मुझ पर शक क्यों कर रहे हैं?

– मैं आप पर शक नहीं कर रहा हूँ। मैं बिलकुल साफ़ नीयत से कह रहा हूँ कि मुझे नहीं पता कि मैं आपको क्या बता सकता हूँ। हम लोग एकदम खुश थे और एक-दूसरे को दिव्य भाव से प्यार करते थे। ऐसी बेसिर-पैर की बात सुनाने के अलावा मैं और क्या कर सकता हूँ?

– मैं इसमें आपकी मदद करूँगी।

– मुझे कुछ बुरा होने की आशंका है।

– आपके साहित्यिक रजोनिवृत्ति के चौबीस साल हो गए, आपने एक उपन्यास अधूरा छोड़ा हुआ है। क्यों?

– मैंने आपके एक पत्रकार बंधु को बताया था। आत्मसम्मान रखने वाले सारे लेखकों के लिए यह लाज़िमी है कि वे कम-से-कम एक उपन्यास अधूरा छोड़ दें। ऐसा न हो, तो यह प्रामाणिक नहीं लगता है।

– क्या आप ऐसे बहुत-से लेखकों को जानते हैं, जो अपने जीते-जी अधूरे उपन्यास प्रकाशित करवाते हैं?

– मैं ऐसे किसी भी लेखक को नहीं जानता हूँ। बेशक, मैं अन्य लेखकों की अपेक्षा अधिक चालाक हूँ। मैं जीते-जी ऐसे मान-सम्मान प्राप्त करता हूँ जो सामान्य लेखक मरणोपरान्त हासिल करते हैं। एक उभरते हुए लेखक के हाथ से अधूरा उपन्यास अनाड़ीपन का आभास देता है, ऐसा लगता है जैसे लेखक में अभी तक परिपक्वता नहीं आयी है। पर, एक मँजे हुए जाने-माने लेखक के हाथों एक अधूरा उपन्यास लेखन-शैली की पराकाष्ठा है। ऐसा कहा जाता है कि 'प्रतिभा की दौड़ में विराम आ गया है', 'दिग्गज लेखक संताप के संकट से ग्रसित है', 'अनकही के सामने आँखें चौंधिया गई हैं'...। संक्षेप में कहें तो यह लाभदायक होता है।

– ताश साहब, मुझे लगता है कि आपने मेरा सवाल ठीक से नहीं समझा। मैं आपसे यह नहीं पूछ रही थी कि आपने एक उपन्यास अधूरा क्यों छोड़ा, बल्कि आपने यह उपन्यास अधूरा क्यों छोड़ा?

– ऐसा है कि लिखने के दौरान मैंने महसूस किया कि मैंने अभी तक वह अधूरा उपन्यास नहीं लिखा है जो मेरी प्रसिद्धि के लिए ज़रूरी है। मैंने अपनी पांडुलिपि पर एक नज़र डाली और सोचा, 'क्यों न इसी उपन्यास को अधूरा छोड़ दिया जाय?' फिर मैंने कलम रख दी और उसके बाद एक भी पंक्ति उसमें नहीं जोड़ी।

– मुझसे यह उम्मीद मत कीजियेगा कि मैं आप पर विश्वास करूँगी।

– क्यों नहीं?

– आप कह रहे थे, "मैंने कलम रख दी और उसके बाद एक भी पंक्ति उसमें नहीं जोड़ी।" बेहतर होता कि आप कहते, "मैंने कलम रख दी और उसके बाद एक पंक्ति भी नहीं लिखी।" यह अचरज की बात नहीं है कि इस जाने-माने अधूरे उपन्यास के बाद आपको फिर कभी लिखने की इच्छा नहीं हुई, जबकि पिछले छत्तीस साल से आप लगातार रोज़ लिखते आ रहे थे?

– एक-न-एक दिन तो मुझे विश्राम लेना ही था।

– ज़रूर, पर उसी दिन क्यों? साधारण–सी बात है, बूढ़ा हो गया था। इसमें कोई गूढ़ अर्थ मत खोजिये। मैं उनसठ साल का हो गया था, इसलिए मैंने संन्यास ले लिया। यह अत्यंत सामान्य–सी बात है।

– रातोंरात आपने एकदम से लिखना छोड़ दिया। एक ही दिन में बुढ़ापे ने आपको जकड़ लिया?

– क्यों नहीं? हम रोज़–रोज़ बूढ़े नहीं होते। दस साल, बीस साल, बिना बूढ़ा हुए हम यों ही गुज़ार देते हैं, फिर, बिना किसी कारण के इन बीस सालों की चोट दो घंटे में पड़ती है। आप देखेंगे, आपके साथ भी ऐसा होगा। एक दिन आप आईने में खुद को देखेंगी और आप सोचेंगी, 'हे भगवान! दस साल का असर मुझ पर आज सुबह ही हो गया।'

– सचमुच अकारण?

– कोई और कारण नहीं, सिवाय इसके कि काल के सामने कुछ नहीं टिकता।

– काल को दोष देना आसान है, ताश साहब। आपने काल का अच्छा–खासा हाथ बँटाया है, बल्कि मैं कहूँगी कि दोनों हाथों से।

– हाथ, लेखक का आनंद–स्थल।

– हाथ, गला घोंटने वाले व्यक्ति का आनंद–स्थल।

– दरअसल, गला घोंटना एक अच्छा काम है।

– जो गला घोंटता है उसके लिए या जिसका गला घोंटा जाता है उसके लिए?

– मुझे तो एक ही स्थिति के बारे में जानकारी है।

– आप मुझे निराश कर रहे हैं।

– आप कहना क्या चाहती हैं?

– मुझे कुछ नहीं मालूम। आप बार–बार विषय बदलकर मेरा दिमाग खराब कर रहे हैं। ताश साहब, इस किताब के बारे में बताइये।

– सवाल ही नहीं उठता, मदम्वाज़ेल। यह काम आपका है।

– आपकी लिखी हुई सारी किताबों में से मुझे सबसे अधिक रुचि इस किताब में है।

– क्यों? क्योंकि इस प्रेम–कहानी में एक हवेली है और सामंत हैं? आखिर हैं तो आप एक औरत ही।

– मुझे प्रेम–कहानी पसंद है, यह सच है। मुझे अक्सर ऐसा लगता है कि प्रेम के सिवाय सब कुछ नीरस है।

– अब तो भगवान ही मालिक है।

– आप जितनी मर्ज़ी हो, ताने मार लीजिये, आप इस बात से इनकार नहीं कर सकते कि यह किताब आपने ही लिखी है और यह एक प्रेम–कहानी है।

– आप जो भी कहिये।

– हालाँकि यह आपके द्वारा लिखित इकलौती प्रेम–कहानी है।

– सुनकर राहत महसूस हुई।

– ताश साहब, मैं एक बार फिर आपसे वही सवाल करती हूँ—आपने इस उपन्यास को अधूरा क्यों छोड़ दिया?

– शायद, कल्पनाशक्ति क्षीण हो गयी थी।

– कल्पना? इस किताब को लिखने के लिए आपको कल्पना की आवश्यकता नहीं थी, आप वास्तविक तथ्यों का बयान कर रहे थे।

– आपको क्या मालूम? आप वहाँ यह परखने के लिए नहीं थीं।

– आपने लेयोपोल्दिन को मारा था, ना?

– हाँ, पर इसका मतलब यह नहीं कि शेष सच है। शेष साहित्य है, मदम्वाज़ेल।

– हालाँकि मैं मानती हूँ कि उस किताब में सब कुछ सच है।

– चलिये, आपको इसी में मज़ा आता है, तो यही सही।

– मज़े की बात छोड़ दें तो मैं बिलकुल सही सोचती हूँ कि यह उपन्यास बिलकुल आत्मकथात्मक है।

– आपकी सोच सही है? थोड़ा समझाइये, थोड़ी हँसी–ठिठोली हो जाय। अभिलेखों से पुष्टि होती है कि आपने हवेली का विवरण बिलकुल वैसे का वैसा दिया है। पात्रों के नाम वही हैं, जो असल में थे, सिवाय आपके, बेशक। पर फिलेमों त्राकतात्यूस एक पारदर्शी छद्म नाम है। रिकॉर्ड से पता चलता है कि लेयोपोल्दिन की मृत्यु 1925 में हुई थी।

– अभिलेख, रिकॉर्ड, इन्हें ही आप यथार्थ का नाम देती हैं।

– नहीं, पर यदि आपने इन सरकारी तथ्यों का ध्यान रखा है तो मैं तर्कसंगत तरीके से यह नतीजा निकाल सकती हूँ कि आपने गोपनीय तथ्यों का भी ध्यान रखा है।

– तर्क में दम नहीं है।

– मेरे पास और भी तर्क हैं। मसलन शैली को लीजिये। आपके पूर्ववर्ती उपन्यासों की अपेक्षा इसमें शैली बहुत ही कम अमूर्त है।

– और भी कमज़ोर तर्क। आपकी आलोचनात्मक दृष्टि पर जो प्रभाववाद हावी हो रहा है, उसे शैलीगत विमर्श में प्रमाण नहीं माना जाता।

– मेरे पास एक ऐसा ज़ोरदार तर्क है जो तर्क ही नहीं है।

– कौन-सा राग अलाप रही हैं, आप?

– यह एक तर्क नहीं है, एक तस्वीर है।

– एक तस्वीर? किसकी तस्वीर?

– पता है, क्यों आज तक किसी ने भी यह संदेह नहीं किया कि यह उपन्यास एक आत्मकथा है? क्योंकि फिलेमों त्राकतात्यूस एक छरहरे बदन वाला अच्छा लड़का है, जिसका चेहरा सुंदर है। आपने जब मेरे पत्रकार बंधुओं से यह कहा था कि आप अठारह साल की उम्र से कुरूप और मोटे हैं, तो दरअसल, आपने झूठ नहीं कहा था। कहना चाहिए कि आपने अर्द्धसत्य कहा था, क्योंकि अठारह साल की उम्र तक आप इतने सुंदर थे कि लोग आपको देखकर हर्षित होते थे।

– यह आप क्या कह रही हैं?

– मुझे एक तस्वीर मिली है।

– यह असंभव है। सन् 1948 के पहले कभी मेरी तस्वीर नहीं खींची गई।

– माफ़ कीजियेगा, आपकी याददाश्त चूक गई है। मुझे एक तस्वीर मिली है, जिसकी दूसरी तरफ़ 'सैं-स्युलपीस – 1925' पेंसिल से लिखा हुआ है।

– मुझे दिखाइये।

– मैं आपको यह तस्वीर तब दिखाऊँगी जब मुझे विश्वास हो जाएगा कि आप उसे नष्ट करने की कोशिश नहीं करेंगे।

– मुझे पता है, आप यों ही फेंक रही हैं।

– मैं फेंक नहीं रही हूँ। मैं सैं–स्युलपीस की तीर्थयात्रा पर गई थी। मुझे यह बताते हुए अफ़सोस हो रहा है कि हवेली का कोई नामोनिशान नहीं रहा, वहाँ एक सहकारी समिति का निर्माण कर दिया गया है। उस क्षेत्र की सारी झीलें पाट दी गयी हैं और घाटी एक सार्वजनिक कूड़े का अम्बार हो गई है। अफ़सोस, मुझे आपसे कोई सहानुभूति नहीं है। जो भी वृद्धजन वहाँ मिले, मैंने सबसे पूछा। लोगों को अभी भी हवेली और प्लानेज़ द सैं–स्युलपीस के मार्कीज़ की याद है। उन्हें नाना–नानी के द्वारा गोद लिये गए अनाथ बच्चे की भी याद है।

– मुझे समझ में नहीं आता कि इन्हें मेरे बारे में कैसे ख़याल है, कभी इन लोगों से मेरा सम्पर्क नहीं रहा।

– सम्पर्क भी कई तरह के होते हैं। लोग आपसे बात भले ही नहीं करते हों, पर वे लोग आपको देखते थे।

– असंभव है। मैं हवेली से बाहर कभी कदम नहीं रखता था।

– पर आपके नाना–नानी, मामा–मामी से मिलने उनके मित्रगण आते थे।

– वे लोग कभी तस्वीर नहीं खींचते थे।

– ऐसा नहीं है। देखिये, मुझे नहीं मालूम किस परिस्थिति में यह तस्वीर ली गई थी और न ही यह मालूम है कि किसने ली थी। मेरे विवरण के पीछे कोई परिकल्पना नहीं, बल्कि तथ्य है कि इस तस्वीर का अस्तित्व है। उस तस्वीर में आप लेयोपोल्दिन के साथ हवेली के सामने खड़े हैं।

– लेयोपोल्दिन के साथ?

– काले बाल वाली बेहद खूबसूरत बच्ची कोई और नहीं हो सकती।

– तस्वीर दिखाइये।

– क्या करेंगे आप?

– अरे, वह तस्वीर तो दिखाइये।

– गाँव की एक बहुत बूढ़ी औरत ने मुझे यह तस्वीर उपलब्ध कराई थी। मुझे नहीं मालूम यह तस्वीर उसके हाथ कैसे लगी। क्या फ़र्क पड़ता है, बच्चों की पहचान आसानी से की जा सकती है। बच्चे ही कहूँगी, क्योंकि 17 वर्ष की अवस्था में आप पर किशोरावस्था का कोई लक्षण नहीं है। अजीब बात है, आप दोनों ही बहुत बड़े, दुबले–पतले और सुकुमार हैं, पर आपके चेहरे और

लम्बी-चौड़ी कद-काठी पर पूरी तरह से बचपन की छाप है। वैसे आप लोग सामान्य नहीं लग रहे हैं, मानो 12 वर्ष के दो भीमकाय प्राणी हों। हालाँकि, परिणाम शानदार है—यह इकहरा बदन, ये भोली-सी आँखें, खोपड़ी के मुकाबले ये छोटे-से थोबड़े, उसके नीचे बच्चों का धड़, लम्बी और पतली टाँगें। एक चित्र बनाने लायक, मानो विश्वास किया जा सकता है कि स्वास्थ्य-विज्ञान सम्बन्धी आपकी उन्मादी नीति रंग लायी थी और पफ़बॉल सुन्दरता का राज़ है। सबसे ज़्यादा धक्का लगता है, आपको देखकर। बिलकुल ही पहचान करना मुश्किल है!

– अगर मुझे पहचानना इतना ही मुश्किल है, तो आपको कैसे पता कि वह मैं ही हूँ?

– मुझे नहीं लगता कि वह कोई और हो सकता है। और फिर आपकी वही गोरी-चिट्टी, चिकनी त्वचा, चेहरे पर दाढ़ी-मूँछों का नामोनिशान नहीं। आपकी यही पहचान आज तक कायम है। आप इतने सुंदर थे, आपकी आकृति इतनी निर्मल थी, हाथ-पैर इतने कोमल थे और कद-काठी पर स्त्री-पुरुष भेद का असर इस कदर नहीं था कि लगता है कि देवदूत उतर आए हों।

– यह आपका यंत्र-मंत्र-तंत्र कब तक चलता रहेगा? और अनाप-शनाप बकने के बजाय मुझे वह फ़ोटो दिखाइये।

– आप में इतना ज़्यादा बदलाव कैसे हो सकता है? आप कह रहे थे कि अठारह साल की उम्र में आप वैसे हो चुके थे जैसे अभी हैं और मुझे इसमें कोई संदेह नहीं है। मगर, उस हालत में आश्चर्य और भी होता है कि कैसे एक साल के अंदर सर्वोत्तम कोटि के देवदूत की जगह एक फूले हुए विकराल मनुष्य ने ली, जो अभी मेरे सामने है! क्योंकि केवल आपका वज़न ही तिगुना नहीं हुआ है, आपका कोमल चेहरा भैंसे की तरह हो गया है, आपकी निर्मल आकृति इस तरह मोटी हो गयी है, उसने बीभत्सता की सारी विशेषताएँ ग्रहण कर ली हैं...

– आप तो बहुत जल्दी ही गाली-गलौज पर उतर आईं।

– आप अच्छी तरह जानते हैं कि आप बदसूरत हैं। वैसे, आप स्वयं को सबसे घटिया विशेषण देते नहीं थकते हैं।

– मैं पूरे जोशो-खरोश से ऐसे विशेषण अपने लिए इस्तेमाल करता हूँ, पर क्या मजाल कि कोई और ऐसा करे। समझ में आया आपको?

– मुझे आपकी इजाज़त की ज़रूरत नहीं है। आप डरावने हैं और विश्वास

नहीं होता कि एक अच्छा-खासा सुंदर व्यक्ति डरावना कैसे हो गया।

– इसमें कोई आश्चर्य की बात नहीं है, यह प्रक्रिया चलती रहती है। बस, आम तौर से यह सब अचानक से नहीं होता।

– यह हुई ना बात, आप अपनी गलती स्वीकार करते हैं।

– क्या, क्या?

– जी हाँ। ऐसा बोलकर आप मेरे कथन की सच्चाई को अव्यक्त रूप से स्वीकार करते हैं। सत्रह साल की उम्र में आप ठीक वैसे ही थे, जैसा मैंने बताया और आज तक कोई भी तस्वीर आपको इस कदर प्रस्तुत नहीं कर सकी है, अफ़सोस।

– यह मुझे मालूम था। पर इतनी अच्छी तरह आप मेरा हुलिया बताने में कैसे कामयाब हो गईं?

– अपने उपन्यास में जो हुलिया आपने फिलेमों त्राकतात्यूस का बताया है, बस उसी को मैंने दूसरे शब्दों में बताया। मैं पता लगाना चाहती थी कि आप उस पात्र का जैसा वर्णन करते हैं, आप वैसे ही थे या नहीं। चूँकि आप मेरे प्रश्नों का उत्तर देने से इनकार कर रहे थे, इसे जानने के लिए आपको बरगलाने के अतिरिक्त मेरे पास और कोई रास्ता नहीं था।

– आप दूसरों पर कीचड़ उछालने वाली एक ओछी औरत हैं।

– कीचड़ उछालना कारगर है। अब मैं पक्के तौर पर जानती हूँ कि आपका उपन्यास बिलकुल आत्मकथात्मक है। मेरा अपने पर गर्व करना सर्वथा उपयुक्त है, क्योंकि मेरे पास भी वही तथ्य थे जो दूसरों के पास थे, फिर भी केवल मैंने सच्चाई का पता लगाया।

– ठीक है, अपनी पीठ थपथपाइये।

– इसलिए मैं फिर से वही सवाल दाग़ती हूँ— आपका यह उपन्यास अधूरा क्यों पड़ा है?

– यह रहा हमारा शीर्षक, जो सूची से गायब था!

– अचम्भित होने का नाटक मत कीजिये। मैं तब तक नहीं मानूँगी, जब तक आप मेरे सवाल का जवाब नहीं देते। यह उपन्यास अधूरा क्यों पड़ा है?

– इसी प्रश्न को थोड़े दार्शनिक अंदाज़ में पूछा गया होता—उपन्यास एक आधी-अधूरी विधा क्यों है?

– आपके दर्शनशास्त्र में मुझे कोई रुचि नहीं है। मेरे सवाल का जवाब दीजिये—यह उपन्यास अधूरा क्यों पड़ा है?

– भगवान भला करे, आप मेरे सिर पर सवार हैं। इस उपन्यास के अधूरे होने में क्या बुराई है?

– इस दास्तान में बात अच्छाई–बुराई की नहीं है। आप उन वास्तविक तथ्यों के बारे में लिख रहे थे जिसकी परिणति वास्तविक है, फिर इस उपन्यास को पूरा क्यों नहीं किया गया? लेयोपोल्दिन की हत्या के बाद आपकी कलम रुक गयी। क्या घटनाक्रम को उसकी परिणति तक लाना, उसे एक मुकम्मल रूप देना इतना मुश्किल था?

– मुश्किल! नासमझ लड़की, मैं आपको बता दूँ कि प्रेतेक्सता ताश के लिए कुछ भी लिखना मुश्किल नहीं है।

– बस यही तो बात है। बीच में इस तरह टाँय–टाँय फिस्स होना और भी असंगत है।

– मेरा निर्णय असंगत है या नहीं, इसका निर्धारण करने वाली आप कौन होती हैं?

– मैं कुछ निर्धारित नहीं कर रही, मुझे जानने में उत्सुकता है।

बुज़ुर्ग अचानक से तिरासी साल के बुज़ुर्ग लगने लगे थे।

– आप इसमें अकेली नहीं हैं। मैं भी जानने को उत्सुक हूँ और मुझे कोई जवाब नहीं मिलता। इस किताब के लिए मैंने दर्जनों भर अंत चुने होते—हत्या या हत्या के बाद की रात, या मेरे शरीर का कायापलट होना, या एक साल बाद हवेली की आगजनी...

– यह आगजनी आपकी कारगुज़ारी थी, है ना?

– बेशक, लेयोपोल्दिन के बिना सैं-स्युलपीस में वक्त गुज़ारना मुश्किल था। परिवार में जिस तरह लोग मुझे शक की नज़रों से देखते थे, उससे मुझे परेशानी होती थी। इसलिए मैंने हवेली और उसके निवासियों से छुटकारा पाने का निश्चय कर लिया। मुझे अंदाज़ा नहीं था कि वे बुरी तरह से जल जाएँगे।

– यह तो मानी हुई बात है कि आप मनुष्यों की ज़िन्दगी की कद्र नहीं करते, पर सत्रहवीं सदी की एक हवेली को जलाते हुए आपकी अंतरात्मा ने आपको नहीं कचोटा?

– मैंने अंतरात्मा की आवाज़ को कभी तरजीह नहीं दी है।

– ठीक है। चलिये, हम वापस अपनी समाप्ति की ओर चलते हैं, बल्कि समाप्ति की अनुपस्थिति की ओर चलते हैं। तो, आप दावा करते हैं कि आप इस अधूरेपन का कारण नहीं जानते?

– इस मामले में, आप मुझ पर भरोसा कर सकती हैं। सुंदर समाप्ति के लिए मेरे पास विकल्प की कमी नहीं थी, पर उनमें से कोई भी मुझे सटीक नहीं लगा। नहीं मालूम, जैसे मुझे किसी और चीज़ का इंतज़ार था, जिसका 24 साल से या यों कहिये कि छत्तीस साल से मैं अभी भी इंतज़ार कर रहा हूँ।

– कौन-सी चीज़ का? लेयोपोल्दिन के पुनर्जन्म का?

– यदि मुझे पता होता तो मैंने लिखना नहीं छोड़ा होता।

– तो मैंने आपके अधूरे उपन्यास को आपके प्रसिद्ध साहित्यिक रजोनिवृत्ति (मेनोपॉज़)से ठीक ही जोड़ा था।

– बेशक, आप सही कह रही थीं। आपके पास शेखी बघारने के लिए और है ही क्या? एक पत्रकार को सही होने के लिए थोड़ी-बहुत सूझ-बूझ की आवश्यकता होती है, एक लेखक के लिए सही होने जैसी कोई बात नहीं होती। आपके व्यवसाय में सब कुछ इतना आसान होता है कि घिन आती है। मेरे व्यवसाय में काम को आसान करना खतरे से खाली नहीं होता।

– और आप ऐसी कोशिश करते हैं कि यह और भी खतरनाक हो जाय।

– ऐसे अजीब तरीके से तारीफ़ करने का मतलब?

– मुझे नहीं मालूम कि यह तारीफ़ है। मुझे नहीं मालूम कि अपने आपको इस तरह से खोलकर रखना सराहनीय है या मूर्खता। क्या आप मुझे उस दिन की अपनी मनःस्थिति बता सकते हैं, जिस दिन आपने उस कहानी को हू-ब-हू सुनाने का फ़ैसला लिया जो आपकी सबसे प्यारी कहानी तो थी, पर जिसमें अदालत के चक्कर काटने का पूरा जोखिम था। न जाने कौन-सी विकृत मानसिकता के अधीन होकर आपने अपनी सबसे सुंदर लेखनी से एक ज़बरदस्त रूप से पारदर्शी आत्मदोषारोपण के काम को मानवता को सौंपा है?

– अजी मानवता गई तेल लेने। उदाहरण के तौर पर, चौबीस साल से यह उपन्यास पुस्तकालयों में धूल खा रहा है और किसी ने भी आज तक, सुन रही हैं ना आप, किसी ने भी आज तक इसका ज़िक्र नहीं किया। और यह स्वाभाविक

ही है, जैसा मैंने आपको बताया, क्योंकि किसी ने भी इसे नहीं पढ़ा है।

– और मैं?

– अकेला चना भाड़ नहीं फोड़ता।

– इस बात का आपके पास क्या सबूत है कि मेरे जैसे और चने नहीं हैं?

– हाथ कंगन को आरसी क्या? यदि आपकी तरह दूसरे लोगों ने मुझे पढ़ा होता—पढ़ने का मतलब है, आत्मसात् करके—तो कब से मैं जेल में होता। आप मुझसे एक दिलचस्प सवाल कर रही थीं, पर आश्चर्य है कि इतना आसान जवाब आपको नहीं सूझा। इस तरह से, बयालीस साल से एक हत्यारा फरार है। उसके अपराधों को अनदेखा कर दिया गया और वह एक विख्यात लेखक हो गया। ऐसी आराम की ज़िन्दगी का लुत्फ़ उठाने के बजाय यह पागल एक बेमतलब की बाज़ी लगाता है, क्योंकि इसमें उसकी हार ही हार है और हासिल कुछ भी नहीं होना है, कुछ भी हासिल नहीं होता तमाशे के सिवाय।

– मुझे अंदाज़ा लगाने दीजिये। वह साबित करना चाहता है कि उसे कोई नहीं पढ़ता।

– यह कहना बेहतर होगा कि वह साबित करना चाहता है कि वे गिने-चुने लोग भी जो उसे पढ़ते हैं—ऐसे लोगों का अस्तित्व है—जिन्होंने जैसे-तैसे पढ़ा होगा।

– यह स्पष्ट है।

– हाँ, देखिये। कुछ मुट्ठी भर खाली बैठे लोग, शाकाहारी, नौसिखिए, समीक्षक, कष्ट उठाने के लिए तैयार विद्यार्थी, या फिर उत्सुक लोग हैं जो किताब खरीदने के बाद उसे बिना पढ़े नहीं छोड़ते। ऐसे लोगों को मैं आज़माना चाहता था। मैं यह साबित करना चाहता था कि मैं बिना रोक-टोक के अपने विषय पर एक से बढ़कर एक बीभत्स चीज़ लिख सकता हूँ। आपने जिन सटीक शब्दों में मेरे आत्माभियोग को व्यक्त किया, वे सौ फ़ीसदी प्रामाणिक हैं। हाँ, मदम्वाज़ेल, आपकी एक-एक बात सही थी। इस किताब में कोई भी वृत्तांत काल्पनिक नहीं है। बेशक, पाठकों को रिआयत दी जा सकती है। कोई भी व्यक्ति मेरे बचपन के बारे में कुछ नहीं जानता। यह मेरी पहली भयानक किताब नहीं है, कैसे अनुमान लगाया जा सकता है कि मुझमें दैविक सौंदर्य रहा होगा, इत्यादि। पर मैं ताल ठोंककर कहता हूँ कि यह बहाना नहीं चलेगा। आपको मालूम है कि चौबीस साल पहले *एक अधूरा उपन्यास* के बारे में एक अख़बार में मैंने क्या समीक्षा

पढ़ी थी। 'प्रतीकों से भरी एक परी-कथा, आदम और हव्वा के प्रथम पाप और फिर मानवीय स्थिति का स्वप्नतुल्य रूपक।' देखिये, मैं आपको कह रहा था कि लोग मुझे बिना पढ़े पढ़ते हैं! मैं चाहूँ तो एक से बढ़कर एक आपत्तिपूर्ण सच्चाई लिख सकता हूँ, जहाँ लोगों को केवल रूपक दिखाई देंगे। इसमें कोई आश्चर्य की बात नहीं है। गोताखोर पोशाक से लैस छद्म पाठक मेरे रक्तरंजित वाक्यों को बिना छुए पाठ से गुज़र जाते हैं। वे रह-रहकर उल्लास से चिल्लाते हैं, ''कितना सुंदर प्रतीक है!'' इसे कहते हैं स्वच्छ पाठ। एक अद्भुत आविष्कार जिसे सोने से पहले बिस्तर पर प्रयोग में लाया जाता है। चैन भी मिल जाता है और चादर भी मैली नहीं होती।

– फिर, आपके हिसाब से क्या होना चाहिए था? क्या आपको कसाई घर में पढ़ा जाना चाहिए या बगदाद में, बमबारी के समय?

– हरगिज नहीं, अक्ल के दुश्मन। सवाल कहाँ पढ़ने का नहीं है, सवाल है कैसे पढ़ने का। मेरी इच्छा थी कि लोग मुझे बिना गोताखोर पोशाक पहने, बिना किसी व्याख्यात्मक चौखटे में डाले, बिना प्रतिरोधक का इस्तेमाल किये, सच पूछिये तो अर्थ की अधिकता या न्यूनता के बिना पढ़ें।

– आपको पता होना चाहिए कि ऐसे कोई भी नहीं पढ़ता।

– शुरुआत में मुझे इसकी जानकारी नहीं थी। पर, अब इस अद्भुत प्रतिपादन के सहारे, मेरा विश्वास कीजिये, मुझे पता है।

– तो, आपने कौन-सा तीर मार लिया? क्या यह हर्ष का विषय नहीं है कि जितने पाठक हैं, उतने ही पाठ हैं?

– आपके पल्ले कुछ नहीं पड़ा। न रहे पाठक और न ही रहा पाठ।

– हैं कैसे नहीं? आपके पढ़ने के तरीके से भिन्न दूसरे तरीके हैं, बस इतनी-सी बात है। केवल आपका पाठ ही क्यों स्वीकार्य हो?

– अच्छा, ठीक है। समाजशास्त्र की पाठ्य-पुस्तक का वाचन करना छोड़िये। वैसे मैं जानना चाहूँगा कि जिस शिक्षाप्रद स्थिति को मैंने अंजाम दिया है, उसके बारे में आपकी समाजशास्त्र की पाठ्य-पुस्तक का क्या कहना है? एक लेखक-हत्यारा दिनदहाड़े अपनी कलई खोल रहा है और कोई भी पाठक इतना होशियार नहीं है कि वस्तुस्थिति भाँप ले।

– समाजशास्त्री क्या कहते हैं, मैं इसकी परवाह नहीं करती और मैं यह

मानती हूँ कि पाठक एक सिपाही नहीं है और यदि इस पुस्तक के प्रकाशन के बाद किसी ने आपको तंग नहीं किया तो यह एक शुभ संकेत है। इसका मतलब है कि फ्रांसीसी क्रांति के दौरान विरोधियों को सज़ा-ए-मौत सुनाने वाले फुकिए-तैंव्हील जैसों का ज़माना लद चुका है। आज, लोग खुले दिमाग से सोचते हैं और सभ्य तरीके से पाठ करने में सक्षम हैं।

– हाँ, हाँ, मैं समझ गया। दूसरों की तरह आप भी गई-गुज़री हैं। ऐसा मानना मेरी बेवकूफ़ी थी कि आप जन-साधारण से अलग हैं।

– आप जो भी कहिये, मैं जन-साधारण से थोड़ी-बहुत अलग हूँ, क्योंकि उतने लोगों के बीच एक मैं ही थी, जिसने सच्चाई भाँप ली।

– चलिये, मान लिया कि आपमें सहज प्रतिभा की कमी नहीं है। इससे ज़्यादा कुछ नहीं। देखिये, आप मेरी उम्मीदों पर खरी नहीं उतर रही हैं।

– मतलब, आप एक तरह से मेरी तारीफ़ कर रहे हैं। क्या मैं यह मान लूँ कि कुछ ही क्षणों पहले मेरे बारे में आपकी राय बेहतर थी?

– हँसिये, खूब हँसिये। औरों की तरह आप भी घिसी-पिटी बातें करती हैं, पर आपमें एक गुण ऐसा है जो शायद ही कहीं देखने में आता है।

– मैं यह जानने के लिए उतावली हो रही हूँ।

– मुझे लगता है कि यह एक जन्मजात गुण है और यह कहते हुए मुझे राहत महसूस हो रही है कि आपकी वाहियात शिक्षा-दीक्षा इसका कुछ नहीं बिगाड़ सकी है।

– आखिर, कौन-सा गुण है यह?

– आप कम-से-कम पाठ करने में सक्षम हैं।

मौन।

– आपकी क्या उम्र होगी, मदम्वाज़ेल?

– तीस साल।

– लेयोपोल्दिन जिस उम्र में दिवंगत हुई थी, उसकी दोगुनी उम्र। नादान लड़की, आपके अपराध को कम करके आँका जा सकता है, क्योंकि आप हद से ज़्यादा दिन जी चुकीं।

– वह कैसे? भला मैंने कौन-सा अपराध किया है कि मुझे ऐसी मोहलत की ज़रूरत है। उल्टा चोर कोतवाल को डाँटे।

– देखिये, मैं आपकी स्थिति समझने की कोशिश कर रहा हूँ। मेरे सामने एक प्रखर बुद्धि का व्यक्ति है, जिसमें पाठ करने की अनूठी प्रतिभा है। तो, मैं सोच रहा हूँ कि ऐसी अच्छी-खासी प्रकृति को किसने बर्बाद कर दिया? अभी-अभी आपने एक जवाब दिया है—काल। तीस साल कम नहीं होते जीने के लिए।

– यह आप कह रहे हैं, जिनकी खुद इतनी उम्र है?

– मैं सत्रह साल की उम्र में मर चुका था, मदम्वाज़ेल। फिर मर्दों की बात और होती है।

– अब आए न असली मुद्दे पर।

– कटाक्ष करने की ज़रूरत नहीं है, नादान लड़की। आप अच्छी तरह जानती हैं कि यह सच है।

– क्या सच है? मैं दोटूक शब्दों में आपसे सुनना चाहती हूँ।

– बड़ी आयीं मुझसे दोटूक शब्दों में सुनने वालीं। सुनिये, मर्दों को सात खून माफ़ हैं। इस आखिरी मुद्दे पर, दूसरे लोगों की अपेक्षा मैं अधिक सटीक और स्पष्ट तरीके से बोल रहा हूँ। अधिकांश मर्द औरतों को एक लंबी मोहलत देकर उन्हें भुला देते हैं, उन्हें न मारकर बुज़दिली का परिचय देते हैं। ऐसी मोहलत मुझे असंगत लगती है और यहाँ तक कि औरतों के प्रति बेवफ़ाई लगती है। सच्चाई तो यह है कि लड़कियाँ जैसे ही औरत बनती हैं, जैसे ही उनका बचपन खत्म होता है, उन्हें मर जाना चाहिए। इस देरी के कारण औरतों को लगता है कि मर्दों को उनकी ज़रूरत है। अगर मर्द वाकई भद्र पुरुष होते, तो लड़कियों की पहली माहवारी शुरू होते ही उन्हें मार देते। लेकिन मर्द कभी इतने बाँके नहीं हुए। भद्र तरीके से औरतों का सफ़ाया कर देने के बजाय मर्द उन्हें दर-दर की ठोकरें खाने के लिए छोड़ देते हैं। मैं केवल एक ही ऐसे भद्र पुरुष को जानता हूँ जिसने औरतों के प्रति इतनी उदारता, सम्मान, प्रेम, निष्कपटता और शिष्टता का परिचय दिया है।

–और वह आप हैं।

– बिलकुल सही जवाब।

पत्रकार का सिर पीछे की तरफ़ झुका। रूखी हँसी रह-रहकर शुरू हुई। धीरे-धीरे हँसी तेज़ हुई, हर नयी लय के साथ-साथ सरगम के सुर चढ़ते हुए पंचम सुर लग गया, निरंतर, दमघोंटू। ऐसा लग रहा था कि वह हँसते-हँसते पागल हो जाएगी।

– आपको हँसी आ रही है?

– ...

हँसी थी कि रुकने का नाम ही नहीं लेती थी। बोलती तो आखिर बोलती कैसे?

– उन्मत्त हँसी। यह भी औरतों के पागलपन का लक्षण है। ऐसी स्थितियों में औरतें जिस तरह से हँसते-हँसते लोट-पोट हो जाती हैं, मैंने कभी किसी मर्द को नहीं देखा। इसमें ज़रूर गर्भाशय की भूमिका है। ज़िन्दगी की सारी गन्दगी गर्भाशय से आती है। मुझे लगता है कि छोटी लड़कियों का गर्भाशय नहीं होता, और अगर उन्हें होता भी है तो वह एक खिलौना होता है, गर्भाशय की एक अनुकृति। जैसे ही यह नकली गर्भाशय असली गर्भाशय का रूप अख्तियार करता है, लड़कियों को मार दिया जाना चाहिए, ताकि उन्हें इस भयानक और कष्टमय हिस्टीरिया से बचाया जा सके, जिसका अभी आप शिकार हैं।

– ओह।

बुरी तरह से थके-माँदे, बल खाए हुए पेट से यह 'ओह' की आवाज़ आई थी।

– नादान लड़की। आपके साथ बहुत अत्याचार हुआ है। आखिर, कौन है वह हरामज़ादा जिसने आपके वय:सन्धि प्राप्त करने पर आपको मारा नहीं? पर, हो सकता है कि उन दिनों आपका कोई सच्चा दोस्त नहीं रहा हो। ओफ़्फ़, कहीं ऐसा तो नहीं कि लेयोपोल्दिन एक इकलौती भाग्यशाली लड़की थी!

– बंद कीजिये। बहुत हो गया अब।

– मैं आपकी प्रतिक्रिया समझ सकता हूँ। देर से सच्चाई जानना, अचानक से अपनी मायूसी का संज्ञान होना, इन सबसे आपको गहरा धक्का लगा होगा। आपके गर्भाशय को झटके खाने से फ़ुर्सत नहीं होगी। नासमझ लड़की। कायर मर्दों के द्वारा जीवित छोड़ दी गई लाचार प्राणी! विश्वास कीजिये, मुझे आपसे सहानुभूति है।

– ताश साहब, मैं जितने भी लोगों से मिली हूँ, उनमें आप सबसे अद्‌भुत और मज़ाकिया हैं।

– मज़ाकिया? मैं समझा नहीं।

– आपकी दाद देनी होगी। ऐसे सिद्धान्त को ईजाद करना जो एक ही

साथ अजीब भी हो और सुसंगत भी, निराला है। पहले, मुझे लगा कि आप मुझे मामूली पुरुषवादी बकवास सुनाएँगे। पर, आप तो छुपे रुस्तम निकले। आपकी व्याख्या एक ही साथ स्थूल भी है और सूक्ष्म भी। बस औरतों का नामोनिशान मिटा देना चाहिए, है ना?

– यह भी कोई पूछने की बात है? औरतों का अस्तित्व में न होना औरतों के हक में रहेगा।

– यह समाधान कितनी बुद्धिमत्तापूर्ण है! यह विचार किसी के दिमाग में आया क्यों नहीं?

– मेरे ख़याल से यह सोच कोई नई नहीं है, पर मुझसे पहले किसी को इतनी हिम्मत नहीं हुई कि इस योजना को क्रियान्वित करे। वैसे, यह विचार हर ऐरे-गैरे नत्थू खैरे के दिमाग में आता है। नारीवादी और नारीवाद के विरोधी मानव जाति के घाव हैं, इलाज साफ़, साधारण और तर्कसंगत है, औरतों का सफ़ाया कर देना चाहिये।

– ताश साहब, आपका जवाब नहीं। आपकी दाद देनी होगी और आपसे मिलकर मैं धन्य हो गयी।

– आपको सुनकर आश्चर्य होगा कि मैं भी आपसे मिलकर हर्षित हुआ।

– आप गंभीरता से बात नहीं कर रहे हैं।

– मैं बिलकुल गंभीर हूँ। पहली बात कि आप मुझे इस रूप में पसंद करती हैं जैसा मैं हूँ, ना कि जैसा आप मेरे बारे में कल्पना करती हैं। यह अच्छा पहलू है। और फिर मैं जानता हूँ कि मैं आपके किसी काम आ सकता हूँ। यह सोचकर मुझे खुशी मिलती है।

– कौन-सा काम?

– कौन-सा काम? आपको नहीं पता? आपको बखूबी पता है।

– क्या मैं यह समझूँ कि आप मेरा भी खात्मा करना चाहते हैं?

– मुझे विश्वास होने लगा है कि आप इसके योग्य हैं।

– बहुत भारी प्रशंसा है, ताश साहब, और यकीन मानिये कि मैं इसके बोझ तले दब जाऊँगी, मगर...

– दरअसल, आपका चेहरा लाल हो रहा है।

– मगर आप मेरे लिए इतना कष्ट क्यों कर रहे हैं?

– क्यों कर रहा हूँ? मुझे लगता है कि आप इसके योग्य हैं। शुरुआत में आप मुझे जैसी लगी थीं, उससे आप कहीं बेहतर हैं। मुझे तीव्र इच्छा हो रही है कि मैं आपके परलोक सिधारने में आपकी मदद करूँ।

– मैं धन्य हो गई, पर ज़हमत मत उठाइये! मैं नहीं चाहती कि मेरी वजह से आपको कोई मुश्किल पेश आए।

– देखिये, मदम्वाज़ेल, मुझे कोई खतरा नहीं है। मैं केवल डेढ़ महीने ज़िन्दा रहूँगा।

– मैं नहीं चाहती कि मेरी गलती से मरणोपरांत आपकी प्रतिष्ठा पर आँच आए।

– प्रतिष्ठा पर आँच? इस नेक कार्य से भला मेरी प्रतिष्ठा पर आँच क्यों आएगी? उल्टे लोग कहेंगे, "मरने से दो महीने के अंदर भी प्रेतेक्सता ताश नेक काम करता रहा।" मैं मानवता के लिए उदाहरण पेश कर जाऊँगा।

– ताश साहब, मानवता इस नेक कार्य को नहीं समझेगी।

– अफ़सोस, कहीं एक बार फिर आपकी बात सही न हो। मगर, मानवता और अपनी प्रतिष्ठा की मैं परवाह नहीं करता। देखिये, मदम्वाज़ेल, मुझे आपके प्रति इतनी श्रद्धा है कि मैं आपको चाहता हूँ और बस आपकी खातिर निष्काम भाव से एक पुण्य का काम करना चाहता हूँ।

– मुझे लगता है कि आप मुझमें कुछ ज़रूरत से ज़्यादा ही श्रद्धा रखते हैं।

– मैं नहीं मानता।

– ताश साहब, अपनी आँखें खोलिये, आपने ही कहा था ना कि मैं बदसूरत, बेवकूफ़, छछूंदर और न जाने क्या-क्या हूँ? मेरा औरत होना मेरी बेइज़्ज़ती करने के लिए काफ़ी नहीं है क्या?

– सैद्धान्तिक रूप से, आपने जो भी कहा वह सच है। पर, कुछ-कुछ होता है, मदम्वाज़ेल। सिद्धान्त काफ़ी नहीं होता। अभी मैं समस्या के दूसरे पहलू से जूझ रहा हूँ और मेरे मन में ऐसे मधुर भाव आ रहे हैं जो पिछले 66 वर्षों में आज तक नहीं आए।

– होश में आइये, ताश साहब, मैं लेयोपोल्दिन नहीं हूँ।

– आप लेयोपोल्दिन नहीं हैं। हालाँकि, आप उससे बिलकुल कटी हुई भी नहीं हैं।

– वह बला की खूबसूरत थी और आप मुझे बदसूरत समझते हैं।

– यह उतना सही नहीं है। आपकी बदसूरती में थोड़ी-सी खूबसूरती भी है। किसी-किसी पल आप सुंदर लगती हैं।

– किसी-किसी पल।

– ये पल एक युग हो सकते हैं, मदम्वाज़ेल।

– आप मुझे बेवक़ूफ़ समझते हैं, आप मुझे पसंद नहीं कर सकते।

– आप अपनी बेइज़्ज़ती करवाने पर क्यों तुली हुई हैं?

– सीधी-सी वजह है। मैं नहीं चाहती कि मेरी हत्या एक नोबेल पुरस्कार विजेता के हाथों हो।

ऐसा लगता था जैसे मोटूमल अचानक से ठंडे पड़ गए हों।

– शायद आप रसायनशास्त्र के नोबेल पुरस्कार विजेता के हाथों मरना पसंद करतीं? उन्होंने ठंडे स्वर में कहा।

– आप अच्छा मज़ाक कर लेते हैं। देखिये, मुझे अपनी हत्या करवाने का कोई शौक नहीं है, चाहे नोबेल पुरस्कार विजेता के हाथों हो या किसी किराने की दुकानवाले के हाथों।

– तो क्या मैं यह मान लूँ कि आप अपने ही हाथों अपना काम तमाम करेंगी?

– ताश साहब, यदि मुझे आत्महत्या करने की इच्छा होती तो मैं बहुत पहले कर चुकी होती।

– अच्छा। शायद आपको लगता है कि यह इतना आसान है?

– मुझे कुछ नहीं लगता, मैं इसके पचड़े में नहीं पड़ना चाहती। यों समझ लीजिये कि मुझे मरने की इच्छा नहीं है।

– आप गंभीरता से बात नहीं कर रही हैं।

– जिजीविषा क्या इतनी बुरी बात है?

– जिजीविषा से अधिक प्रशंसनीय कुछ नहीं है। पर आप जी नहीं रहीं, नासमझ लड़की! और कभी जियेंगी भी नहीं। आपको नहीं पता कि लड़कियों

की मौत उसी दिन हो जाती है जब उन्हें वय:सन्धि प्राप्त हो जाती है, जब उनमें प्रसव क्षमता आ जाती है। उससे भी बुरी बात है कि वे जीते-जी मर जाती हैं। वे मौत के खूबसूरत घाट पर उतरने के लिए ज़िन्दगी का साथ नहीं छोड़तीं, बल्कि एक क्षुद्र और नीच क्रिया के कष्टमय और हास्यास्पद संयोजन के लिए ऐसा करती हैं। वे हर काल, हर वृत्ति में इस क्रिया का संयोजन करते नहीं थकतीं। वे इस क्रिया को तोड़ती-जोड़ती हैं और इससे कभी बाहर नहीं निकल पातीं।

– आखिर, कौन-सी क्रिया है यह?

– गंदे अर्थ में कहें तो इसका नाम है, प्रजनन क्रिया, पर आप चाहें तो इसे अण्डोत्सर्ग कह सकती हैं। यह न तो मरना है, न ही जीना, न ही उनके बीच की स्थिति। इसका कोई और नाम नहीं, बस उसे औरत कहते हैं। बेशक, शब्दावली की परम्परागत बदनीयती देखिये कि इसने ऐसी दुर्दशा का नाम नहीं रखा।

– आप किस दम पर दावा करते हैं कि आप औरतों के जीवन के बारे में जानते हैं?

– अजी, औरतों की जीवनहीनता कहिये।

– जीवन या जीवनहीनता, आप इसके बारे में कुछ नहीं जानते।

– जान लीजिये, मदम्वाज़ेल, कि बड़े-बड़े लेखक परकाया प्रवेश करते हैं। किसी शख्स के मानसिक जगत में गहरे पैठने के लिए लेखकों को न ही समाधि लगाकर हवा में लटकने की आवश्यकता होती है और न ही अभिलेखों की खाक छानने की। दूसरे के विचार की रूप-रेखा तैयार करने के लिए उन्हें सिर्फ़ कागज़ और कलम की ज़रूरत होती है।

– यह आपकी सोच है। महाशय, यदि मैं आपके बेवकूफ़ी भरे निष्कर्षों के आधार पर आपके सिद्धान्तों का आकलन करूँ तो मुझे गड़बड़ी दिखाई देती है।

– नासमझ लड़की। आप नाहक मेरी आँखों में धूल झोंकने की कोशिश कर रही हैं। बल्कि, आप अपनी आँखों में धूल झोंकने की कोशिश क्यों कर रही हैं? क्या आप इस गलतफ़हमी में हैं कि आप खुश हैं? कब तक खुद को झूठा दिलासा देती रहेंगी? होश में आइये। आप खुश नहीं हैं। यह जीना कोई जीना नहीं है।

– आपको क्या मालूम?

– आपको स्वयं से यह सवाल पूछना है। आप जी रही हैं या नहीं, आप

खुश हैं या नहीं, यह आपको कैसे पता चलेगा? आपको यह भी ज्ञान नहीं कि सुख किस चिड़िया का नाम है। अगर आपने अपना बचपन धरती के स्वर्ग में बिताया होता, लेयोपोल्दिन और मेरी तरह...

– अच्छा, अच्छा, बस कीजिये। आप अपने बचपन को कुछ अजूबा मत समझिये। सारे बच्चे सुखी होते हैं।

– मैं ऐसा पक्के तौर पर नहीं कह सकता। पर यह तय बात है कि कोई भी बच्चा उतना सुखी नहीं रहा, जितने लेयोपोल्दिन और प्रेतेक्सता बचपन में थे।

पत्रकार का सिर फिर से पीछे की तरफ़ झुका और होश उड़ाने देने वाली हँसी फूट पड़ी।

– इसमें फिर से आपके गर्भाशय का दोष है। अच्छा तो यह बताइये कि मैंने हँसने वाली ऐसी कौन-सी बात कह दी?

– माफ़ कीजियेगा, इन नामों में ही ऐसा कुछ है... खास तौर से आपका नाम!

– अच्छा? आपको मेरे प्रथम नाम से कोई शिकायत है?

– शिकायत तो नहीं है। पर प्रेतेक्सता जैसा नाम! कसम से मज़ाक लगता है। मैं सोचती हूँ कि आपके माता-पिता के दिमाग में किस कीड़े ने काटा था कि उन्होंने आपका ऐसा नाम रखने का फ़ैसला ले लिया।

– खबरदार जो मेरे माता-पिता के बारे में भला-बुरा कहा तो। और मैं सच कहूँ तो प्रेतेक्सता के नाम में मुझे कुछ हास्यास्पद नहीं लगता। यह एक ईसाई नाम है।

– सचमुच? तब तो यह और भी हास्यास्पद है।

– धर्म का उपहास मत कीजिये, पापी औरत कहीं की! मेरा जन्म 24 फरवरी को हुआ था, संत प्रेतेक्सता के दिन। मेरे माता-पिता को कुछ और नहीं सूझा तो उन्होंने कैलेंडर देखकर मुझे यह नाम दे दिया।

– भगवान बचाए! इसका मतलब है कि अगर आपका जन्म पैनकेक दिवस पर हुआ होता, तो आपका नाम पैनकेक होता या फिर, बस केक होता?

– ईश्वर-निंदा मत कीजिये, गंदी नाली के कीड़े! अज्ञानी औरत, जान लीजिये कि संत प्रेतेक्सता छठी शताब्दी में रूओं के प्रधान पादरी थे। वे तूर के बिशप और इतिहासकार ग्रेगवार के मित्र थे जिनका नाम स्वाभाविक है कि आपने

नहीं सुना होगा। प्रेतेक्सता की कृपा से मेरोव्हैंज़ियन राजवंश अस्तित्व में आया, क्योंकि उन्होंने ही अपनी जान पर खेलकर ब्रुनहो में राजा मेरोव्हे की शादी करायी थी, जिनके नाम से यह वंश विख्यात हुआ। यह सब मैं आपको इसलिए बता रहा हूँ कि आप ऐसे लब्धप्रतिष्ठित नाम पर न हँसें।

– मुझे समझ में नहीं आता कि आपके इस ऐतिहासिक विवरण देने भर से आपका प्रथम नाम कम हास्यास्पद कैसे हो जाता है। उसी तरह आपकी ममेरी बहन का नाम कुछ कम हास्यास्पद नहीं है।

– क्या? आपकी यह मजाल कि आप मेरी कज़िन के नाम की खिल्ली उड़ाएँ? ज़ुबान पर लगाम लगाइये। क्षुद्रता की भी कोई हद होती है। आपको गुड़ और गोबर में फ़र्क करना नहीं आता। लेयोपोल्दिन सबसे सुंदर, सबसे श्रेष्ठ, सबसे आकर्षक, सबसे मर्मभेदी नाम है।

– ओह।

– बिलकुल। मैं केवल एक नाम जानता हूँ जो लेयोपोल्दिन के कुछ आस-पास ठहरता है—वह है आदेल।

– क्या बात है! क्या बात है!

– पिता के रूप में विक्तर ह्यूगो में कई कमियाँ थीं, पर एक बात पक्की है। उनकी पसंद की तारीफ़ करनी होगी। उनकी कृति में आत्म-छलना ज़रूर है, पर उनकी कृति सुंदर और भव्य है। और उन्होंने अपनी दो बेटियों को सबसे शानदार नाम दिये। आदेल और लेयोपोल्दिन की तुलना में सारे नाम ओछे लगते हैं।

– पसंद अपनी-अपनी।

– अजी, नहीं। आप मूर्ख हैं! आप जैसे लोगों की, आम लोगों की, लुच्चे-लफ़ंगों की, सड़कछाप लोगों की, मामूली लोगों की पसंद की किसे फ़िक्र है? केवल प्रतिभा के धनी विक्तर ह्यूगो और मेरे जैसे लोगों की पसंद-नापसंद मायने रखती है। फिर, आदेल और लेयोपोल्दिन ईसाई नाम हैं।

– तो क्या हुआ?

– अच्छा तो मदम्वाज़ेल उस नयी भीड़ का हिस्सा हैं जो गैर-ईसाई नाम पसंद करती हैं। आप जैसे लोग अपने बच्चों के नाम रखते हैं—कृष्णा, एलोहिम, अब्दुल्ला, अखेनातो, क्यों? बेढंगे नाम हैं। मुझे ईसाई नाम पसंद हैं। वैसे, आपका क्या नाम है?

– नीना।

– बेचारी।

– भला बेचारी क्यों?

– एक और लड़की जिसका नाम न तो लेयोपोल्दिन है और न ही आदेल। दुनिया बहुत जालिम है। आपको नहीं लगता?

– अब आप अनाप-शनाप बकने पर उतारू हो गए हैं।

– अनाप-शनाप? मैं बहुत पते की बात कह रहा हूँ। अपना नाम आदेल या लेयोपोल्दिन न होना बेहद नाइंसाफ़ी है, एक आदिम त्रासदी है, खास तौर पर आपके लिये, क्योंकि आपका नाम एक गैर-ईसाई नाम है...

– बस कीजिये। नीना एक ईसाई नाम है। संत नीना दिवस 14 जनवरी को होता है, आपके प्रथम साक्षात्कार के दिन।

– मैं सोच रहा हूँ कि महज़ इस संयोग से आप क्या साबित करना चाहती हैं।

– इतना भी संयोग नहीं है। मैं 14 जनवरी को छुट्टियों से लौटी और उसी दिन मुझे आपकी आसन्न मृत्यु के बारे में पता चला।

– तो? आप सोच रही हैं कि इससे हमारे बीच कोई तार जुड़ती है?

– मैं कुछ नहीं सोच रही। पर, कुछ मिनट पहले आप कोई और राग अलाप रहे थे।

– हाँ, मैं आपको आसमान पर चढ़ा रहा था। उसके बाद से आप मेरी उम्मीदों पर खरी नहीं उतरीं। आपके नाम को जानना मेरे लिए आकस्मिक दुर्घटना थी। अब आप मेरे लिए रास्ते की धूल हैं।

– जान बची तो लाखों पाए।

– आपका मृतप्राय जीवन सुरक्षित रहेगा। आप ऐसे जीवन का अचार डालेंगी क्या?

– बहुत कुछ कर सकती हूँ, जैसे इस भेंटवार्ता को समाप्त कर सकती हूँ।

– बहुत खूब। जबकि मैं अपनी सिद्धि के बल पर आपका दैवीकरण कर सकता था।

– हाँ, तो देवी बनाने के लिए आप मेरी जान लेने की स्थिति में हैं ही

कहाँ? सत्रह साल के एक फुर्तीले लड़के के लिए एक छोटी-सी बच्ची, जो आपसे प्यार करती हो, की हत्या करना आसान है। मगर एक अपाहिज बुड्ढे के लिए एक ऐसी लड़की की हत्या करना एक चुनौती है, जो आपकी विरोधी हो।

– मैं भोले मन से सोच रहा था कि आप मेरी विरोधी नहीं हैं। अगर आप मुझे लेयोपोल्दिन की तरह प्यार करतीं, जैसे लेयोपोल्दिन मुझसे करती थी, उसकी तरह मेरी बात मानतीं तो मैं बूढ़ा, मोटा और अपाहिज होने से नहीं घबराता...

– ताश साहब, सच्चाई जानना मेरे लिए ज़रूरी है। क्या लेयोपोल्दिन सचमुच होशो-हवास में आपसे राज़ी थी?

– अगर आपने देखा होता कि उसने कैसे सीधे मन से अपने आपको समर्पित कर दिया, तो आप मुझसे यह सवाल नहीं पूछतीं।

– फिर भी, यह जानना चाहिए कि वह आपके अधीन क्यों थी। क्या आपने उसे कोई नशीला पदार्थ खिलाया था, प्रेरित किया था, नसीहत दी थी या उसकी पिटाई की थी?

– नहीं, नहीं, नहीं, बिलकुल नहीं। मैं उसे प्यार करता था, जैसे आज भी करता हूँ। हद से ज़्यादा प्यार करता था। यह ऐसा उत्कृष्ट किस्म का प्यार है, जिसे न तो आप, न कोई और आज तक जान पाया है। अगर आपको ऐसे प्यार की जानकारी होती तो आप मुझसे ऐसे बेतुके सवाल नहीं पूछतीं।

– ताश साहब, इस कहानी का कोई दूसरा संस्करण भी हो सकता है, क्या यह कल्पना करना आपके लिए असंभव है? यह तो स्पष्ट है कि आप खुद से बहुत प्यार करते हैं। पर इससे यह अर्थ नहीं निकाला जा सकता कि लेयोपोल्दिन मरना चाहती थी। अगर उसने चुपचाप सब स्वीकार कर लिया तो शायद केवल इसलिए कि वह आपसे प्यार करती थी, इसलिए नहीं कि उसे मरने की इच्छा थी।

– एक ही बात है।

– एक ही बात नहीं है। वह आपको शायद इतना प्यार करती थी कि आपकी बात काटना नहीं चाहती थी।

– मेरी बात काटना! ऐसे अलौकिक क्षण की अभिव्यक्ति के लिए घरेलू झगड़े की शब्दावली का प्रयोग करने के लिए मैं आपकी तारीफ़ करता हूँ।

– अलौकिक होगा आपके लिए, शायद उसके लिए नहीं। जो क्षण आपने

भावातिरेक में जिया, वह क्षण शायद उसने समर्पण में बिताया।

– देखिये, यह जानने के लिए मैं बेहतर स्थिति में था कि नहीं?

– अब मेरी बारी है आपको कहने की कि इससे ज़्यादा अनिश्चित कुछ भी नहीं है।

– हद कर दी आपने! लेखक मैं हूँ या आप?

– आप हैं, और यही वजह है कि मुझे आप पर विश्वास नहीं हो रहा है।

– अगर मैं मौखिक तरीके से आपको बयान करता तो आपको विश्वास होता?

– पता नहीं। कोशिश करके देखिये।

– अफ़सोस, यह आसान नहीं है। मैंने इस क्षण के बारे में इसलिए लिखा क्योंकि इसके बारे में बोलना असंभव था। कलम वहाँ से चलनी शुरू होती है जहाँ ज़ुबान रुकती है और अनकही से कही की तरफ़ का रास्ता एक बड़ा रहस्य है। जब ज़ुबान रुकती है, तो कलम चलती है और जब कलम रुकती है, तो ज़ुबान चलती है, और दोनों किसी बिन्दु पर मिलते नहीं हैं।

– ये विचार काबिले-तारीफ़ हैं, ताश साहब, पर मैं आपको याद दिला दूँ कि यह एक हत्या का मुद्दा है, साहित्य का नहीं।

– दोनों में कोई अंतर है क्या?

– वही अंतर है जो आपराधिक मामलों की सुनवाई करने वाले फ़ौजदारी न्यायालय और फ्रेंच भाषा के आधिकारिक प्राधिकरण फ्रेंच अकादमी में है।

– फ़ौजदारी न्यायालय में और फ्रेंच अकादमी में कोई अंतर नहीं है।

– मज़ेदार है, पर आप विषय से भटक रहे हैं, ताश साहब।

– आपकी बात सही है। पर अपनी ज़िन्दगी के बारे में बयान करना! समझने की कोशिश कीजिये, मैंने अपनी ज़िन्दगी के बारे में कभी बात नहीं की है?

– हर चीज़ की शुरुआत होती है।

– 13 अगस्त 1925 की बात है।

– यह हुई ना एक ज़बरदस्त शुरुआत।

– लेयोपोल्दिन का जन्मदिन था।

– कितना दिलचस्प सुयोग है।

– आप अपनी ज़ुबान पर लगाम लगाएँगी? आप देख नहीं रहीं कि मैं कितने कष्ट में हूँ, मुझे शब्द नहीं मिल रहे?

– मैं देख रही हूँ और यह देखकर मुझे मज़ा आ रहा है। इस ख़याल से मुझे राहत मिलती है कि छियासठ साल बाद भी आपको अपने अपराध की याद सालती है।

– आप सारी औरतों की तरह क्षुद्र और प्रतिशोधी हैं। आपने सही फ़रमाया था कि *एक अधूरा उपन्यास* में केवल दो नारी पात्र हैं—मेरी नानी और मेरी मामी। लेयोपोल्दिन एक नारी पात्र नहीं थी, वह एक बच्ची, चमत्कारिक प्राणी, स्त्री–पुरुष भेद से इतर थी, बल्कि हमेशा से रही है।

– पर वह काम–क्रिया से इतर नहीं थी, जैसा कि आपकी किताब को पढ़ते हुए मैं समझ सकी।

– केवल हम जानते थे कि सहवास करने के लिए जननांगों का विकसित होना ज़रूरी नहीं होता। बल्कि वय:सन्धि प्राप्त कर लेने पर सारा मज़ा किरकिरा हो जाता है। इससे कामुकता, भावातिरेक और स्वच्छंदता में ह्रास होता है। बच्चे जितना अच्छा सहवास करते हैं, उतना अच्छा कोई नहीं करता।

– इसका मतलब कि आपने झूठ कहा कि आप कुँवारे हैं।

– नहीं, प्रचलित शब्दावली में मर्दों के लिए कुँआरेपन का खत्म होना तभी माना जाता है जब वह वय:सन्धि प्राप्त कर लेता है, जब उसमें प्रजनन क्षमता आ जाती है। मैंने तो वय:सन्धि के बाद सहवास कभी किया ही नहीं।

– मैं समझ रही हूँ कि आप एक बार फिर शब्दों से खिलवाड़ कर रहे हैं।

– बिलकुल नहीं। आप हैं कि इसके बारे में कुछ जानती नहीं। मगर बेहतर होगा कि आप मुझे बार–बार बीच में रोकना छोड़ दीजिये।

– आपने एक ज़िन्दगी को बीच में रोक दिया तो कुछ नहीं और आपके बतगुज्जन को बीच में कोई रोक दे तो आपको मिर्ची लगती है।

– अजी, रहने भी दीजिये, मेरा बतगुज्जन आपके लिए सुविधाजनक है। आपके व्यवसाय में अगर साक्षात्कार देने वाला ज़्यादा बोले तो आपका काम आसान हो जाता है।

– यह कुछ–कुछ सही है। तो 13 अगस्त 1925 का बतगुज्जन शुरू कीजिये।

– सन् 1925, 13 अगस्त का दिन। वह दुनिया का सबसे सुंदर दिन था।

मैं यह उम्मीद करने की हिमाकत करता हूँ कि हरेक मनुष्य की ज़िन्दगी में 13 अगस्त 1925 का दिन आए। एक तारीख से अधिक वह दिन एक प्रतिष्ठापन था। सबसे सुंदर गर्मी का सबसे सुंदर दिन, जब हल्की गर्मी थी और तेज़ हवा चल रही थी। भारी पेड़ों के नीचे हल्की हवा थी। अपनी दिनचर्या के हिसाब से डेढ़ घंटा सो लेने के बाद मैंने और लेयोपोल्दिन ने एक बजे रात में अपनी दिनचर्या शुरू की। कोई सोच सकता है कि ऐसी दिनचर्या की वजह से हम हमेशा थके-थके रहते होंगे। ऐसी स्थिति कभी भी पैदा नहीं होती थी। हम इडेन के बगीचे जैसी खुशहाली प्राप्त करने को इतने आतुर थे कि हमें ठीक से नींद नहीं आती थी। हवेली में आगजनी की घटना के बाद जब मैं 18 वर्ष का हुआ, तब कहीं जाकर मैं हर दिन 8 घंटे सोने लगा। जो लोग बेहद खुशनसीब या बेहद बदनसीब हैं, वे नींद की इतनी कमी नहीं झेल सकते। मैं और लेयोपोल्दिन, हम दोनों को जितना मज़ा जागने में आता था, उतना किसी और चीज़ में नहीं। गर्मियाँ और भी बेहतर होती थीं, क्योंकि हम रात बाहर गुज़ारते थे और एक धूसर रंग की डिज़ाइन वाली चादर, जो मैं हवेली से चुपके से उठा लाया था, में लिपटे भरे-पूरे जंगल में सोते थे। जो पहले जगता था, दूसरे को निहारता था और यह नज़र दूसरे को जगाने के लिए काफ़ी होती थी। 13 अगस्त 1925 को मैं सबसे पहले लगभग एक बजे जगा और उसने मेरे पास आने में देर नहीं की। हमारे पास वह सब कुछ करने के लिए काफ़ी समय था जिसके लिए हसीन रात दावत दे रही थी, वह सब जो धूसर रंग की डिज़ाइन वाली चादर में किया जा सकता था, जिसके मोती टूट-टूट कर गिर रहे थे और सूखे पत्ते गिरते जा रहे थे। यह सब हमें उस पादरी की मर्यादा के स्तर तक पहुँचा रहा था जो धार्मिक मर्म समझाता है। मुझे लेयोपोल्दिन को मर्मभेदी राजकुमारी कहकर पुकारना अच्छा लगता था। देखिये, उस उम्र में मैं इतना सुसंस्कृत, इतना आध्यात्मिक था, परन्तु मैं लीक से हट रहा हूँ...

– हाँ।

– हाँ, तो मैं कह रहा था कि उस दिन 1925 में अगस्त महीने की 13 तारीख थी। नीरव, स्याह, अनोखी मखमली रात। हालाँकि लेयोपोल्दिन का जन्मदिन था, पर हमारे लिए इसका कोई अर्थ नहीं था। पिछले तीन साल से समय से हमारा वास्ता नहीं रह गया था। हममें छटाँक भर भी बदलाव नहीं आया था, हम बस शानदार तरीके से लेटे हुए थे और इससे हमारी अव्यवस्थित कद-काठी में कोई बदलाव नहीं आया था, रोएँ नहीं निकले थे, गंधहीन थे और बच्चे जैसे थे। उस

दिन सुबह मैंने उसे जन्मदिन की मुबारकबाद भी नहीं दी थी। मुझे लगता है कि मैंने कुछ बेहतर किया था, गर्मी के मौसम को मैंने गर्मी का एक पाठ पढ़ाया था। मैं अपनी ज़िन्दगी में आखिरी बार सहवास कर रहा था। मैं इससे अनभिज्ञ था पर, जंगल को, बेशक, मालूम था क्योंकि वह एक बूढ़ी औरत की तरह हमें सहवास करते हुए चुपचाप देख रहा था। जब पहाड़ियों के पीछे से सूरज निकला तो बयार चलनी शुरू हुई, रात के बादल छँटने लगे और आसमान लगभग हमारी तरह निर्मल दीखने लगा।

– क्या गीतात्मक विवरण है!

– मुझे रोकिये नहीं। तो हम कहाँ थे?

– 13 अगस्त 1925, उगता हुआ सूरज, उत्तर सहवास काल।

– धन्यवाद, कलमघिस्सू साहिबा।

– यह तो मेरा कर्तव्य था, हत्यारे साहब।

– मुझे अपनी उपाधि आपकी उपाधि से बेहतर लगती है।

– मुझे अपनी उपाधि लेयोपोल्दिन की उपाधि से बेहतर लगती है।

– काश, उस सुबह आपने उसे देखा होता! वह दुनिया की सबसे खूबसूरत जीव थी, एक गोरी-चिट्टी, चिकनी, काले बाल और काली आँखों वाली, लम्बी-चौड़ी राजकुमारी। गर्मी के दिन थे, हम यदा-कदा ही हवेली के अंदर जाते थे, बाकी समय में हम निर्वस्त्र होते थे। क्षेत्र इतना विशाल था कि वहाँ कभी कोई नहीं दीखता था। इसके बाद दिन का अधिकांश समय हम झील में बिताते थे, चूँकि मेरा मानना था कि झील में वही गुण होते हैं जो माँ के पेट में बच्चे के इर्द-गिर्द तरल पदार्थ में होते हैं और अगर हम उसके प्रभाव को देखें तो यह बात इतनी असंगत नहीं लगती। पर कारण के बारे में कौन सोचता है। बस महत्त्वपूर्ण था रोज़मर्रे का चमत्कार, ठहरे हुए समय का चमत्कार, कम-से-कम हमें यही लगता था। 13 अगस्त 1925 को ऐसा मानने के लिए हमारे पास सारे कारण थे। हम भावशून्य होकर एक-दूसरे को एकटक देखते रहते थे। हर सुबह की तरह, उस सुबह मैंने झील में छलाँग लगायी और मैंने लेयोपोल्दिन को चिढ़ाया क्योंकि बर्फ़ीले पानी में उतरते-उतरते वह एक युग लगा देती थी। यह चिढ़ाना रोज़ का नियम था जिसमें मुझे मज़ा आता था, क्योंकि जब मेरी ममेरी बहन कुम्हलायी-सी, ठंडे पानी को देखकर खिलखिलाती हुई एक पैर पानी में रखकर खड़ी होती थी तो उसकी सुंदरता देखते ही बनती थी। पहले वह ऐसा दिखाती

थी मानो कभी पानी में नहीं उतर पाएगी और फिर धीरे-धीरे अपने जर्द पैर पानी में उतारती थी और मेरे पास आ जाती थी, जैसे शनैः-शनैः कोई बगुला काँपते हुए पानी में उतरता है। उसके होंठ नीले होते थे, उसकी बड़ी-बड़ी आँखों में त्रास होता था, डरी हुई और भी हसीन लगती थी। वह भयानक तरीके से हकला रही होती थी।

– दूसरे को सताकर मज़े लेना भयावह है!

– आप कुछ जानतीं-समझतीं नहीं हैं। अगर आपको आनंद के बारे में कुछ ज्ञान होता तो आप समझतीं कि डर, कष्ट और विशेषकर थरथराहट आनंद की शुरुआत होती है। जब वह मेरी तरह पानी में निमग्न हो जाती थी, तो डर की जगह प्रवाह होता था, कोमलता होती थी और पानी में ज़िन्दगी आसान होती थी। गर्मी की सुबह की तरह, उस सुबह हमने जमकर मटरगश्ती की। कभी हम पानी में परावर्तन से हरे हुए अपने शरीर को आँखें खोले देखते हुए साथ-साथ झील की तलछट तक जाते थे, कभी हम बाज़ी लगाकर सतह पर फुर्ती से तैरते थे। कभी हम विलो पेड़ की शाखा को पकड़कर छपछपाते हुए बच्चों की तरह बात करते थे, पर हमें बचपन की बहुत जानकारी होती थी। कभी हम बर्फ़ीले पानी के गहरे सन्नाटे में चित लेटकर आँखों से आसमान पीते थे। जब ठंड हमारी हड्डियों में घुस जाती थी, तब हम पानी में उभरी हुई चट्टानों पर आकर धूप में अपना शरीर सुखाते थे। 13 अगस्त की हवा विशेषकर सुखद थी और हमारा शरीर जल्दी-जल्दी सूख रहा था। लेयोपोल्दिन ने पानी में फिर से छलाँग लगा दी थी और वह उसी चबूतरे को पकड़े हुए थी जिस पर लेटकर मैं धूप सेंक रहा था। अब उसकी बारी थी मेरा मज़ाक उड़ाने की। मैं उसे ऐसे देख रहा हूँ जैसे कल की बात हो, पत्थर पर कोहनियाँ रखे, आड़ी-तिरछी कलाइयों पर ठुड्डी, गुस्ताख़ नज़रें, पैर के तरंग के साथ पानी में हिलते हुए लम्बे बाल। पानी के नीचे पैर शायद ही दीखते थे, पर सुदूर गोरे-चिट्टे पैर देखकर क़ुछ डर लगता था। हम बहुत खुश, बहुत अवास्तविक, प्यार में डूबे, बहुत सुंदर थे और ऐसा अंतिम बार हो रहा था।

– कृपा करके विरह-गीत मत गाइये। अगर यह आखिरी बार था तो इसमें आपकी गलती थी।

– तो? इससे दुःख कम तो नहीं हो जाता ना?

– उल्टे दुःख तो बढ़ जाता है, पर चूँकि आप इसके ज़िम्मेदार हैं, आपको

गिला-शिकवा करने का हक नहीं है।

– हक? आप ऐसा नहीं कह सकतीं। भाड़ में गया हक और इस प्रकरण में जो भी मेरी ज़िम्मेदारी हो, गिला-शिकवा तो हो ही जाता है। वैसे, इसमें मेरी हिस्सेदारी नहीं के बराबर है।

– अच्छा? उसका गला हवा ने दबाया था?

– मैंने दबाया था, पर इसमें मेरी गलती नहीं थी।

– आप यह कहना चाहते हैं कि अनजाने में उसका गला दब गया था?

– नहीं, बेवकूफ़, मैं कहना चाहता हूँ कि यह प्रकृति की, ज़िन्दगी की, हार्मोन की और इन सबकी खुराफ़ात थी। मुझे अपनी कहानी कहने दीजिये और अपना विरह-गीत गाने दीजिये। हाँ, तो मैं आपको लेयोपोल्दिन के गोरे पैर के बारे में बता रहा था। यह गोरापन रहस्यमय लगता था, विशेषकर जब वह गहरे पानी के नीचे से दीखता था। क्षैतिज स्थिति में संतुलन बनाए रखने के लिए मेरी कज़िन जब अपने लम्बे पैरों से छपाक-छपाक करती थी, तो पानी की सतह की ओर बारी-बारी से उठते हुए मैं उन्हें देखता था। पैर का निचला हिस्सा अभी पानी से ऊपर आता भी नहीं था कि पैर का ऊपरी हिस्सा पानी में धँसते हुए शून्य में विलीन हो जाता था, फिर दूसरे पैर की गोराई दीखती थी और यही क्रम चलता रहता था। 13 अगस्त 1925 को पत्थर के चबूतरे पर लेटे-लेटे यह मनोरम दृश्य देखते मैं नहीं थकता था। पता नहीं, कितना लम्बा पल था वह। एक असाधारण घटना ने रुकावट उत्पन्न की, जिसकी क्रूरता का सदमा मुझे अभी भी है। लेयोपोल्दिन के बैले नृत्य की वजह से, झील की गहराई से एक खास तरह का घनत्व लिए, किसी लाल तरल पदार्थ की पतली धारा निकली जो शुद्ध पानी में घुल नहीं पा रही थी।

– संक्षेप में कहें, तो रक्त था।

– आप कितनी फूहड़ हैं!

– और कुछ नहीं, आपकी कज़िन को पहली बार माहवारी हुई थी।

– आप कैसी घिनौनी बात कर रही हैं।

– इसमें घिनौना कुछ भी नहीं है, यह सामान्य-सी बात है।

– बिलकुल।

– यह रवैया आपको शोभा नहीं देता, ताश साहब। आपके जैसा आत्म-

छलना का शत्रु, अपरिष्कृत भाषा का कट्टर समर्थक, ऑस्कर वाइल्ड के नायक की तरह दोटूक शब्दावली सुनकर आहत हो रहा है। आप दोनों प्यार में दीवाने थे, पर इस प्यार का मतलब यह नहीं था कि लेयोपोल्दिन दूसरे मनुष्यों के सम्पर्क में नहीं थी।

– नहीं थी।

– कहीं मैं सपना तो नहीं देख रही, व्यंग्य कला में माहिर, लुई फेर्दिनां सेलीन की तरह कलम चलाने वाले, मानवीय मूल्यों की चीड़-फाड़ करने वाले मानव–द्वेषी, उपहास के तत्त्वज्ञानी भला ऊल–जुलूल हरकत वाले किशोर की तरह अनर्गल बात कैसे कर रहा है?

– चुप रहिये, मूर्तिभंजक। ये अनर्गल बातें नहीं हैं।

– अच्छा? हवेली में रहने वाले बच्चों का प्यार अभिजात वर्ग की अपनी कज़िन के प्यार में डूबा एक नाबालिग लड़का, समय के विरुद्ध लगायी गयी रूमानी बाज़ी, पौराणिक कथाओं वाले जंगल में निर्मल पानी की झील—ये सब अनर्गल बातें नहीं हैं, तो इहलोक में कोई भी बात अनर्गल नहीं है।

– यदि आप मुझे इस कहानी का अगला भाग सुनाने देंगी, तो आप समझेंगी कि यह अनर्गल प्रलाप नहीं है।

– आप जो भी कहेंगे, मैं मान लूँगी? यह इतना आसान नहीं होगा, क्योंकि अभी तक आपने मुझे जो बताया है, उससे मुझे घबराहट हो रही है। यह लड़का मानने के लिए तैयार नहीं है कि उसकी कज़िन की पहली माहवारी हुई है। यह बेहूदगी है। यह शुद्ध शाकाहारी सोच है, उन लोगों की तरह जो खून और माँस को देखकर ही घबरा जाते हैं।

– जो इसके बाद हुआ, वह शाकाहारी नहीं है, पर इसका बयान करने के लिए मुझे थोड़ी–बहुत चुप्पी की ज़रूरत है।

– वादा नहीं करती, बिना कोई प्रतिक्रिया दिये आपको सुनना मुश्किल है।

– जब तक मैं अपनी दास्तान पूरी न कर लूँ, तब तक कम–से–कम अपनी प्रतिक्रिया रोके रहिये। धत् तेरी की, मैं कहाँ था? आपकी वजह से मेरी कहानी का सूत्र छूट गया।

– पानी में रक्त।

– कसम से, मैं यही कह रहा था। झील का फीका हरा बर्फ़ीला पानी,

लेयोपोल्दिन के गोरे कंधे, मरकरी सल्फ़ेट की तरह उसके नीले होंठ और विशेषकर उसके निहायत अलसाये हुए पैर जिसके अतिसूक्ष्म आभास से वैसा आनन्द मिलता था, जैसे सुदूर ध्रुवीय प्रदेश में कोई आलिंगन करता हो। ऐसी निर्मलता के बीच अचानक से चटकीले लाल रंग का टपकना, ज़रा सोचिये, मुझे कितना झटका लगा होगा। नहीं, यह मानने वाली बात नहीं थी कि ऐसी जाँघों के बीच किसी घिनौने स्राव का स्रोत होगा।

– घिनौना!

– हाँ, मैं इसे घिनौना मानता हूँ। घिनौना तो वह देखने से ही था, जो उसका तात्पर्य था, वह और भी घिनौना था—भयानक प्रतिष्ठापन, मिथकीय जीवन से हार्मोन सम्बन्धी जीवन, शाश्वत जीवन से चक्रीय जीवन की ओर। कोई शाकाहारी ही होगा, जो ऐसे शाश्वत जीवन-चक्र से संतुष्ट होगा। मेरी नज़र में यह विरोधाभास है। मेरे लिये और लेयोपोल्दिन के लिए सनातनत्व केवल उत्तम पुरुष एकवचन में संभव है, और एकवचन में हम दोनों ही शामिल थे। शाश्वत जीवन-चक्र का अर्थ है कि एक तिहाई बारी-बारी से दुनिया छोड़ चुके लोगों की जगह लेने आते हैं। इस पद्धति का अर्थ है कि हमें इस स्वामित्व से संतुष्ट होना चाहिए, कि हमें इस अनाधिकार ग्रहण का मज़ा लूटना चाहिए। ऐसे लोगों के लिए, जो इस घिनौने मज़ाक का हिस्सा बनते हैं, मेरे मन में घृणा ही घृणा है। उनसे घृणा करने के पीछे यह कारण उतना प्रबल नहीं है कि वे पालतू कुत्ते की तरह अपने आपको समर्पित कर देते हैं, बल्कि यह है कि उनके खून में प्रेम की कमी होती है, क्योंकि अगर वे सच्चे मन से प्रेम करने में सक्षम होते, तो बिना रीढ़ की हड्डी वाले प्राणी की तरह घुटने नहीं टेकते। जिन्हें वे प्यार करने का दावा करते हैं, उन्हें कष्ट झेलते देख बर्दाश्त नहीं करेंगे। स्वार्थी किस्म की कायरता दिखाने के बजाय वे अपने प्रिय लोगों को गयी-गुज़री स्थिति से बचाने के लिए ज़िम्मेदारी लेंगे। झील के पानी में लेयोपोल्दिन के रक्त की धार का अर्थ था उसके सनातन अस्तित्व का अंत। और चूँकि मैं उसे बेहद प्यार करता था, तो बिना टाल-मटोल के मैंने उसे सनातनत्व को सौंपने का निश्चय किया।

– अब मुझे समझ में आ रहा है।

– आपका दिमाग ट्यूबलाइट की तरह काम करता है।

– मुझे धीरे-धीरे समझ में आ रहा है कि आप किस हद तक पागल हैं।

– फिर, जो आगे बयान करने जा रहा हूँ, उसके बारे में आप क्या कहेंगी?

– आपके रहते कुछ-न-कुछ बुरा ही होगा।

– मैं रहूँ या न रहूँ, बुरा ही होगा, पर मुझे लगता है कि मैंने कम-से-कम एक शख़्स के साथ बुरा होने से उसे बचा लिया। लेयोपोल्दिन को महसूस हुआ कि मैं उसे पीछे से एकटक देख रहा हूँ और वह मुड़ी। भयाक्रांत, आनन-फानन में वह पानी से बाहर निकली। वह पत्थर के चबूतरे पर मेरे बगल में आकर खड़ी हो गयी। रक्त की धारा कहाँ से निकली थी, इसके बारे में उसे कोई संदेह नहीं था। मेरी कज़िन को घिन आ रही थी और मुझे उसकी मनःस्थिति समझ में आ रही थी। इसके पहले तीन साल तक हमने कभी इस सम्भावना के बारे में बात नहीं की थी। ऐसी स्थिति में हम क्या बर्ताव करेंगे, इसके बारे में एक तरह से अनकही स्वीकृति थी। यह स्थिति इतनी अमान्य थी कि अपनी अचेतन अवस्था बरकरार रखने के लिए हमने एक अनकही स्वीकृति का निर्वाह करना बेहतर समझा।

– वही हुआ जिसका मुझे डर था। लेयोपोल्दिन ने आपसे कुछ नहीं कहा और आपने उसे 'अनकही स्वीकृति' के नाम पर मार दिया जो आपके खुराफ़ाती दिमाग की उपज थी।

– उसने मुझे साफ़-साफ़ कुछ भी नहीं कहा, मगर इसकी आवश्यकता नहीं थी।

– हाँ, यही बात तो मैं कह रही थी। अब कुछ ही पलों में आप मुझे अनकहे की महिमा का बखान करेंगे।

– तो आपके हिसाब से हमें क्या बकायदा एक कानूनी इकरारनामा करना चाहिए था?

– आपके आचरण का जो तरीका है, उससे तो कुछ भी बेहतर होता।

– आपने क्या पसंद-नापसंद किया होता, इसका कोई मतलब नहीं है। बस लेयोपोल्दिन के मोक्ष का सवाल था।

– बस लेयोपोल्दिन के मोक्ष के बारे में जो आपकी अवधारणा थी, उसका सवाल था।

– उसकी भी अवधारणा वही थी। मदम्वाज़ेल, इसका सबूत यही था कि हमने एक-दूसरे से कुछ नहीं कहा। मैंने उसकी आँखों को धीमे से चूमा और वह समझ गई। मानो उसे शांति मिल गयी हो, वह मुस्कुरायी। सब कुछ बहुत तेज़ी से हुआ। तीन मिनट बाद उसने अपने प्राण त्याग दिये।

– क्या, इस तरह, इतनी जल्दबाज़ी में? यह तो सरासर गलत है।

– तो आप क्या चाहती थीं कि यह संगीतमय नाटक की तरह दो घंटे चलता?

– मेरा मतलब है, इस तरह से कोई किसी की जान नहीं लेता।

– अजी नहीं? मुझे नहीं पता था कि किसी को मारने के लिए कुछ रीति-रिवाज़ का पालन करना होता है। हत्यारों के लिए कोई आचार-संहिता है क्या? पीड़ितों के लिए कोई दुनियादारी की नियम-पुस्तिका है क्या? मैं वादा करता हूँ कि अगली बार किसी को मारते समय मैं शिष्टाचार का ख़याल रखूँगा।

– अगली बार? भगवान भला करे, इसकी नौबत नहीं आएगी। अभी से आपकी बात सुनकर मुझे उबकाई आ रही है।

– अभी से? मुझे आपकी बात पर हैरानी हो रही है।

– तो आप उससे प्रेम करने का दावा करते थे और अंतिम बार उसे बिना कुछ बताए आपने उसका गला दबा दिया?

– उसे मालूम था। वैसे, मेरी प्रतिक्रिया इसका सबूत थी। अगर मैं उससे उतना प्रेम नहीं करता तो मैंने उसे नहीं मारा होता।

– आप कैसे आश्वस्त हो सकते हैं कि उसे मालूम था?

– हम इस बारे में कभी बात नहीं करते थे, हमारी आपसी समझ बहुत अच्छी थी, और हम बातूनी नहीं थे। पर मुझे गला दबाने की घटना का बयान करने दीजिये। इसके बारे में बताने का मुझे कभी मौका नहीं मिला, मगर इसके बारे में सोचना मुझे अच्छा लगता है। उस सुंदर दृश्य को एकांत में याद करके न जाने कितनी बार मैंने वे लम्हे फिर से जिये हैं।

– आप इस तरह से अपना मन बहलाते हैं!

– देखिये, कहीं आपको भी इसका चस्का न लग जाए।

– किस चीज़ का चस्का? आपकी यादों का या गला दबाने का?

– प्रेम का। अजी कृपा करके मुझे वाकया सुनाने दीजिये।

– जैसी आपकी इच्छा।

– हाँ, तो हम पत्थर के चबूतरे पर थे, झील के बीचोबीच। जैसे ही मौत का फ़ैसला लिया गया, जो अलौकिक आनंद दो मिनट के लिए हमसे छिनता

हुआ-सा लग रहा था, तीन मिनट के लिए हमें मिल गया था। हम पूरी तरह से सजग थे कि इडेन के बगीचे जैसे अलौकिक आनंद के लिए हमारे पास एक सौ अस्सी सैकेंड थे। हमें कुछ लुत्फ़ उठाना था, सो हमने लुत्फ़ उठाया। ओह, मैं जानता हूँ कि आप क्या सोच रही हैं कि अच्छी तरह से गला दबाए जाने का सारा श्रेय गला दबाने वाले को जाता है, वह उतना निष्क्रिय नहीं होता जितना हमें लगता है। क्या आपने वह एकदम घटिया फ़िल्म देखी है जिसमें लगभग 32 मिनट तक गला दबाया जाता है? अगर मुझे ठीक-ठीक याद है, तो एक बर्बर जापानी फ़िल्मकार ने वह फ़िल्म बनाई है।

– हाँ, ओशिमा की फ़िल्म—'इन द रेल्म ऑव सेन्सेज़' (In the Realm of Senses)

– गला दबाने का दृश्य बेकार है। मैं अपने अनुभव के आधार पर कह सकता हूँ कि ऐसा नहीं होता। अव्वल तो बत्तीस मिनट तक गला दबाने का दृश्य दिखाना रुचिकर नहीं है। सभी कला क्षेत्र एक तरह से इनकार करते हैं कि हत्याएँ चौकन्ना होकर तेज़ी से की जाती हैं। हिचकौक ने इसे समझा था। और फिर एक बात इस जापानी भाई साहब ने नहीं समझी—गला का दबाया जाना न ही इन्द्रियों को सुन्न करता है, न ही कष्टदायक होता है, बल्कि शक्तिवर्द्धक और स्फूर्तिदायक होता है।

– स्फूर्तिदायक? कितना अनपेक्षित विशेषण है! जब इतना कह रहे हैं, तो यह क्यों नहीं कहते कि विटामिन भी मिलता है?

– हाँ, हाँ, क्यों नहीं? जब हम किसी ऐसे व्यक्ति का गला दबाते हैं, जिससे हम प्यार करते हैं, तो हममें फिर से प्राण भर जाता है।

– आप तो ऐसे बोल रहे हैं, जैसे आप अक्सर ऐसा काम करते हैं।

– आप एक बार किसी काम को ज़िन्दगी में जी-जान लगाकर करें, तो फिर ज़िन्दगी भर उस काम को करते रह सकते हैं। इसके लिए ज़रूरी है कि महत्त्वपूर्ण दृश्य में सौंदर्य की पराकाष्ठा हो। इन जापानी भाई साहब को या तो पता नहीं होगा या फिर एकदम अनाड़ी होंगे, क्योंकि उनका गला दबाने वाला दृश्य भद्दा और हास्यास्पद भी था। गला दबाने वाली महिला ऐसी लगती है जैसे पंप चला रही हो और जिसका गला दबाया जा रहा है, ऐसा लगता है मानो उसे रोलर से रौंदा जा रहा है। यकीन मानिये, गला दबाने का मेरा तरीका भव्य था।

– ज़रूर होगा। हालाँकि मैं सोचती हूँ कि आपने गला दबाना ही क्यों

चुना? देखा जाय तो आप जहाँ थे, वहाँ डूबना ज़्यादा स्वाभाविक होता। वैसे जब अपनी कज़िन के माता-पिता के सामने आप शव लेकर आए थे, तो आपने उन्हें यही कारण बताया था? अगर गले के इर्द-गिर्द देखें तो आपकी कहानी मनगढ़ंत लगती थी। तो, उस बच्ची को आपने सीधे-सीधे डुबा दिया होता, क्यों?

– उत्तम प्रश्न है। 13 अगस्त 1925 को मैंने ऐसा सोचा भी। मेरे मन में बिजली की तरह एक विचार कौंधा। मैंने सोचा कि अगर दुनिया की सारी लेयोपोल्दिन पानी में डूबकर मरेंगी तो यह बनावटी लगेगा। ऐसा लगेगा जैसे किसी फ़ार्मूले पर आधारित थोड़ा-बहुत चलताऊ किस्म का है। चूँकि विक्टर ह्यूगो की बेटी लेयोपोल्दिन भी ऐसे ही पानी में डूबकर मरी थी, तो सीधे-सीधे यह विचार चुरा लेना पिता ह्यूगो की स्मृति के साथ न्याय नहीं होगा।

– तो, आपने डुबाने के विचार को त्याग दिया ताकि इसे किसी और घटना से न जोड़ा जाय। मगर कण्ठरूँधन भी आपको दूसरे संदर्भों से जोड़ता है।

– यह सच है, परन्तु इस मूल भाव पर अभी लोगों का ध्यान नहीं गया है। नहीं, कण्ठरूँधन के प्रति निश्चय का कारण था, मेरी कज़िन के गर्दन की सुंदरता। एक प्रशंसनीय रूप-रेखा लिये, उत्कृष्ट, लम्बी और लचकदार गर्दन, आगे से देखें या पीछे से। क्या बारीकी थी! मेरा गला दबाने के लिए कम-से-कम दो जोड़े हाथ की ज़रूरत होगी। उसके जैसी नाजुक गर्दन पर आसानी से पकड़ बन गयी!

– अगर उसकी गर्दन सुंदर नहीं होती तो आपने उसका गला नहीं घोंटा होता?

– पता नहीं। फिर भी, शायद मैंने ऐसा ही किया होता, क्योंकि मेरे हाथ में हुनर है। वैसे, कण्ठरूँधन किसी की जान लेने का सबसे सीधा तरीका है, जिसमें हाथ का इस्तेमाल होता है। गला घोंटने पर हाथ को एक बेजोड़ ऐन्द्रिक तृप्ति मिलती है।

– देखिये, यह स्पष्ट है कि आपने आनंद-प्राप्ति के लिए ऐसा किया। आपने उसे मोक्ष दिलाने के लिए उसका गला घोंटा, यह बात गले से नहीं उतरती।

– नासमझ लड़की, चूँकि आपको धर्मशास्त्र का ज्ञान नहीं, तो आपको माफ़ किया जा सकता है। पर, आप मेरी सारी किताबें पढ़ी होने का दावा कर रही हैं, तो आपको समझ में आना चाहिए। मैंने एक सुंदर उपन्यास लिखा है जिसका शीर्षक है *सहगामी ईश्वरी प्रभाव*। इसमें कहा गया है कि यदि काम सराहनीय है

तो ईश्वर की कृपा से हमें वह काम करते हुए परमानंद की प्राप्ति होती है। यह धारणा मेरे दिमाग की उपज नहीं है और सच्चे रहस्यवादी इसे अक्सर जानते हैं। तो, लेयोपोल्दिन का गला घोंटते हुए मुझे जो आनंद प्राप्त हुआ, वह सहगामी ईश्वरी प्रभाव था, जिससे मेरी प्रेमिका को मोक्ष प्राप्त हुआ।

– अब आप कहेंगे कि *एक अधूरा उपन्यास* एक कैथोलिक उपन्यास है।

– नहीं, यह एक शिक्षाप्रद उपन्यास है।

– तो मेरी शिक्षा पूरी कीजिये और अंतिम दृश्य का ब्यौरा दीजिये।

– बता रहा हूँ। सब कुछ इतनी आसानी से हुआ जैसे अति उत्कृष्ट कृति हो। लेयोपोल्दिन मेरी ओर मुँह करके मेरी गोद में बैठी। देखिये, कलमघिस्सू देवी जी, उसने ही पहल की थी।

– इससे कुछ भी साबित नहीं होता।

– जब मैंने उसकी गरदन को अपने हाथों से घेरा, शिकंजे में डाला तो क्या आपको लगता है कि उसे अचरज हुआ होगा? बिलकुल नहीं। आँखों में आँखें डाले हम मुस्कुरा रहे थे। यह विरह नहीं था, क्योंकि हम साथ मर रहे थे। 'मैं' का मतलब हम दोनों।

– रूमानी लगता है।

– है ना? आप कभी कल्पना भी नहीं कर सकतीं कि लेयोपोल्दिन कितनी सुंदर थी, विशेषकर उस पल। उन लोगों का गला नहीं घोंटना चाहिए जिनकी गर्दन कंधों से सटी होती है, इसमें सौंदर्य नहीं है। दूसरी तरफ़, अगर सुराहीदार गर्दन हो, तो कण्ठरूँधन शोभा देता है।

– आपकी कज़िन गला घोंटते समय सुडौल रही होगी।

– प्यारी थी। अपने हाथों के बीच मैंने उपास्थियों की नज़ाकत महसूस की, जो शनैः-शनैः स्वयं को समर्पित कर रही थीं।

– जिसने उपास्थियों को दबाकर जान ली है, उसकी मौत उपास्थियों के सहारे ही होगी।

मोटूमल ने पत्रकार को स्तब्ध होकर देखा।

– आपने अभी सुना, आपने क्या कहा?

– मैंने सोच-विचारकर यह कहा है।

– गज़ब! आप दूरदृष्टा हैं। मैंने क्यों नहीं आज तक ऐसा सोचा। हम पहले से जानते हैं कि हत्यारों के कैंसर में एल्तसेनवाइवरप्लात्स के संलक्षण थे। पर एक स्पष्टीकरण की कमी थी, वह मिल गई है। फ्रेंच गुयाना की राजधानी कायेन के दस अपराधियों ने अपने शिकार की उपास्थियों पर हमला किया था। हमारे प्रभु ने क्या खूब कहा था—जैसी करनी वैसी भरनी। आपकी वजह से आज मुझे मालूम हुआ, मदम्वाज़ेल, कि मुझे उपास्थि का कैंसर क्यों हुआ! मैं न कह रहा था कि धर्मशास्त्र विज्ञानों का विज्ञान है!

उपन्यासकार की स्थिति ऐसी थी, जैसे बीस वर्ष के शोध के पश्चात् कोई वैज्ञानिक अपने सिद्धान्त का सूत्र हाथ लगने से बौद्धिक भावातिरेक में आ जाता है। उनकी आँखों के सामने किसी अदृश्य परम तत्त्व का भेद खुल रहा था, उनके चर्बीदार ललाट पर पसीने की बूँदें चमक रही थीं।

– ताश साहब, मुझे अभी भी आपकी कहानी के अंत का इंतज़ार है।

वह दुबली-पतली युवती बुजुर्ग के मोटे थोबड़े को घृणा से देख रही थी।

– इस कहानी का अंत, मदम्वाज़ेल? मगर यह कहानी खत्म कहाँ, अभी तो शुरू हुई है! आपने ही तो यह कहानी मुझे समझाई है। उपास्थियों, हड्डियों का अद्भुत जोड़! जैसे शरीर में हड्डियाँ जुड़ती हैं, वैसे कहानी के तार जुड़ते हैं!

– कहीं आप बेसुध होकर बड़बड़ा तो नहीं रहे?

– बेसुधी, हाँ, अंत में सूत्र हाथ लगने के बाद बेसुधी! मदम्वाज़ेल, आपकी वजह से मैं आखिरकार, उस उपन्यास का अगला हिस्सा और शायद अंत लिखने के काबिल हो रहा हूँ। *एक अधूरा उपन्यास* के नीचे मैं एक उपशीर्षक जोड़ दूँगा—उपास्थियों की कथा। आपको नहीं लगता कि यह संसार का सबसे खूबसूरत घोषणा-पत्र होगा? पर मुझे जल्दी करनी होगी, मेरे पास लिखने के लिए बहुत कम समय है! हे भगवान, कैसी आपात् स्थिति है! अंतिम चेतावनी!

– आपकी जो इच्छा हो कीजिये, मगर कहानी का विस्तार लिखने के पहले आपको मुझे 13 अगस्त 1925 का अंत बयान करना होगा।

– यह एक विस्तार नहीं होगा, यह फ़्लैश-बैक होगा! मेरी बात समझिये—उपास्थियाँ मेरी खोयी हुई कड़ी हैं, उभयभावी कड़ी, जिसके सहारे मैं आगे भी जा सकता हूँ और पीछे भी, समय की सम्पूर्णता, अनंतकाल को प्राप्त कर सकता हूँ! आप मुझसे 13 अगस्त 1925 के अंत के बारे में पूछ रही थीं? मगर इस 13 अगस्त 1925 का कोई अंत नहीं है, क्योंकि उस दिन अनंतकाल की शुरुआत

हुई थी। इस तरह से आप समझती हैं कि आज 18 जनवरी 1991 है, आपको लगता है कि जाड़े का मौसम है और खाड़ी में लोग लड़ रहे हैं। यह गँवार लोगों की गलतफ़हमी है! पिछले साढ़े पैंसठ सालों से कैलेंडर रुका हुआ है! यह गर्मी का मौसम है और मैं एक सुंदर बच्चा हूँ।

– ऐसा तो नहीं लगता।

– ऐसा इसलिए है, क्योंकि आप मुझे गौर से नहीं देख रहीं। मेरे हाथों को देखिये।

मेरे सुंदर, बारीक हाथों को।

– मुझे मानना पड़ेगा कि यह सच है। आप मोटे और विकृत हैं, मगर आपके हाथ अभी भी सुघड़ हैं, जैसे किसी छोकरे के हाथ होते हैं।

– मैंने कहा था ना? स्वाभाविक रूप से यह एक संकेत है। इस कहानी में मेरे हाथों की भूमिका आवश्यकता से ज़्यादा है। 13 अगस्त 1925 के बाद से इन हाथों ने कभी गला घोंटना बंद नहीं किया। क्या आपको नहीं लगता कि इस पल जब मैं आपसे बात कर रहा हूँ, मैं लेयोपोल्दिन का गला दबाने में लगा हुआ हूँ?

– नहीं।

– नहीं कैसे? मेरे हाथ देखिये। मेरी उँगलियों की हड्डियाँ देखिये, जिनसे मैंने वह सुराहीदार गर्दन पकड़ी थी, उँगलियाँ देखिये जो उपास्थियों की मालिश कर रही हैं, स्पंज जैसे माँस-तंतु में घुस रही हैं, यह स्पंज जैसा माँस-तंतु पाठ बन जाएगा।

– ताश साहब, मैंने आपको रूपक का प्रयोग करते हुए रँगेहाथों पकड़ लिया है।

– यह रूपक नहीं है। आखिर पाठ क्या है? एक विशाल शाब्दिक उपास्थि ही तो है?

– आप जो भी कह लें, यह एक रूपक है।

– अगर आप चीज़ों को समग्र रूप से देखें, जैसे मैं इस पल देख रहा हूँ, तो आपको समझ में आएगा। रूपक एक ऐसी खोज है, जिसके सहारे मनुष्य टुकड़े-टुकड़े में देखी गयीं चीज़ों में सामंजस्य स्थापित करते हैं। जब विखंडन लुप्त हो जाता है, तो रूपकों का मतलब नहीं रह जाता। अंधी लड़की! एक दिन शायद आपको समग्रता प्राप्त होगी और आपकी आँखें खुल जाएँगी, जैसे साढ़े

पैंसठ साल के अंधेपन के बाद आखिरकार मेरी आँखें खुल रही हैं।

– कहीं आपको दर्द-निवारक गोली की तो आवश्यकता नहीं है, ताश साहब? आप खतरनाक ढंग से उत्तेजित लग रहे हैं।

– बहुत सारी बातें हैं। मैं भूल गया था कि इस मुकाम पर खुश रहा जा सकता है।

– खुश होने के लिए आपके पास क्या कारण है?

– मैंने आपको बताया—मैं इस वक्त लेयोपोल्दिन का गला घोंट रहा हूँ।

– और इसमें आपको खुशी मिलती है?

– बिलकुल। मेरी कज़िन सातवें आसमान से आ रही है। अगर मैं ठीक-ठीक देख पा रहा हूँ तो उसका सिर पीछे की तरफ़ झुका हुआ है, उसका मोहक मुख खुला हुआ है, उसकी बड़ी-बड़ी आँखें अनंतता को निगल रही हैं। अगर इसके विपरीत है, तो कुछ और बात है। उसके चेहरे पर एक भारी मुस्कुराहट है और देखिये, वह चल बसी, मैं पकड़ ढीली करता हूँ, मैं उसके शरीर को छोड़ देता हूँ जो झील में फिसल जाता है, चित तैरता रहता है, उसकी आँखें भावातिरेक में आसमान देख रही हैं, फिर लेयोपोल्दिन बहती हुई गायब हो जाती है।

– आप उसे खींचकर निकालने जा रहे हैं?

– तुरंत नहीं। सबसे पहले मैं सोचता हूँ कि मैंने किया क्या है।

– आप अपने आप से खुश हैं?

– हाँ, मैं ठठाकर हँसता हूँ।

– आप हँस रहे हैं?

– हाँ, मुझे लगता है कि आम तौर से हत्यारे दूसरों का खून बहाते हैं, जबकि मैंने उसके रक्तस्राव को बंद करने के लिए, बिना खून बहाए उसकी जान ले ली। मैंने उसे मूल अमरत्व, रक्तविहीन अमरत्व दिलाने के लिए जान ले ली। इस अंतर्विरोध पर मुझे हँसी आ रही है।

– आपका हास्यबोध आश्चर्यजनक रूप से बीभत्स है।

– फिर, मैं झील को देखता हूँ, जिसकी सतह को हवा ने समरूप कर दिया है, लेयोपोल्दिन के गिरने से चक्कर मार कर पानी पूरी तरह से थम गया है। मैं सोचता हूँ कि उसके शव पर इससे बेहतर कफ़न क्या डाला जा सकता

है! अचानक से मुझे विलकिए में विक्टर ह्यूगो की बेटी लेयोपोल्दिन के डूबने की बात याद आती है और मैं गुरुमंत्र का ध्यान करता हूँ, 'प्रेतेक्सता, ध्यान रहे, किसी फ़ार्मूले के पीछे नहीं जाना, विचार चुराना नहीं।' सो मैं छलाँग लगाता हूँ, झील की गहराई तक जाता हूँ, जहाँ मेरी कज़िन अपेक्षित है, अभी भी वह मुझसे इतनी नज़दीक और जलमग्न अवशेष की तरह अज्ञेय है। उसके लम्बे बाल उसके चेहरे से ऊपर तैर रहे हैं और मेरे लिए उसकी रहस्यमयी मुस्कुराहट है, यूनानी मिथक के अटलांटा की तरह जो सदैव खुश रहती थी।

लम्बी चुप्पी।

– फिर?

– अरे फिर... मैं उसे सतह पर लाता हूँ और शैवाल की तरह उसके हल्के और लचीले शरीर को बाँहों में लेता हूँ। मैं उसे हवेली में ले जाता हूँ, जहाँ दो नंगी आकृतियों का आगमन एक मनोरम दृश्य उपस्थित करता है। जल्दी ही उनका ध्यान लेयोपोल्दिन की ओर जाता है जो मुझसे भी ज़्यादा नग्न है। शव से ज़्यादा नग्न कोई क्या हो सकता है? फिर क्या, नौटंकी शुरू होती है, चीखना-चिल्लाना, रोना-पीटना, हाय-तौबा मचाना, पानी पी-पीकर किस्मत को, मेरी लापरवाही को कोसना और फिर मायूसी का छा जाना, मानो किसी गए-गुजरे कलमघिस्सू लेखक की कोई फूहड़ रचना हो। जैसे ही मैं चीज़ों को व्यवस्थित करना छोड़ देता हूँ, तस्वीर अत्यंत अरुचिकर आकार ग्रहण करने लगती है।

– आप समझ सकते हैं कि उन पर क्या आफ़त आई होगी, विशेषकर पीड़िता के माता-पिता पर।

– आफ़त, आफ़त... यह मुझे अतिशयोक्ति लगती है। लेयोपोल्दिन उनके लिए एक मनोहर और अलंकृत विचार मात्र थी। उनका लेयोपोल्दिन से शायद ही कभी मिलना होता था। तीन साल से हम लगभग जंगल में जीवन बसर कर रहे थे, पर उन्होंने कभी हमारी सुध नहीं ली। देखिये, ये हवेली के निवासी पारम्परिक बिम्बों की दुनिया में जी रहे थे। इस घटना को उन्होंने ऐसे दृश्य की तरह समझा था जिसका विषय था 'डूबकर मरे बच्चे का शव माता-पिता को सौंपते हुए'। भोले मन से शेक्सपीयर या विक्टर ह्यूगो का ख़याल इन प्रतिष्ठित लोगों के दिमाग में आया होगा, आप ऐसी कल्पना कर सकते हैं। जिसके लिए वे लोग रो रहे थे, वह सैं-स्युलपीस की लेयोपोल्दिन द प्लानेज़ नहीं थी, बल्कि विक्टर ह्यूगो की बेटी लेयोपोल्दिन थी, 'हैमलेट' नाटक की नायिका (हिरोइन)

ओफीलिया थी, दुनिया भर की तमाम निष्कपट युवतियाँ थीं जो डूबकर मरी थीं। उनके लिए मर्मभेदी राजकुमारी एक अमूर्त शव थी। हम यहाँ तक कह सकते हैं कि उनके लिए वह पूर्णतया एक सांस्कृतिक घटना थी और विलाप करके वे और कुछ नहीं, अपनी गूढ़ सांस्कृतिक अनुभूतियों का सबूत दे रहे थे। नहीं, एक ही शख़्स था जो असली लेयोपोल्दिन को जानता था, एक ही शख़्स था जिसका रोना मान्य था, वह मैं था।

– मगर आप तो रो नहीं रहे थे।

– एक हत्यारे का अपने शिकार पर रोने का मतलब है, दृढ़ता की कमी। और फिर, मैं यह जानने के लिए बेहतर स्थिति में था कि मेरी कज़िन खुश थी, उतनी खुश वह पहले कभी नहीं रही। यही वजह है कि जहाँ चारों ओर कोहराम मचा हुआ था, वहीं मैं शांत था और मुस्कुरा रहा था।

– मेरा अनुमान है कि इसके लिए लोगों ने आपकी निंदा की होगी।

– आपका अनुमान सही है।

– चूँकि आपके उपन्यास से इस बारे में ज़्यादा कुछ जानकारी नहीं मिलती, मुझे अटकलबाज़ी से काम चलाना पड़ रहा है।

– वाकई। आप कह सकती थीं कि *एक अधूरा उपन्यास* एक जलीय उपन्यास है। हवेली की आगजनी से इस उपन्यास का अंत करने से इसकी अचूक आर्द्र तारतम्यता को नुकसान पहुँचा है। मुझे ऐसे कलाकारों से चिढ़ होती है, जो जल और अग्नि को एक साथ प्रस्तुत करने से नहीं चूकते। यह घिसा-पिटा द्वैतवाद पागलपन की हद तक है।

– मुझे बनाने की कोशिश मत कीजिये। इस तरह से अचानक अपने घटनाक्रम को बीच में छोड़ने के पीछे कोई सैद्धान्तिक सरोकार नहीं था। कुछ देर पहले आप खुद ही ऐसा कह रहे थे कि किसी रहस्यमयी कारण से आपकी कलम रुक गई। मैं आपके अंतिम पृष्ठ को संक्षेप में दुहरा रही हूँ—अपने मानव-द्वेष का परिचय देते हुए आपने जैसे-तैसे स्पष्टीकरण देने के बाद लेयोपोल्दिन का शव उसके रोते-बिलखते माता-पिता के हाथों में रख दिया। उपन्यास का अंतिम वाक्य इस प्रकार है, "फिर, मैं ऊपर अपने कमरे में चला गया।"

– अंत कोई बुरा नहीं है।

– चलिये, मान लिया, मगर यह सोचिये कि पाठक की भूख नहीं मिटती।

– प्रतिक्रिया कोई बुरी नहीं है।

– हाँ, उनके लिए ठीक है जो पाठ में रूपक खोजते हैं, उनके लिए नहीं जो पाठ को कुरेद-कुरेद कर पढ़ते हैं, जिसकी आप वकालत कर रहे थे।

– मदम्वाज़ेल, आप सही भी हैं और गलत भी। आपकी बात सही है कि किसी रहस्यमय क़ारण से मैं उपन्यास को अधूरा छोड़ने के लिए विवश हो गया। दूसरी तरफ़, आप गलत हैं क्योंकि एक अच्छा पत्रकार होने के नाते आपने मुझसे अपेक्षा की होती कि मैंने आख्यान को एकरेखीय ढंग से आगे बढ़ाया होता। यकीन मानिये कि ऐसा करना बेकार था, क्योंकि 13 अगस्त से आज तक जो कुछ घटा, वह और कुछ नहीं, बस एक घिनौना और भद्दा अपकर्ष था। 14 अगस्त के बाद से एक दुबला-पतला संयमी बालक एक विकराल सूअर बनकर रह गया। क्या लेयोपोल्दिन के मरने के बाद यह खालीपन था? मुझे लगातार गंदे पदार्थ खाने की भूख रही है जो आज तक है। छह महीने के भीतर मेरा वज़न तिगुना हो गया था, मुझ पर यौवन छा गया था और मैं भयानक दीखने लगा था। मेरे सारे बाल झड़ गए, मैं सब कुछ खो चुका था। मैं अपने परिवार की पारम्परिक धारणा के बारे में आपसे बात कर रहा था। धारणा यह थी कि किसी प्रियजन की मौत के बाद रिश्तेदारों को उपवास करके दुबला होना चाहिए। फिर क्या था, हवेली के सारे लोग उपवास करके दुबले होने में लग गए। वहीं केवल मैं एक निंदात्मक जीव, ठूँस-ठूँसकर खाने में लग गया और देखते-ही-देखते फूल गया। दो अलग-अलग तरह के खाने के बारे में जब मैं सोचता हूँ तो मेरी हँसी नहीं रुकती—मेरे नाना-नानी, मामा-मामी की थालियाँ लगभग साफ़ रहती थीं और वे मुझे एक के बाद एक व्यंजन चट करते हुए और सूअर की तरह भकोसते हुए देखकर भयाभिभूत होते थे। एक तो उन्होंने लेयोपोल्दिन की गर्दन पर संदेहास्पद नीले निशान देखे थे और फिर यह राक्षसी भूख शक को और बढ़ा रही थी। लोगों ने मुझसे बात करनी छोड़ दी और संदेह के कारण मुझे हिकारत भरी नज़रों से देखने लगे।

– इसके पीछे वजहें भी थीं।

– फ़र्ज़ कीजिये कि मैं इस स्थिति से बाहर निकलना चाहता था, क्योंकि धीरे-धीरे मुझे बुरा लगने लगा। और फ़र्ज़ कीजिये कि मैं अपने भव्य उपन्यास से रहस्य का पर्दा उठाकर इस वाहियात उपसंहार से अंत नहीं करना चाहता था। तो एक मुकम्मल अंत की अपेक्षा रखना आपकी गलती थी, पर दूसरी तरह से

आप सही थीं कि इस कहानी में वास्तविक अंत अपेक्षित था। मगर यह अंत आज से पहले नहीं सूझा। आपने ही यह अंत सुझाया है।

– मैंने आपको एक अंत सुझाया है?

– यही आप इस समय करने में लगी हुई हैं।

– यदि आप मुझे असहज स्थिति में लाना चाहते थे तो इसमें सफल हो गये हैं, पर आप क्यों ऐसा करना चाहते थे?

– आपने उपास्थियों के ऊपर टिप्पणी करके मुझे एक बेहद दिलचस्प निर्णायक आधार सामग्री दी है। उपास्थि के ऊपर प्रलाप करके जो अभी आपने मेरा भेजा फ्राई किया है, मुझे आशा है कि अपने अच्छे-खासे उपन्यास पर इस प्रलाप का पैबंद लगाकर उसकी मिट्टी पलीद नहीं करेंगे।

– क्यों नहीं? यह तो गज़ब की खोज है।

– मुझे अफ़सोस रहेगा कि मैंने क्यों आपको ऐसा घटिया अंत सुझाया। अभी भी बेहतर होगा कि अपने उपन्यास को आप अधूरा छोड़ दें।

– इसका फ़ैसला आप मुझ पर छोड़ दीजिये। मगर आप मुझे कुछ और दे सकती हैं।

– आखिर क्या?

– यह आप मुझे सिखाएँगी, मदम्वाज़ेल। तो हम उपसंहार की ओर चलें? जितना इंतज़ार करना था, उतना हमने कर लिया।

– कौन-सा उपसंहार?

– इतना भी अनजान मत बनिये। अब आप मुझे बताएँगी कि आप कौन हैं? वह कौन-सी रहस्यमय कड़ी है, जो आपको मुझसे जोड़ती है?

– कोई भी नहीं।

– कहीं आप सैं-स्युलपीस के प्लानेज़ वंश की आखिरी जीवित उत्तराधिकारी तो नहीं हैं?

– आपको अच्छी तरह पता है कि बिना किसी संतति के इस परिवार का अंत हो गया। आप तो इससे जुड़े हैं ना?

– कहीं आप ताश परिवार की दूर की कोई रिश्तेदार तो नहीं हैं?

– आप अच्छी तरह जानते हैं कि आप ताश परिवार की आखिरी संतान हैं।

– जो शिक्षक हमारे घर पढ़ाने आते थे, कहीं आप उनकी नातिन या पोती तो नहीं हैं?

– नहीं, नहीं। आप कहाँ-कहाँ दिमाग दौड़ा रहे हैं?

– आपके दादा-दादी, नाना-नानी कौन थे? सम्पत्ति-प्रबंधक या हवेली के प्रबंधक? माली? कोई दासी? रसोइया?

– बड़बड़ाना बंद कीजिये, ताश साहब, किसी भी तरह का मेरा कोई सम्बन्ध आपके परिवार से नहीं है। न तो आपकी हवेली से, न तो आपके गाँव से या न ही आपके अतीत से।

– यह मानने वाली बात नहीं है।

– क्यों?

– अगर आपकी कोई-न-कोई कड़ी मुझसे नहीं जुड़ती, तो आप मेरे बारे में शोध करने के लिए इतनी जद्दोजहद नहीं करतीं।

– आपको यह आश्चर्य हो रहा है कि मैंने आपको रँगेहाथों कैसे पकड़ लिया। हर लेखक की एक कमज़ोरी होती है, सर। आप पर लेखन का जुनून इस कदर सवार है कि आपको यह मानने से परहेज़ है कि आपके पात्रों का आपस में कोई रहस्यात्मक सम्बन्ध नहीं है। सच्चे लेखक अनजाने में ही वंशावली-अध्येता होते हैं। आपको निराश करने के लिए खेद है। मैं आपके लिए अजनबी हूँ।

– आप निश्चय ही भूल कर रही हैं। आप शायद उस पारिवारिक, ऐतिहासिक, भौगोलिक या आनुवांशिक सम्बन्ध से खुद अनभिज्ञ हैं, जो हमें जोड़ता है, परन्तु इसमें कोई संदेह नहीं कि यह सम्बन्ध है। चलिये देखते हैं। कहीं आपके पूर्वजों में से कोई डूबकर तो नहीं मरा था? कहीं आपके आस-पड़ोस में कोई गला दबाने की घटना तो नहीं हुई थी?

– बड़बड़ाना बंद कीजिये, ताश साहब। अगर हम मान भी लें कि हम दोनों के अनुभवों के बीच की समानता का कोई महत्त्व है, फिर भी आप फ़िजूल में ऐसी समानता खोज रहे हैं। दूसरी तरफ़, जो बात मुझे सारगर्भित लगती है, वह यह कि आपको ऐसी समानता स्थापित करने की ज़रूरत क्या है?

– सारगर्भित? क्या सार है इसमें?

– यही तो असली सवाल है और यह सवाल आपसे मुखातिब है।

– मैं समझ गया। मुझे ही सब कुछ कहना पड़ेगा। गौर से देखा जाय तो

फ्रांस में 'नया उपन्यास' आन्दोलन के विचारक मसखरे थे। सच तो यह है कि सृजन के क्षेत्र में कोई बदलाव नहीं आया है। एक बेडौल और बावली दुनिया में एक लेखक सृष्टिकर्ता की भूमिका अदा करने के लिए बाध्य है। अगर लेखकों ने अपनी कलम से एक ज़बरदस्त खाका नहीं खींचा होता, तो दुनिया सारी चीज़ों की रूप-रेखा नहीं तैयार कर पाती और मनुष्य का इतिहास अविश्वसनीय स्पेनी धर्मशाला की तरह बिखरकर रह जाता, जहाँ भाँति-भाँति के लोग रहते हैं। और हज़ारों सालों से चली आ रही इस परंपरा के अनुसार आप मुझसे अनुबोधक की भूमिका अदा करने को कह रही हैं। जैसे मंच पर अभिनेता संवाद भूल जाए तो उसे अनुबोधक याद दिलाता है, वैसे ही आप अपना पाठ मुझसे लिखवाने का अनुरोध कर रही हैं।

– चलिये ठीक है, अनुबोधक का काम कीजिये।

– वही तो मैं कर रहा हूँ, मदम्वाज़ेल। आपको समझ नहीं आ रहा कि मैं भी आपसे विनती कर रहा हूँ? इस कहानी को एक अर्थ देने में आप मेरी मदद कीजिये। अब अपनी आत्म-छलना का परिचय देते हुए मुझसे यह नहीं कहियेगा कि हमें अर्थ की आवश्यकता नहीं है। सबसे ज़्यादा हमें अर्थ की ही आवश्यकता है, किसी और चीज़ की नहीं। आप इस बात को समझ लीजिये! छियासठ साल से मुझे आप जैसे किसी व्यक्ति का इंतज़ार था, सो मुझे आप यह यकीन दिलाने की कोशिश मत कीजिये कि आप कोई ऐसी-वैसी लड़की हैं। आप इस बात से इनकार मत कीजिये कि हमारे बीच कोई अद्‌भुत तार जुड़ता है, जिसकी वजह से यह साक्षात्कार आयोजित हो पाया है। मैं आखिरी बार यह सवाल पूछ रहा हूँ। मैं कह रहा हूँ कि यह आखिरी बार है क्योंकि अब मेरा धैर्य जवाब दे रहा है और मैं आपसे हाथ जोड़कर पूछता हूँ कि आप सच्चाई बता दीजिये—आप कौन हैं?

– मुझे खेद है, ताश साहब।

– क्या खेद है? आपके पास मेरे सवाल का कोई और जवाब नहीं है?

– है क्यों नहीं, मगर यह जवाब क्या आप पचा पाएँगे?

– नहीं जवाब देने से बेहतर है, आप कोई बुरा जवाब दे दीजिये।

– यही तो मैं कह रही हूँ। जवाब की अनुपस्थिति ही मेरा जवाब है।

– थोड़ा साफ़-साफ़ बताइये, मैं प्रार्थना करता हूँ।

– आप मुझसे पूछते हैं कि मैं कौन हूँ। वैसे आप पहले से जानते हैं, इसलिए नहीं कि मैंने आपको बताया है, बल्कि आपने ही यह बताया है। क्या आप भूल चुके हैं? अभी-अभी जो आपने सैकड़ों गालियाँ दीं, उसमें से एक तीर सही निशाने पर लगा है।

– बताइये, मैं तैयार हूँ।

– ताश साहब, मैं दूसरों पर कीचड़ उछालने वाली, एक अदना-सी लड़की हूँ। यकीन मानिये, अपने बारे में बताने के लिए मेरे पास और कुछ नहीं है। मुझे खेद है। मैं आपको आश्वस्त करती हूँ कि मैंने बखूबी कोई और जवाब दिया होता, मगर आपको सच जानना था और यह मेरा एकमात्र सच है।

– मैं कभी भी आप पर यकीन नहीं कर सकता।

– यह आपकी गलती है। अपनी ज़िन्दगी और वंशावली के बारे में मैं केवल मामूली बातें बता सकती हूँ। अगर मैं पत्रकार नहीं होती, तो मैं आपसे मिलने की कतई कोशिश नहीं करती। आप कितनी भी कोशिश करेंगे, तो भी आप बार-बार इसी निष्कर्ष पर पहुँचेंगे—मैं दूसरों पर कीचड़ उछालने वाली एक अदना-सी लड़की हूँ।

– मुझे नहीं पता कि आपको यह एहसास है कि आपका ऐसा जवाब कौन-सा कहर बरपा रहा है।

– अफ़सोस है कि मुझे इसका एहसास है।

– नहीं आपको इसका एहसास नहीं है, या फिर उतनी शिद्दत से एहसास नहीं है। मैं आपको बताता हूँ कि यह कहर क्या है। फ़र्ज़ कीजिये कि एक बुज़ुर्ग मौत के कगार पर है, बिलकुल अकेला और निराश। फ़र्ज़ कीजिये कि छियासठ साल के इंतज़ार के बाद एक जवान व्यक्ति आता है, वह एक भूले-बिसरे अतीत को कुरेदकर बुज़ुर्ग में आशा की किरण जगाता है। दो में से कोई एक बात हो सकती है—या तो वह एक महान फ़रिश्ता है, जो रहस्यमयी ढंग से बुज़ुर्ग के करीब है, यह दैव भाव की प्राप्ति है, या यह व्यक्ति कोई निहायत अजनबी है, जिसे दूसरों के घरों में ताक-झाँक करने का गंदा शौक है। मैं आपको बता दूँ कि यह घिनौना काम है। एक तो यह कब्र के तिरस्कार जैसा है और दूसरा, विश्वासघात है। यह मरते हुए आदमी को एक चमत्कारिक इनाम का सपना दिखाकर उससे उसका सबसे कीमती खज़ाना छीन लेना है और इसके बदले में उसे कूड़े-करकट का भंडार दे देना है। आप जब यहाँ आयी थीं तो आप यहाँ अपनी सुनहरी यादों

को सँजोए एक ऐसे वृद्ध से मिली थीं जिसके पाँव कब्र में लटक रहे थे और जिसे वर्तमान में कोई रुचि नहीं थी। जब आप यहाँ से लौटेंगी तो एक ऐसे वृद्ध को छोड़कर जाएँगी जो अपनी सड़ी-गली यादें बटोर रहा होगा और जो अपने वर्तमान को खोकर निराश होगा। अगर आप में थोड़ी भी इंसानियत या शराफ़त होती तो आपने मुझे झूठ-मूठ यों ही कह दिया होता कि हमारे बीच कोई रिश्ता है। अब बहुत देर हो चुकी है। इसलिए आप में थोड़ी भी इंसानियत या शराफ़त बची है, तो मेरी जान ले लीजिये, मेरी इस घृणास्पद स्थिति का अंत कर दीजिये क्योंकि यह कष्ट मुझसे झेला नहीं जा रहा है।

– आप यह कैसी बातें कर रहे हैं? मुझे नहीं समझ में आ रहा है कि इस मुकाम पर मैंने आपकी स्मृतियों को कैसे कलुषित किया है।

– मेरे उपन्यास को एक अंत की आवश्यकता थी। अपनी पैंतरेबाज़ी से आपने मुझे विश्वास दिलाया कि आप मेरे लिये यह अंत लाई हैं। मुझमें आशा करने की हिम्मत नहीं थी। मैं अंतहीन निष्क्रिय एकांतवास के बाद ज़िन्दगी की ओर लौट रहा था और आप मुझे अपने खाली हाथ दिखा रही हैं, आप मुझे झूठा सपना दिखा रही थीं। मेरी उम्र में यह सब सहन नहीं होता। आपके बिना मैं एक उपन्यास को अधूरा छोड़कर मर जाऊँगा। आपकी वजह से मेरी मौत खुद अधूरी रह जाएगी।

– ऐसी अलंकृत भाषा का प्रयोग बंद करेंगे आप?

– आपको मेरी भाषा में अलंकार दीख रहा है! क्या आप भूल गईं कि आपने मुझे अर्थ से वंचित कर दिया है! मैं आपको यह बताने जा रहा हूँ कि हत्यारा मैं नहीं हूँ, हत्यारी आप हैं!

– क्या कहा आपने?

– आपने मुझे अच्छी तरह सुना। हत्यारी आप हैं और आपने दो लोगों की हत्या की है। लेयोपोल्दिन जब तक मेरी स्मृति में जीवित थी, वह एक कपोल कल्पना थी। आपने मेरी ज़िन्दगी में दखल देकर उसकी स्मृति की हत्या की है और उसकी स्मृति की हत्या करके आपने जो कुछ मुझमें बचा था, उसकी भी हत्या कर दी।

– कुतर्क है।

– आपको प्रेम का थोड़ा-सा भी अनुभव होता, तो आप जानतीं कि यह कुतर्क नहीं है। मगर दूसरों पर कीचड़ उछालने वाली अदना-सी लड़की क्या

समझेगी बातें प्यार की। मैं जितने भी लोगों से मिला हूँ, आपके जैसा प्रेम से कोसों दूर कोई नहीं था।

- अगर आप इसे प्रेम कहते हैं, तो इससे दूरी बनाए रखने में ही भला है।

- निश्चित रूप से, मैं आपको कुछ नहीं सिखा सकता।

- मैं सोच रही हूँ कि लोगों के गले दबाने के अलावा मुझे आप क्या सिखा सकते हैं।

- मैं आपको बता सकता था कि लेयोपोल्दिन का गला घोंटकर मैंने उसे एकमात्र असली मौत, विस्मृति से बचा लिया। आप मुझे हत्यारा समझती हैं, जबकि मैं उन गिने-चुने मनुष्यों में हूँ, जिन्होंने किसी को नहीं मारा। अपने इर्द-गिर्द देखिये, खुद अपने को देखिये, दुनिया हत्यारों से भरी पड़ी है। मेरा मतलब है, ऐसे लोगों की कमी नहीं है जो उन्हें भूलने की जुर्रत करते हैं जिनसे वे प्यार करने का दावा करते हैं। किसी को भुला देना—आपने कभी सोचा है कि इसका क्या मतलब होता है? विस्मृति एक महासागर है, जिसमें एक जलयान विचरण करता है जिसका नाम है स्मृति। एक बहुत बड़े जनसमूह के लिए यह जलयान एक खटारा जहाज़ बनकर रह गया है, जिसमें रह-रहकर पानी भर जाता है, जिसका कप्तान एक निष्ठुर व्यक्ति है, जिसका ध्यान केवल पैसे बचाने में है। आपको पता है, इस शब्द 'अधम' का क्या मतलब है? रोज़ाना कर्मीदल में से अनावश्यक समझे जाने वाले व्यक्ति की बलि चढ़ाना। और आपको पता है कि किसे अनावश्यक समझा जाता है? हरामी, निरुत्साही, कमअक्ल लोगों को? बिलकुल नहीं, जिन्हें जहाज़ से पानी में फेंका जाता है, वे अनुपयोगी लोग हैं जिनका इस्तेमाल हम कर चुके होते हैं। वे अपना सर्वश्रेष्ठ योगदान दे चुके होते हैं, तो अब उनका क्या काम? चलिये, उन पर तरस खाने की ज़रूरत नहीं, फटाफट अपना घर साफ़ करते हैं! उन्हें हम नीचे पानी में फेंक देते हैं और निर्दयी समुद्र उन्हें निगल जाता है। यह देखिये, मदम्वाज़ेल, कैसे बिना रोक-टोक के साधारण हत्या होती है। ऐसा भीषण खून-खराबा मुझे पसंद नहीं है। और आप ऐसी बेगुनाही के पक्ष में खड़ी होकर मुझ पर इल्ज़ाम लगा रही हैं। वैसे तो लोग इसे न्याय कहते हैं, पर यह दोषारोपण का एक ज़रिया है।

- दोषारोपण की बात कौन करता है? मुझे आपको बदनाम करने का कोई इरादा नहीं है।

- सचमुच? लेकिन मैंने जो आपके बारे में सोचा था, आप तो उससे भी

गयी–गुज़री निकलीं। सामान्य तौर पर, दूसरों पर कीचड़ उछालने वालों में इतनी शालीनता होती है कि वे एक हेतु ईजाद कर लें। आप तो यों ही खाली–पीली कीचड़ उछाल रही हैं, बस इसलिए कि आपको वातावरण को प्रदूषित करने में मज़ा आता है। जब आप यहाँ से निकलेंगी तो यह सोचते हुए अपनी पीठ ठोकेंगी कि आपका दिन खाली नहीं गया, क्योंकि आपने दूसरे के घर में कीचड़ फैलाया है। अच्छा पेशा है आपका, मदम्वाज़ेल।

– अगर मेरी समझ ठीक है, तो आपके लिए बेहतर रहेगा कि आपको अदालत में घसीटा जाय, क्यों?

– बेशक। आपने सोचा है कि अगर आप मुझ पर इल्ज़ाम नहीं लगातीं, अगर आप मुझसे ऐसा बर्ताव करने के बाद मुझे यों ही अकेला और उदास इस फ़्लैट में छोड़ देतीं, तो मुझे कितनी पीड़ा होती? अगर आप मुझे अदालत में घसीटेंगी, तो मेरा कुछ मनबहलाव होगा।

– माफ़ कीजिये, ताश साहब, आप खुद ही अपने ऊपर उँगली उठाएँगे, मुझे इसमें कोई रुचि नहीं है।

– आप इन सबसे ऊपर उठ गयी हैं, है ना? आप सबसे गंदे लोगों की श्रेणी में आती हैं, वैसे लोग जो बर्बाद करने की अपेक्षा गंदगी फैलाना पसंद करते हैं। क्या आप मुझे बताएँगी कि जिस दिन आपने मुझे यातना देने का फ़ैसला लिया था, उस दिन आपके दिमाग में किस कीड़े ने काटा था? आपने अपने आपको किस घिनौनी वृत्ति के हवाले कर दिया?

– सर, आप यह बात आरंभ से ही जानते थे, क्या आप भूल गए कि हमने बाज़ी के लिए क्या शर्त रखी थी? मैं आपको अपने पैरों पर लोटते देखना चाहती थी। जो कुछ आपने मुझे कहा है, उसके बाद यह इच्छा और भी प्रबल हो गयी है। तो घुटने टेकिये, क्योंकि आप हार चुके हैं।

– मैं हार गया, सचमुच, पर मुझे अपनी स्थिति आपकी स्थिति से बेहतर लगती है।

– यह आपके लिए अच्छी बात है। रेंगिये।

– यह एक औरत की हेकड़ी है, जो मुझे रेंगते हुए देखना चाहती है?

– यह मेरे बदले की भावना है। रेंगिये।

– तो, आपके पल्ले कुछ नहीं पड़ा।

– मेरे मानदंड आपके मानदंड से कभी भी मेल नहीं खाएँगे और मैं अच्छी तरह समझ चुकी हूँ। मैं ज़िन्दगी को सबसे बड़ी अमानत समझती हूँ और आपकी किसी भी भाषणबाज़ी से इसमें कोई बदलाव नहीं आएगा। अगर आप नहीं होते तो लेयोपोल्दिन ज़िन्दा रहती, ज़िन्दगी की भयावहता भी होती परन्तु ज़िन्दगी की खूबसूरती भी होती। और कुछ कहने के लिए नहीं है। लोटिये।

– सबके बावजूद, मैं आपको दोषी नहीं ठहराता।

– इसी की ज़रूरत है। रेंगिये।

– आप ऐसी दुनिया में जीती हैं जो मेरी दुनिया से अलग है। यह लाज़िमी है कि आप नहीं समझ सकतीं।

– आपकी नम्रता मेरे दिल को छूती है। रेंगिये।

– दरअसल, मैं आपसे कहीं ज़्यादा सहनशील हूँ। मैं यह स्वीकार करने में सक्षम हूँ कि आप दूसरे मानदंडों के साथ जीती हैं। आप नहीं स्वीकार करतीं। आपके लिए, दुनिया को देखने का एक ही नज़रिया है। आपकी मानसिकता संकीर्ण है।

– ताश साहब, एक बात गाँठ बाँधकर रख लीजिये कि आपके अस्तित्वपरक सरोकारों में मेरी कोई रुचि नहीं है। मैं आपको रेंगने की आज्ञा देती हूँ, कहानी खत्म।

– ठीक है। मगर मैं कैसे रेंगना शुरू करूँ? आप भूल गईं कि मैं अपाहिज हूँ।

– कोई बात नहीं। मैं आपकी मदद करूँगी।

पत्रकार उठी, मोटूमल के बगल में हाथ डाला और बहुत ज़ोर लगाकर उन्हें कालीन पर पटक दिया और मोटूमल मुँह के बल गिरे।

– बचाओ! अरे कोई है?

पर इस दशा में उपन्यासकार की सुंदर आवाज़ बैठ गयी थी और उस युवती के अलावा कोई भी यह आवाज़ नहीं सुन सकता था।

– रेंगिये।

– पेट के बल लेटना मुझसे बर्दाश्त नहीं होता, चिकित्सक ने मना किया हुआ है।

– रेंगिये।

– धत् तेरी की! किसी भी पल मेरा दम घुट सकता है।

– इससे आपको पता चलेगा कि दम घुटना क्या होता है। आपने एक कमसिन लड़की का गला घोंटा है।

– यह उसे मोक्ष दिलाने के लिए किया गया था।

– और मैं आपको मोक्ष दिलाने के लिए आपके दम घुटने का खतरा उठा रही हूँ। आप एक ऐसे खूसट बुड्ढे हैं, जिसका पतन मैं रोकना चाहती हूँ। एक ही बात है। रेंगिये।

– मगर मैं पहले से ही पतित हूँ। पिछले साढ़े पैंसठ साल से मेरा पतन हो रहा है।

– फिर तो मैं चाहती हूँ कि आपका कुछ और पतन हो। चलिये, पतन होइये।

– व्याकरण के अनुसार यह गलत है। पतन क्रिया का प्रयोग आज्ञासूचक वाक्य में नहीं होता।

– आपको शायद नहीं मालूम कि मैं इसकी परवाह नहीं करती। पर क्रिया के इस प्रयोग पर आपको आपत्ति है, तो मैं एक और क्रिया जानती हूँ जिसका प्रयोग वाक्य में हो सकता है—रेंगिये।

– अरे बाप रे, मेरा दम घुट रहा है, मेरी जान निकल जाएगी।

– कर लो बात। मैं यहाँ मानकर बैठी थी कि मृत्यु आपकी नज़र में हितकारी है।

– सो तो है, पर मैं इतनी जल्दी मरना नहीं चाहता।

– ऐसा? नेक काम में देरी क्यों?

– क्योंकि मेरी आँखें खुल गई हैं और मैं मरने से पहले आपको कुछ बताना चाहता हूँ।

– ठीक है। मैं आपको पीठ के बल लेटने की अनुमति देना चाहती हूँ, पर एक शर्त है—सबसे पहले आप मेरे पैरों पर लोटिये।

– मैं वादा करता हूँ कि मैं कोशिश करूँगा।

– मैं आपसे कोशिश करने के लिए नहीं कह रही, मैं आपको रेंगने के

लिए आज्ञा दे रही हूँ। अगर आपसे ऐसा नहीं होता, तो मैं आपको मरने के लिए छोड़ दूँगी।

– अच्छा, मैं रेंगता हूँ।

रेलगाड़ी के इंजन की तरह हाँफ़ते हुए पसीने से लथपथ वह विशाल पिंड कालीन पर दो मीटर तक घिसट कर गया।

– आपको मज़ा आ रहा है ना?

– हाँ, मुझे मज़ा आ रहा है। जब मैं बदला लेने के प्रति सजग होती हूँ, तो और भी मज़ा आता है। आपके भीमकाय शरीर से होकर मुझे लग रहा है कि एक दुबली-पतली आकृति उभर रही है, जिसकी वजह से लगता है कि यह कष्ट बेकार नहीं जाएगा।

– फुल नौटंकी।

– आपके होश ठिकाने नहीं आये। आप कुछ और रेंगना चाहते हैं?

– यकीन मानिये, अब मेरे ऊपर जाने का समय आ गया है। जैसे-तैसे मेरी साँसें चल रही हैं, मेरी आत्मा मेरा शरीर छोड़ रही है।

– आश्चर्य है। बस मरना है, इसलिए मर रहे हैं। एक खूबसूरत हत्या क्या कैंसर से घुट-घुटकर मरने से बेहतर नहीं होगी?

– आप इसे एक खूबसूरत हत्या कह रही हैं?

– हत्यारे की निगाह में हत्या हमेशा खूबसूरत होती है। एतराज तो पीड़ित व्यक्ति को होता है। क्या अभी आप अपनी मृत्यु के कलात्मक महत्त्व में रुचि लेने की स्थिति में हैं? कहिये कि नहीं।

– मैं मानता हूँ कि नहीं। भगवान के लिए मुझे वापस अपनी जगह पर ले जाइये।

पत्रकार ने कमर और काँख में हाथ डालकर उस माँस के लोथड़े को पकड़ा और कूथते हुए उसे चारों खाने चित कर दिया। मोटूमल की साँस धौंकनी की तरह चल रही थी। उनके आतंकित चेहरे पर वापस शांति छाने में कई मिनट लग गए।

– तो, आपको कौन-सा ज्ञान प्राप्त हुआ है जो आप मुझे बाँटना चाहते थे।

– मैं आपको बताना चाहता था कि यह मेरे लिये बुरा वक्त था।

– अब और नहीं?

– आपका कलेजा अभी ठंडा नहीं हुआ?

– अभी कहाँ? आपको मुझसे बस यह कहना था? जो बात सभी लोग जन्म से जानते हैं, उसे जानने में आपको तिरासी साल लग गए।

– अब मैं क्या बताऊँ, मुझे यह पता नहीं था। जब मैं मरने के कगार पर पहुँचा तब जाकर मुझे समझ में आया कि खौफ़ क्या होता है, मौत का खौफ़ नहीं, उसके बारे में तो किसी को पता ही नहीं, बल्कि उस पल का जब हम मरने जा रहे होते हैं। यह एक बुरा वक्त था। हो सकता है दूसरे मनुष्यों को यह आभास हो, पर मुझे नहीं था।

– आप मुझे चूतिया बना रहे हैं।

– नहीं। आज तक मेरे लिये मौत बस मौत थी, बात खत्म। यह न तो अच्छी थी और न ही बुरी, बस गायब हो जाने को मैं मौत मानता था। मुझे इस बात का एहसास नहीं था कि मृत्यु और मृत्यु की प्रक्रिया में अंतर है, मृत्यु की प्रक्रिया असहनीय होती है। हाँ, यह अजीब बात है। मौत से मुझे अभी भी डर नहीं लगता, लेकिन मौत के नज़दीक का पल, चाहे एक मिनट का ही क्यों ना हो, उसके बारे में सोचकर मेरे पसीने छूट जायेंगे।

– तो आप शर्मिंदा हैं?

– हाँ भी और नहीं भी।

– ओफ़्फ़! फिर से क्या मैं आपको रेंगने के लिए कहूँ?

– आप मुझे अपनी बात रखने का मौका दीजिये। इस विचार से मुझे शर्म आती है कि मेरी वजह से लेयोपोल्दिन को इस पल से गुज़रना पड़ा। दूसरी तरफ़ मैं अभी भी ऐसा मानता हूँ या कम-से-कम आशा करता हूँ कि शायद ही कोई औरत लेयोपोल्दिन जैसी भाग्यशाली होगी। सच तो यह है कि उसकी मरनासन्न स्थिति में मैंने उसके चेहरे को देखा और वहाँ मुझे चिंता की कोई रेखा दिखाई नहीं दी।

– अपने जमीर को बचाने के लिए, जो आप ख़याली पुलाव पकाते हैं, मैं उसकी तारीफ़ करती हूँ।

– भाड़ में जाए जमीर। जो सवाल मैं खड़ा कर रहा था, उसे व्यापक स्तर पर रखकर देखिये।

– हे भगवान।

– आपकी जुबान पर वह शब्द आ गया—हाँ, शायद भगवान की यही मर्ज़ी है कि कुछ असाधारण मनुष्य बिना किसी कष्ट और संताप के मृत्युलोक को प्राप्त हो जाते हैं। यह हर्षोन्मादक मृत्यु है। मुझे लगता है कि यह चमत्कारिक अनुभव लेयोपोल्दिन को हुआ था।

– देखिये, आपकी कहानी वैसे ही काफ़ी घृणास्पद है, अब आप इसमें भगवान, हर्षोन्माद और चमत्कार का नाम लेकर इसे और बेढंगी बनाना चाहते हैं क्या? आप शायद मानते हैं कि आपने जो हत्या की है, वह आध्यात्मिक है?

– निश्चित रूप से।

– आपका दिमाग घास चरने गया है। पागल कहीं के, आप इस आध्यात्मिक हत्या की सच्चाई जानना चाहते हैं? आप जानते हैं कि मृत्यु के बाद शव सबसे पहला काम क्या करता है? वह पेशाब करता है और पखाना करता है, अपनी आँत खाली करता है।

– आपकी बातें सुनकर घिन आती है। यह नाटक बंद कीजिये, आपने मेरी नाक में दम कर रखा है।

– मैंने आपकी नाक में दम कर रखा है, अच्छा? हत्या से आपको परेशानी नहीं, मगर यह विचार आपके लिए असहनीय है कि आपकी पीड़िता पेशाब और पखाना करती है, क्यों? हो सकता है अपनी कज़िन की लाश दुबारा निकालते समय उसकी आँत के अवयव को आपने पानी में सतह की तरफ़ उठते हुए नहीं देखा हो, पर आपकी झील का पानी तो गँदला ज़रूर हुआ होगा?

– जुबान पर लगाम लगाइये। रहम कीजिये!

– किसलिए रहम किया जाय? एक ऐसा हत्यारा जो अपने अपराध के जैविक प्रभाव को नकार रहा है।

– कसम से, मैं कसम खाता हूँ। वैसा कुछ नहीं हुआ जैसा आप बता रही हैं।

– नहीं, अच्छा? लेयोपोल्दिन के मूत्राशय और आँत नहीं थे?

– थे क्यों नहीं, मगर...ऐसा कुछ नहीं हुआ था जैसा आप कह रही हैं।

– यों कहिये कि यह ख़याल आपको गवारा नहीं है।

– यह सही है कि यह ख़याल मुझे गवारा नहीं है, मगर ऐसा कुछ नहीं

हुआ जैसा आप कह रही हैं।

– क्या आपका इरादा इस वाक्य को मरते दम तक दोहराने का है? बेहतर होगा कि आप स्पष्टीकरण दें।

– अफ़सोस, मैं अपनी आस्था को समझा नहीं पा रहा हूँ, फिर भी मैं जानता हूँ कि ऐसा कुछ नहीं हुआ जैसा आप कह रही हैं।

– आपको मालूम है, इस तरह की आस्था को क्या नाम दिया जाता है? इसे स्वप्रेरित सुझाव कहा जाता है।

– मदम्वाज़ेल, चूँकि मैं आपको अपनी बात समझा नहीं पा रहा हूँ, आप मुझे प्रश्न को दूसरे दृष्टिकोण से प्रस्तुत करने की इजाज़त दीजिये।

– क्या आपको सचमुच लगता है कि दूसरा दृष्टिकोण भी है?

– ऐसा मानना मेरी कमज़ोरी है।

– चलिये, हम उस बिन्दु पर चलें जहाँ हम थे।

– मदम्वाज़ेल, क्या आपने कभी प्रेम किया है?

– हद हो गयी! क्या हम अखबार के उस स्तम्भ में हैं, जहाँ दिलों के टूटने-जुड़ने की बात होती है?

– नहीं, मदम्वाज़ेल। अगर आपने कभी प्रेम किया होता, तो आप समझतीं कि ऐसा बिलकुल नहीं है, जैसा आप समझ रही हैं। बेचारी नीना, आपने कभी प्यार नहीं किया।

– मेरे साथ ऐसी-वैसी हरकत नहीं। समझ रहे हैं, आप? और हाँ, मुझे आप नीना कहकर मत बुलाइये, मुझे बहुत असहज लगता है।

– क्यों?

– मालूम नहीं। अपना प्रथम नाम एक हत्यारे और गैंडे जैसे आदमी के मुँह से सुनना भद्दा लगता है।

– अफ़सोस। हालाँकि मुझे आपको नीना कहकर बुलाने की तीव्र इच्छा हो रही है। आपको किस बात का डर है, नीना?

– मुझे किसी बात का डर नहीं है। आपको देखकर घिन आती है, बस। और हाँ, मुझे आप नीना कहकर मत बुलाइये।

– अफ़सोस है। मुझे आपका नाम लेने की ज़रूरत है।

– क्यों?

– मदम्वाज़ेल, आप इतनी सख्त, इतनी परिपक्व हैं, पर कुछ मामलों में आप नवजात मेमने की तरह लगती हैं। आपको नहीं मालूम कि किसी को नाम लेकर बुलाने की ज़रूरत का क्या मतलब है? ज़रा सोचिये, आम लोगों के बारे में मुझे ऐसी ज़रूरत क्यों नहीं होती। कभी नहीं, मदम्वाज़ेल। अगर हमारे भीतर किसी शख्स का नाम लेने की इच्छा होती है, तो इसका मतलब है कि हम उससे प्यार करते हैं।

– ...?

– हाँ, नीना। मैं आपसे प्यार करता हूँ, नीना।

– अब आप गदहपचीसी पर उतर आए हैं।

– यह सच है, नीना। मुझे अभी-अभी सहज ज्ञान हुआ, तो मुझे लगा कि मुझे कोई धोखा तो नहीं हुआ, पर मुझे कोई धोखा नहीं हुआ था। जब मैं मरने जा रहा था तो मुझे आपसे यही कहने की ज़रूरत थी। मुझे लगता है कि मैं आपके बिना नहीं जी सकता, नीना। मैं आपसे प्रेम करता हूँ।

– नींद से जाग जाइये, बेवकूफ़।

– मेरे मस्तिष्क में सब कुछ इतना स्पष्ट कभी नहीं था।

– स्पष्टता आपको शोभा नहीं देती।

– यह मायने नहीं रखता। मैं, मैं नहीं रहा, मैं अब पूरी तरह से आपका हूँ।

– बड़बड़ाना छोड़िये, ताश साहब। मैं अच्छी तरह जानती हूँ कि आप मुझसे प्यार नहीं करते। मुझमें कोई ऐसी खूबी नहीं है जिसे आप पसंद करते हैं।

– मैं भी ऐसा सोचता था, नीना, मगर यह प्यार इन सबसे कहीं ऊपर है।

– रहम कीजिये, मुझसे यह मत कहिये कि आप मेरी आत्मा से प्यार करते हैं, हँसते-हँसते आँसू निकल आएँगे।

– नहीं, यह प्यार इससे कहीं ऊपर की चीज़ है।

– आप मुझे अब इंद्रियों से परे लगने लगे हैं।

– आपको नहीं लगता कि सारे ज्ञात संदर्भों से इतर होकर हम किसी प्राणी से प्यार कर सकते हैं?

– नहीं।

– अफ़सोस है, नीना। फिर भी मैं आपसे प्यार करता हूँ, यह जानते हुए भी कि 'प्यार करना' एक ऐसी क्रिया है, जिसका मर्म कोई नहीं समझ पाया है।

– रुक जाइये! मैं समझ गयी। आप अपने उपन्यास के लिए एक मर्यादित अंत चाहते हैं, है ना?

– काश, आपको पता होता कि पिछले कुछ मिनटों से मैंने उपन्यास के बारे में सोचना ही छोड़ दिया है!

– मुझे बिलकुल विश्वास नहीं होता। यह अधूरापन आपके मन में घर कर गया है। यह जानकर आपको ठेस पहुँची कि मेरा आपसे कोई व्यक्तिगत सम्बन्ध नहीं है। अब इस अंतिम पल में आप एक प्रेम-कहानी गढ़कर कोशिश कर रहे हैं कि किसी-न-किसी तरह यह व्यक्तिगत सम्बन्ध स्थापित हो जाय। आप निरर्थकता को इस कदर नापसंद करते हैं कि जहाँ कोई अर्थ नहीं है, वहाँ अर्थ भरने के लिये आप बड़े-से-बड़े झूठ का सहारा लेंगे।

– कितनी भूल कर रही हैं, नीना! प्रेम का कोई अर्थ नहीं होता और यही कारण है कि प्रेम पवित्र होता है।

– अपने शब्दाडम्बर से मेरी आँखों में धूल मत झोंकिये। लेयोपोल्दिन के शव के अलावा आप किसी से प्रेम नहीं करते। वैसे, आपको शर्म आनी चाहिए, क्योंकि मुझसे ऐसी अविश्वसनीय बातें करके आप अपनी ज़िन्दगी के एकमात्र प्रेम का तिरस्कार कर रहे हैं।

– नहीं, नहीं, मैं उस प्रेम का तिरस्कार नहीं कर रहा। आपसे प्रेम करके मैं साबित कर रहा हूँ कि लेयोपोल्दिन ने मुझे प्रेम करना सिखाया था।

– कुतर्क है।

– कुतर्क तो तब होता जब प्रेम तर्क से परे दस्तूर को नहीं मानता।

– देखिये, ताश साहब, अगर आपको मज़ा आता है, तो ऐसी वाहियात बातें आप अपने उपन्यास में लिखिये पर मुझे बलि का बकरा मत बनाइये।

– नीना, मुझे इसमें मज़ा नहीं आता। प्रेम मज़े के लिए नहीं किया जाता। प्रेम कुछ और की खातिर नहीं किया जाता, प्रेम बस प्रेम के लिए किया जाता है।

– रोमांचक है।

– हाँ, हाँ। अगर आप इस क्रिया का अर्थ समझतीं तो आप भी उतनी ही

रोमांचित होतीं, जितना अभी मैं हूँ, नीना।

– आप इस रोमांच के प्रकोप से मुझे दूर रखेंगे? और हाँ, मुझे नीना कहकर पुकारना बंद कीजिये। कुछ हुआ तो मैं ज़िम्मेदार नहीं होऊँगी।

– नीना, आप ज़िम्मेदारी की परवाह करनी छोड़ दीजिये। आप दिल देकर देखिये क्योंकि दिल लेना आपके बस की बात नहीं है।

– प्रेम और आपसे? बस यही बाकी रह गया था। कोई पथभ्रष्ट व्यक्ति ही आपसे प्रेम कर सकता है।

– तो पथभ्रष्ट हो जाइये, नीना। मुझे बहुत खुशी मिलेगी।

– आपको खुशी देकर मुझे घिन आएगी। आपके जैसा पतित कोई नहीं हो सकता।

– मैं आपसे सहमत नहीं हूँ।

– कैसे होंगे?

– मैं अधम, कुरूप, दुष्ट हूँ। मैं दुनिया का सबसे कमीना आदमी हो सकता हूँ, फिर भी मुझमें एक दुर्लभ गुण है, इतना सुंदर कि मैं अपने को प्रेम के लिए अपात्र नहीं मानता।

– मुझे ज़रा अनुमान लगाने दीजिये—विनम्रता?

– नहीं। मेरी खूबी यह है कि मुझमें प्रेम करने की क्षमता है।

– और आप चाहते हैं कि इस उदात्त गुण के नाम पर मैं अपनी अश्रु-जलधार से आपका पद-प्रक्षालन करते हुए कहूँ, "प्रेतेक्सता, मैं आपसे प्रेम करती हूँ?"

– एक बार फिर मेरा नाम पुकारिये ना, अच्छा लगता है।

– खामोश, आपको देखकर मुझे उबकाई आती है।

– आप लाजवाब हैं, नीना। आपका व्यक्तित्व निराला है, आपकी तबीयत शोले जैसी है पर सख्ती बर्फ़ जैसी। आपमें एक शानदार प्रेमिका के सारे गुण हैं, अगर दिल भी होता तो क्या बात होती! आप मगरूर और लापरवाह हैं।

– मैं आपको चेताना चाहती हूँ कि अगर आपको लगता है कि मैं लेयोपोल्दिन का अवतार हूँ, तो यह आपकी भूल है। भावातिरेक प्राप्त करने वाली उस नन्ही-सी लड़की और मुझमें कुछ भी एक जैसा नहीं है।

– मैं जानता हूँ। नीना, कभी आपको भावातिरेक का अनुभव हुआ है?

– यह सवाल मुझे बिलकुल बेकार लगता है।

– यह बेकार है। इस कहानी में सब कुछ बेकार है, वह प्रेम भी जो मुझे आपके प्रति है। तो, हम जिस मुकाम पर हैं, नीना, आप मेरे सवाल का बेहिचक जवाब दीजिये। आप जो भी समझें, पर यह सवाल सीधा है, ''क्या, आपको भावातिरेक का कभी अनुभव हुआ है, नीना?''

– मुझे नहीं पता। एक बात साफ़ है कि इस समय मैं भावातिरेक में नहीं हूँ।

– आप प्रेम के बारे में नहीं जानतीं। नन्ही नीना, आपको ज़िन्दगी से कैसे लगाव है, जबकि आप ज़िन्दगी के बारे में नहीं जानतीं।

– आप ऐसी बातें क्यों कर रहे हैं? क्या इसलिए कि मैं खुद को आपके हवाले कर दूँ, ताकि आप मुझे मार सकें?

– मैं आपको नहीं मारूँगा, नीना। कुछ देर पहले ऐसा ख़याल ज़रूर आया था, मगर जब से मैं रेंगा हूँ, यह ख़याल नहीं रहा।

– मैं हँसते-हँसते मर जाऊँगी। ओहो, तो आप समझ रहे थे कि आप बूढ़े और अपाहिज होते हुए भी मेरी हत्या कर सकते हैं? मैं आपको घिनौना समझती थी, पर आप बस बेवकूफ़ हैं।

– प्रेम में व्यक्ति सुध-बुध खो देता है, यह जगज़ाहिर है, नीना।

– रहम कीजिये, मुझसे अपने प्रेम के बारे में बोलना छोड़ दीजिये। मुझमें अंदर-ही-अंदर आपको मार देने की इच्छा बलवती हो रही है।

– सचमुच? मगर नीना, इसकी शुरुआत ऐसे ही होती है।

– किसकी?

– प्रेम की। क्या मैंने आप में भावातिरेक जगाया है? नीना, मैं बता नहीं सकता कि मुझे खुद पर कितना गर्व हो रहा है। मारने की इच्छा मुझमें मर रही है और आपमें यह इच्छा जन्म ले रही है। इस पल आप जीना शुरू कर रही हैं—आपको इसका एहसास है?

– मुझे बस इसका एहसास है कि मेरा गुस्सा उबाल पर है।

– मेरे सामने एक असाधारण दृश्य उपस्थित हो रहा है। मैं आम मरणशील प्राणियों की तरह मानता था कि पुनर्जन्म मरने के बाद होता है। और यहाँ मैं अपनी नज़रों के सामने जीते-जी आपको मुझ जैसा बनते हुए देख रहा हूँ।

– इतना घोर अपमान मेरा कभी नहीं हुआ।

– आपका चिड़चिड़ाहट से भरा होना, यह साबित करता है कि आपने जीना शुरू कर दिया है, नीना। आज के बाद आप उतनी ही उग्र होंगी जितना मैं हमेशा से रहा हूँ, आपको आत्म-छलना से चिढ़ होगी, आप में भावातिरेक होगा और आप कहर ढाएँगी, आप में गज़ब का गुस्सा होगा और आपको किसी चीज़ का खौफ़ नहीं होगा।

– आपका प्रवचन समाप्त हुआ, मूर्ख कहीं के?

– देखिये, मैं सही कह रहा था।

– आप गलत कह रहे हैं। मैं आपके जैसी नहीं हूँ।

– अभी तक पूरी नहीं हुई हैं, पर इसमें देर नहीं लगेगी।

– आप कहना क्या चाहते हैं?

– थोड़ी ही देर में आप जान जाएँगी। यह गज़ब की बात है। मैं जो कह रहा हूँ, वह मेरे सामने हो रहा है, वैसे ही, जैसे मैं प्रतिपादित कर रहा हूँ। पाइथिया तो प्राचीन यूनान में भविष्यवाणी करती थी, मैं आज पाइथिया बन गया हूँ जो भविष्य के बारे में नहीं, वर्तमान के बारे में बताता है, समझीं आप?

– मैं समझ गयी कि आपका दिमाग खिसक गया है।

– वह तो आपने ले लिया है, वैसे ही बाकी सब भी आप मुझसे ले लेंगी। नीना, मुझे कभी ऐसा भावातिरेक नहीं हुआ है!

– आपकी शांतिदायक दवा कहाँ है?

– आप मुझे जैसे ही मारेंगी मैं हमेशा के लिए शांत हो जाऊँगा।

– यह आप क्या कह रहे हैं?

– मुझे बोलने दीजिये। मुझे आपसे जो कहना है, वह बहुत महत्त्वपूर्ण है। चाहे-अनचाहे, आप मेरा अवतार बनने जा रही हैं। मेरे अस्तित्व के हर रूपान्तरण के समय एक ऐसा व्यक्ति इंतज़ार करता था जो प्यार के काबिल है। पहली बार लेयोपोल्दिन थी और मैंने उसे मार दिया, दूसरी बार आप होंगी, आप मुझे मार देंगी। घटनाओं की आवृत्ति मात्र, है ना? मुझे खुशी है कि यह आप हैं। मेरी वजह से आपको ज्ञान हो रहा है कि प्यार क्या है।

– आपकी वजह से मुझे ज्ञान हो रहा है कि व्याकुलता क्या होती है।

– देखिये, मैं न कहता था? यह आपने कहा है। प्रेम की शुरुआत व्याकुलता से होती है।

– अभी-अभी तो आप कह रहे थे कि इसकी शुरुआत हत्या की इच्छा से होती है।

– एक ही बात है। जो आपके अन्दर पनप रहा है, उसे सुनिये, नीना, इस व्यापक भावशून्यता को महसूस कीजिये। आपने इतने अच्छे ढंग से संयोजित सिम्फनी कभी सुनी है? यह साज़ बेहद कामयाब है और इतनी सूक्ष्म कि लोग शायद ही इसे पकड़ पाएँ। आपने कभी वाद्ययंत्रों की बेहिसाब विभिन्नता को महसूस किया है? इनके बेमेल मिलाप से बेसुरापन उत्पन्न हो सकता है—फिर भी, नीना, क्या इससे ज़्यादा खूबसूरत आपने कुछ सुना है? ये दर्जन भर गतिविधियाँ आपसे होकर एक-दूसरे के ऊपर आरोपित होती हैं। आपकी खोपड़ी प्रधान गिरजाघर का रूप ले लेती है। आपका शरीर एक अनिश्चित और अनंत अनुनाद कोष्ठ बन जाता है, जो आपके दुबले-पतले हाड़-माँस को तन्मयावस्था प्रदान करता है और जो आपकी उपास्थियों को तनावमुक्त करता है—इस तरह से अकथ्य आप पर हावी हो जाता है।

मौन। पत्रकार का सिर पीछे की ओर झुक गया।

– आपकी खोपड़ी भारी हो रही है, है ना? मुझे पता है, यह क्या चीज़ है। आप कभी इसकी अभ्यस्त नहीं हो पाएँगी।

– किसकी?

– अकथ्य की। सिर उठाने की कोशिश कीजिये, नीना, चाहे आपकी खोपड़ी कितनी भी भारी क्यों ना हो, मुझे देखिये।

वह मुश्किल से ऐसा कर पायी।

– आपको मानना होगा कि सारी मुश्किलों के बावजूद इसमें दैविक आनंद है। मुझे बेहद खुशी है कि आपको आखिरकार बात समझ में आ गयी। लेयोपोल्दिन की मौत को इस तरह से समझिये। अभी-अभी मुझे मृत्यु का पल असहनीय लग रहा था, क्योंकि मैं आपके पैरों में लोट रहा था, अभिधात्मक और लाक्षणिक दोनों अर्थों में। मगर भावातिरेक में मृत्यु की ओर जाना महज़ औपचारिकता है। पूछिये—क्यों? क्योंकि ऐसे पलों में व्यक्ति को यही नहीं पता होता कि वह मर गया है या जी रहा है। यह कहना ठीक नहीं होगा कि मेरी कज़िन को मरने से पहले कष्ट नहीं हुआ या उसने कष्ट महसूस नहीं किया, जैसे कोई

सोये-सोये स्वर्ग सिधार जाता है। सच तो यह है कि वह बिना मृत्यु के ही चल बसी, क्योंकि वह कुछ खास जीवित नहीं थी।

– आपने जो अभी-अभी कहा है उस पर ज़रा गौर फ़रमाइये। उसमें से आपके चिरपरिचित वाक्-चातुर्य की बू आ रही है।

– आपको कुछ पता भी है कि ताश का वाक्-चातुर्य क्या है, नीना? नन्हा-सा मनोहर अवतार, मुझे देखिये। अब से, आपको दूसरे के तर्क को तुच्छ समझना होगा। आपको इस तरह से अकेले रहने की आदत डालनी होगी, अफ़सोस मत कीजिये।

– मुझे आपकी याद आएगी।

– शुक्रिया, मेहरबानी।

– आप अच्छी तरह जानते हैं कि इस कहानी में मेहरबानी के लिए कोई जगह नहीं है।

– चिंता मत कीजिये, आप मुझे हर भावातिरेक में पाएँगी।

– क्या ऐसा प्रायः होगा?

– सच पूछिये तो, पिछले साढ़े पैंसठ साल से मुझे भावातिरेक का अनुभव नहीं हुआ, पर अभी जिस भावातिरेक का अनुभव मुझे हो रहा है, उसने समय की दूरी को मिटा दिया है। ऐसा लगता है जैसे यह दूरी कभी थी ही नहीं। कैलेंडर को नज़रअंदाज़ करने की आदत आपको भी डालनी होगी।

– अच्छी शुरुआत है।

– मेरे प्रिय अवतार, दिल छोटा मत कीजिये। मत भूलिये कि मैं आपसे प्रेम करता हूँ। और प्रेम अमर होता है, आप अच्छी तरह जानती हैं।

– आपको पता है, ऐसी सामान्योक्तियाँ नोबेल पुरस्कार विजेता के मुँह में एक सम्मोहक रंग में ढल जाती हैं?

– आपको पता नहीं, आप क्या कह रही हैं। जब कोई मेरी तरह परिष्कृत अवस्था प्राप्त कर लेता है, तो वह किसी आम उक्ति को भी एक नया मोड़ दे देता है और उस उक्ति में सबसे अजीब अन्तर्विरोध की ध्वनि होती है। कितने लेखकों ने एकमात्र उद्देश्य से इस पेशे को अपनाया होगा कि वे एक दिन सामान्योक्ति से ऊपर उठकर कोई नयी ज़मीन तोड़ेंगे, जहाँ शब्द मैले नहीं होंगे। वर्जिन मेरी की तरह बेदाग गर्भधारण शायद इसी को कहते हैं। बेतुकी चीख-पुकार के बीच संघर्ष

करते हुए एक तरह के चमत्कारिक ईश्वरीय प्रभाव में रहकर अत्यंत अरुचिकर शब्दों का प्रयोग। मैं दुनिया का आखिरी शख्स हूँ जो बिना अश्लील हुए कह सकता है, ''मैं आपसे प्रेम करता।'' कितनी भाग्यशाली हैं, आप?

– इसे आप सौभाग्य कहते हैं? क्या यह अभिशाप नहीं है?

– सौभाग्य है, नीना। ज़रा सोचिये, मैं नहीं रहता तो आपकी ज़िन्दगी उचाट होती।

– आपको क्या मालूम?

– कोई अंधा भी देख सकता है। आप ही तो कहती थीं ना कि आप दूसरों की ज़िन्दगी में कीचड़ उछालती हैं? ऐसा करते-करते एक दिन आप थक जाएँगी। देर-सबेर दूसरों के मैले में रुचि लेना छोड़ना होता है, अपना मैला बनाना होता है। मेरे बिना आप ऐसा करने में कभी सक्षम नहीं होतीं। हे अवतार, आज से आपकी पहुँच सर्जकों के दैवीय उपक्रम तक होगी।

– आश्चर्य है! सचमुच, मुझमें एक आत्म-बल जन्म ले रहा है।

– ऐसा तो होता ही है। जब हम कोई बड़ी पहलकदमी करते हैं तो संदेह और भय, दोनों साथ-साथ होते हैं। धीरे-धीरे आप समझ जाएँगी कि यह व्यग्रता आनंद का ही हिस्सा है। और आपको आनंद की आवश्यकता है, है ना, नीना? निश्चित रूप से, मैं आपको सब कुछ सिखाता और सब कुछ प्रदान करता। शुरुआत प्रेम से ही कीजिये, प्रिय अवतार। मैं इस विचार से काँप उठता हूँ कि मैं नहीं रहा तो आप कभी प्रेम करना नहीं सीख पाएँगी। कुछ ही देर पहले, हम दोषपूर्ण क्रिया की बात कर रहे थे। आपको पता है कि प्रेम करना सबसे अधिक दोषपूर्ण क्रिया है?

– अब यह कौन-सा राग अलाप रहे हैं आप?

– इसे हम केवल एकवचन के साथ प्रयोग कर सकते हैं। इसके बहुवचन वाले रूप और कुछ नहीं, बस एकवचन के ही प्रच्छन्न रूप हैं।

– कोरी कल्पना।

– बिलकुल नहीं। मैंने बताया था ना कि जब दो व्यक्ति एक-दूसरे को प्यार करते हैं, तो उनमें से एक का अस्तित्व समाप्त हो जाता है, ताकि एकवचन को पुनर्स्थापित किया जा सके?

– आप मुझसे यह मत कहियेगा कि आपने व्याकरण के इस आदर्श का

ख़याल रखते हुए लेयोपोल्दिन को मार दिया?

– यह कारण आपको इतना निस्सार लगता है? क्या आप क्रिया-रूप संयोजन से अधिक प्रबल आवश्यकता के बारे में जानती हैं? जानिये, नन्हे अवतार, कि यदि क्रिया-रूप संयोजन का अस्तित्व नहीं होता, तो हम अपने पृथक व्यक्तित्व के प्रति सजग नहीं होते और यह उदात्त संवाद संभव नहीं होता।

– काश ऐसा होता।

– चलिये, अपने आनंद से मुँह मत मोड़िये।

– कहाँ है मेरा आनंद? मुझमें आनंद का नामोनिशान नहीं है और मैं कुछ भी महसूस नहीं कर रही, सिवाय आपका गला दबाने की इच्छा के।

– तो, आप बहुत धीरे-धीरे प्रगति कर रही हैं, मेरे हृदय का अवतार। मैं स्पष्ट रूप से दस मिनट से प्रयास कर रहा हूँ कि आप फ़ैसला ले सकें। मैंने आपको गुस्सा दिलाया, मैंने आपको बाध्य कर दिया कि आप अपनी झिझक मिटा सकें और आप अभी तक कुछ नहीं कर पायी हैं। आपको किस चीज़ का इंतज़ार है, जानेमन?

– मुझे विश्वास नहीं होता कि वाकई आप यह चाहते हैं।

– मेरी बात का यकीन कीजिये।

– मुझे इसकी आदत नहीं है।

– हो जाएगी।

– मुझे डर लग रहा है।

– यह तो और भी अच्छी बात है।

– अगर मैं ऐसा नहीं करूँ तो?

– वातावरण असहनीय हो जाएगा। यकीन मानिये, हम जिस मुकाम पर पहुँच गए हैं, आपके पास कोई और चारा नहीं है। इसके अलावा, आप मुझे लेयोपोल्दिन जैसी मौत दे रही हैं। मुझे भी वैसा ही अनुभव होगा जैसा लेयोपोल्दिन को हुआ था। आइये, अवतार, मैं तैयार बैठा हूँ।

पत्रकार ने बिना किसी चूक के काम को सम्पन्न किया। सब कुछ जल्दी-जल्दी और स्वच्छता से हुआ। क्लासिक या उच्च कोटि की शैली में रुचि-अरुचि का विशेष ध्यान रखा जाता है।

जब यह काम हो गया, तो नीना ने टेप रिकॉर्डर बंद किया और सोफ़े के बीच में आकर बैठ गयी। वह बहुत शांत थी। वह अकेले में अपने आपसे बात ज़रूर कर रही थी, पर इसका मतलब यह नहीं था कि उसके दिमाग में गड़बड़ी हो गयी थी। थोड़ी प्रसन्नचित्त होकर सहृदयता के साथ वह ऐसे बात कर रही थी, जैसे कोई अपने घनिष्ठ मित्र से करता है—

- प्यारे, विक्षिप्त बुजुर्ग, आप मुझे बेवक़ूफ़ बनाते-बनाते रह गए। आपकी बातचीत ने किस कदर मेरी नाक में दम कर दिया था, मैं बता नहीं सकती। मैं अपना आपा खोने लगी थी। अब मैं काफ़ी बेहतर महसूस कर रही हूँ। मैं स्वीकार करती हूँ कि आप सही कह रहे थे—कण्ठरूँधन एक सुखद धार्मिक कार्य है।

और अवतार ने अपने हाथ देखकर अपनी पीठ ठोंकी।

~

प्रभु की ओर जाने वाले मार्ग का कोई ओर-छोर नहीं होता। सफलता की ओर जाने वाले मार्ग का तो और भी कोई ओर-छोर नहीं होता। इस घटना के बाद तो प्रेतेक्सता ताश की रचनाओं को खरीदने की होड़ मच गयी। दस साल बाद वे चिर-प्रतिष्ठित लेखक के रूप में स्थापित हो गये।

❑❑❑